U0137140

Classic 文庫

018

相信自然

李青松◎著

CONTENTS

目　錄

1. 哈拉哈河

向西向西向西。偏北偏北偏北。拐拐拐。向北向北向北。偏西偏西偏西。

——哈拉哈河

　　初始右岸石壁如屏，石片棱棱怒起，一路崖壁參差，水傾之底處平闊，其勢散緩，汩汩滔滔，流霞映彩。至急流處，水流洶湧，浪如噴雪。用徐霞客的話說：「耳目為之狂喜。」遺憾的是，徐霞客沒來過這裡，徐霞客說的是別處的河。

　　別處的河不同於此處的河。哈拉哈河的水頭——源自大興安嶺蛤蟆溝林場的摩天嶺。它彙集了蘇呼河和古爾班河等支流，全長蜿蜒三百九十九公里。說長不長，說短不短。

　　哈拉哈，不是哈哈哈。哈拉哈——蒙古語，屏障之意。哈拉哈河的河水堅韌、寡言、無畏，能清除一切阻塞它的東西。即便是岩石，即便是倒木，即便是泥沙。在阿爾山林區，哈拉哈河有兩條，地上一條，地下一條。地上的，是我們能夠看得見的，清澈平緩，魚翔淺底。地下的，是我們看不見的卻能感覺到的，神秘莫測，沉默不語。它佈局巧妙，層次分明。那些蓄水的湖泊，比如達爾濱湖、杜鵑湖、仙鶴湖、鹿鳴湖、天池、烏蘇浪子湖也是哈拉哈河的另一種存在形式。久旱不涸，久雨不溢。地上河的河水突然上漲和下降，都是地下河的暗勁呈現的異象。

　　地球母腹，廣闊而豐盈，正是靠著火與水的平衡，才得以生生不息。

　　從裡往外看，地球是火球；從外往裡看，地球是水球。沒有火，就沒有水。要認識這一點，就必須認識另一點。

火山是地球自我減輕和釋放能量的有效手段，可以防止內部窒息，也可以防止因能量過度而導致的痙攣。地球的內部永遠在活動著，吐故與納新，毀滅與創造，沒有片刻停頓。古希臘人認為，火山是地球母腹的口，自然不可少。如同昆蟲嘟嘟放屁的氣門，如同貝殼雙扇微張的嘴。或者是用於呼吸的，或者是用於排泄的，如果堵上，就會把它們憋死。如果地球瞬間痙攣，那就是發生了地震。那些憋在地球腹部裡的水蒸氣壓縮成「球」，可就麻煩了。因為，它要找一個出口減壓，就會在地下劇烈地運行，甚至發出嗚嗚嗚的震耳欲聾的轟鳴聲，引發地震，引發海嘯，引發火山噴發。

　　就空間而言，過滿，或者過空，都是問題。空虛和豐沛之間有一個奇妙的度，地球自己知道，地球自己能夠平衡。火山熔岩噴發的時候，那股巨大的力量，造就了地下的河，卻將火山岩和礫石覆蓋在河面上。其上生長著白樺、赤樺、黑樺、紅柳、青楊、榛子、藍莓等喬木和灌木，曰之石塘林。這些植物的根緊緊抓住火山岩，並排出強酸去腐蝕它，把它變成土。礫石在一旁冷漠地觀望著，卻無路可以逃遁。因為苔蘚已經拋出千千萬萬根繩索把礫石縛住，它不能移步，不能叫喊，只能束手就擒。那些植物就是在火山岩的廢墟裡長出來的。植物吞噬了廢墟，吞噬了廢墟底下的肉和骨頭，吞噬了能夠成為它能量的一切，且長勢巨旺，飽滿強壯。漸漸地，它們就成了這片世界的主角。

　　啾啾啾！啾啾啾！

　　石塘林裡有鳥在穿梭忙碌，尋蟲覓食。

　　也許，世界不是在某一時刻創造的，而是在可變的運動中慢慢創造出來的。

　　偶爾，也飛起兩隻花尾榛雞，落到哈拉哈河的對岸去了。

　　花尾榛雞是學名，俗名叫飛龍。在阿爾山林區，說花尾榛雞沒幾個人知道，可一說飛龍，人人皆知。花尾榛雞似雌而小，黑眼珠，赤眉紋，利爪，短腿。體長盈尺，羽色清灰，間或有黑褐色橫紋。遠觀，如同樺樹皮，不易被發現。起飛時需助跑，一飛二三十米，不能

高翔。

因之肉的味道極美，清代，花尾榛雞被列為「歲貢鳥」。康熙、乾隆均喜歡喝飛龍湯，當然，更喜食飛龍肉。據說，滿漢全席是斷斷不可少了飛龍湯的。飛龍湯一端上來，報菜名的太監的聲調也跟著提高了不少。俱往矣，今天的餐桌上是斷不可以有飛龍湯的。因為，在二十世紀九〇年代，花尾榛雞就被列入國家重點保護野生動物名錄中。這就意味著，花尾榛雞是受剛性的法律保護的野生動物。

花尾榛雞性情溫和，潛蹤躡跡，寂靜無聲。大部分時間它都棲息在樹上。也許，在它看來，唯有樹上是最安全的吧。

覓食時，一般不發出叫聲，可一到發情季節則鳴叫不止——克克克克！克克克克！克克克克！節奏簡明，聲如金屬響器。鳴叫時，也伸脖子，也俯首，也振翅，也翹尾，使出各種本領，向對方傳遞愛的信號。

花尾榛雞喜歡在松林中覓食，落葉松和白樺樹的混交林中也常光顧。其食物是昆蟲、松子、榛果、忍冬果、藍莓果及樺樹的花序和芽苞。食物匱乏的日子裡，也食烏拉草的草籽。它的巢有些簡陋粗鄙——樹下落葉中挖一個土坑，再銜來一些松針、烏拉草、樹皮屑和羽毛，墊在坑底，就算是巢了。繁殖期一過，巢就廢棄了。

阿爾山林區的冬季，意味著寒冷和冰雪。

花尾榛雞往往選擇林間雪地開闊的地方過夜。厚厚的積雪就是厚厚的棉被。它一頭紮進深雪裡，然後用尖嘴捅開一個小口，用來呼吸。有微微的氣息排出口外，結成薄薄的霜。在這裡，霜與雪很難區別。霜，落在雪裡，也就成了雪。而花尾榛雞尾巴的羽毛剛好堵住入口，嚴嚴實實，順便也堵住了入口裡的秘密。悄無聲息，極其隱蔽。

然而，危險無處不在。它還是經常遭受那些夜間出來覓食的動物的襲擊。貓頭鷹、紫貂、青鼬、猞猁、狐狸都是它的天敵。防不勝防啊！

對岸的森林一望無際，森林固定著哈拉哈河兩岸的山體。阻止任性的溝壑隨意改變方向，防止淺根的植被剝離山體。森林也在不斷地

修復殘破的地表，縫綴撕裂的生態，拼接斷折的筋骨。

森林猶如強大的呼吸器官，吸附了漂浮的物質，釋放著氧氣，淨化著空氣。洗心潤肺。在這裡，生命可以盡情地呼吸。

——深呼吸。

森林裡充滿生命的律動。

這裡沒有老虎，沒有豹子，沒有巨蟒，卻有黑熊。黑熊常在哈拉哈河岸邊出沒，尋找食物。黑熊是雜食性動物，吃堅果、漿果、草根、蘑菇、木耳、鳥蛋、蜂蜜，也吃老鼠、螞蟻、蚯蚓、蜜蜂、蜥蜴、草蛇。它喜歡翻騰森林裡的石頭、倒木，那些東西的底下往往有它要吃的美食。

呼的一下，石頭掀開，小生靈們四處亂跑，慌不擇路。它用爪子拍打著，啪！啪！啪！一些被它拍死，一些被它拍暈。

嘴裡嚼著倒楣的老鼠，咯吱咯吱咯吱。

它好像永遠吃不飽，繆爾曾寫過一段話來形容黑熊的胃口：「它們把食物撕碎，悉數吞到它們那不可思議的肚子裡，那些食物就好像被丟進了一團火，消失了。」——這是一種怎樣的消化能力啊！

黑熊的武器是它的前爪。一掌摑去，再一掌摑去，必使對方非死即殘。早年間，哈拉哈河岸邊每年都發生幾起勘探隊員、伐木人或者獵人、採山貨人被黑熊用爪子拍傷或者致死的事情。一個勘探隊員在野外作業時，就曾遭到黑熊的襲擊。當時，哈拉哈河岸邊要建森林小鐵路，他與隊友正在勘測地形。突然，林子裡衝出一隻黑熊，一掌摑來，把他拍暈，並把他坐到屁股底下。隊友傻眼了，掄起測量工具就同黑熊搏鬥。幸虧其他隊友也及時趕來，才把黑熊趕走。結果，那名被黑熊摑了一掌的勘探隊員，鼻樑骨塌陷，七根肋骨骨折，一隻眼睛失明，頭永遠歪向一邊。

黑熊也常深更半夜光顧伐木人的工棚，專門到廚房裡找吃的。頭一天剩下的高粱米飯、窩頭全都成了它的夜宵。當然，它可不是優雅的君子。它還把角落裡的米袋子麵粉袋子抓破，吃得滿嘴滿臉都是麵粉。碗櫥也被它掀翻，碗筷散落一地，一片狼藉。

有時，黑熊也到哈拉哈河的淺灘上溜達，眼睛卻不時瞟一瞟河裡。它可不是漫無目的地瞎溜達，而是鼻子嗅到了河裡的魚正在靠近岸邊的腥味。時機來了，它會果斷出爪，十有八九不會走空。

黑熊在樹洞或灌木叢裡睡覺時，如果有人攪擾了它的美夢，它往往會吼叫著發起攻擊。立起身子，舞動利爪，狂抓亂咬——此種行為，與其說是因為受驚而自衛，不如說是因侵擾而憤怒。後果，不堪設想。

當然，黑熊也有被反制的時候。一隻狍子從灌木叢裡閃出來，一般情況下，黑熊是不予理睬的。可這天，它居然丟下石頭下面翻出來的美味，撒腿就追趕那隻狍子。前面是一個水塘，黑熊生生把那隻膽戰心驚的狍子趕進了水塘裡。黑熊身壯體強，但生來笨拙。哪知狍子在水面上奔跑時突然反身，用前蹄狠狠向黑熊兩隻眼睛刨去，黑熊慘叫一聲，兩隻前爪亂撲騰，在水裡打著旋，水花四濺。

頃刻間，狍子早已無影無蹤，逃之夭夭了。

黑熊用力抖了抖腦袋上的水珠，也只好踉踉蹌蹌離開水塘，悻悻而去。

松鼠是森林裡的精靈。

它那漂亮的尾巴飄飄然，輕巧靈活，光亮閃閃，嫵媚動人。一會兒在身後，如同拖著一朵雲，在林間躥來躥去，活力無限；一會兒在身上，尾巴緊緊貼著後背，直立而坐，用前足當手，把食物送到嘴裡；一會兒縱立伸直，停在樹梢上，警覺地觀察四周的動靜；一會兒又優雅地捲起，翹過頭頂，腦袋在尾巴的遮蔽之下，閉目養神。

它腳爪尖細，行動迅疾，身影轉瞬即逝。從一棵樹到另一棵樹，從一根倒木到另一根倒木，從一個樹洞到另一個樹洞。它生性膽小，機警敏捷，時刻小心翼翼。它是爬樹的能手，腳爪欻欻欻，像帶著電一樣，上上下下，時而跳躍，時而採摘，時而抓撓，總之，它一刻也停不下來，挖著，啃著，咬著，嚼著，總是在折騰。它是快樂幸福的。秋天，它將橡子果、松果、榛子果收集起來，藏在洞穴裡，藏在倒木底下，藏在崖壁罅隙間，藏著藏著，自己也忘記藏在哪裡了。無

奈，冬天饑腸轆轆時，只得用前爪挖開積雪尋找食物。將積雪下挖出的堅果，一顆一顆帶到樹樁上，然後咬開，一點一點摳出裡面的果仁。很快，樹樁下，滿是它扔掉的果殼苞片。幾隻喜鵲飛來，歡天喜地。喳喳喳！喳喳喳！喜鵲看見了果殼苞片裡有東西在蠕動。

林學家說：「松鼠是播種能手。森林裡，假如沒有松鼠，樹木的再生情況就會少之又少。」

松鼠本性懼水，但哈拉哈河兩岸的松鼠汛水本領超強。從此岸到彼岸，抑或從彼岸到此岸，松鼠就抱著一塊樺樹皮跳進河裡，用尾巴當槳，左右！左右！左右！頃刻間就划到對岸。有風的日子，它就御風而渡。尾巴直立水面上，分明就是風帆呀，挺著挺著挺著，一擺一擺一擺，甚是有趣。

哪裡河段寬，哪裡河段窄，哪裡河段水流急，哪裡河段水流緩，松鼠清清楚楚。在哈拉哈河的狹窄河段，松鼠過河就更不是問題了。它只需在此岸的高大落葉松上抓住一根長長的松枝，蕩來蕩去，然後將自己用力一拋，嗖的一聲，一個弧線就拋到了對岸的樹上。

松鼠雖然多疑，但領地意識極強，對於擅自闖入自己領地的同類冒失鬼，必驅之。如果對方飛揚跋扈不願離開，打鬥一番也在所難免。那是一場你死我活的打鬥，枯葉亂飛，斷枝橫跌，叫聲令人毛骨悚然。

入夜，山的翅膀合攏成寂靜。森林，在黑暗中生長。

後半夜，月亮的牙齒咬碎了石頭，嘩嘩嘩！碎石落下來，驚醒了時間。

時間可以向前，時間也可以倒轉。難以想像，哈拉哈河當初的一切都是液態，還有燃燒物，以及一片火海。火山岩和礫石表面呈現出大大小小的石臼和蜂窩。在石臼裡，在蜂窩裡，分明閃爍著躁動、發酵、滲透、磨蝕、膨脹、噴發等充滿力量的詞彙，這些詞彙也許超越了礦物的範疇，無所不為，甚至不可為也為之。可以想像火山噴發時的場面是何等壯觀啊！俯身撿回幾塊扁扁的佈滿蜂窩的礫石，拿回家做搓澡石吧，一定很耐用。火山石彷彿還在散發著硫磺的氣味，空氣

像葡萄酒一樣醉人。

站在高處望去，一切都驟然變了。

在粗大的蒙古櫟和挺立的落葉松中間，閃著亮光的白樺，沿著山坡緩緩的斜面，一直延伸到河邊。

在一處水流平緩的河段，只見幾個漁人正在用拉網打魚。網到的魚多半是鱸魚、嘎魚、黑魚，也有狗魚、雙嘴魚、尖嘴魚、鯰魚、江鱈、鴨魚、白魚。岸上開闊地帶，立著一排一排用木杆做成的曬魚的架子，上面擺放著大大小小的魚坯子。當然，如果運氣好的話，網到了鯉魚，是捨不得做魚坯子的。

搬來幾塊火山岩，就架起了一口鐵鍋。找來一些枯樹枝，用茅草點燃，木柴就劈劈啪啪地燃起來，一縷青煙嫋嫋升騰。慢慢地，青煙也飄進了林子裡，林梢上就像罩住了一張網。不經意間，那張網卻被樹枝劃破了──變成了一團棉絮，既不像霧，也不像雲。

瞧，鐵鍋裡的內容可不是虛頭巴腦的，僅僅流於形式，而是務實的大塊的魚肉，野性、豪橫、霸蠻、磅礴。咕嘟咕嘟咕嘟……暗紅的醬湯翻滾酣暢，熱氣騰騰，一如阿爾山人的性格。這就是哈拉哈河岸邊最著名的一道美食──醬燉鯉魚。

哈呀──

空氣裡瀰漫著魚肉的香味，聞到的人饞涎橫流。

然而，哈拉哈河的標誌性魚類並非鯉魚，而是哲羅魚。哲羅魚生在哈拉哈河上游江汊子裡，長在下游的貝爾湖和呼倫湖。哲羅魚是食肉的魚，最喜歡吃的就是水面上的飛蛾飛蟲。傍晚，正是飛蛾飛蟲群聚的時間，哲羅魚便生猛地跳出水面，捕捉飛蛾飛蟲。水面泛起層層漣漪，泛起朵朵水花。

個頭大的哲羅魚比漁民的木船還長。哲羅魚的力氣也大得很，啪的甩一下尾巴能把船掀翻。從前，漁人要想捕到大個頭哲羅魚是需要下「懶鉤」的。先找好「魚窩子」，頭一天夜裡布鉤，次日清晨起鉤。「懶鉤」鉤到哲羅魚後不能急於把它拖上岸，而是要使其疲憊，消耗它的體力，等它精疲力竭了再拖上岸來。否則，暴躁的哲羅魚會

拼命折騰，人有可能不是它的對手，它會把「懶鉤」咬斷，也是說不準的事。

每年四月末至五月初，阿爾山林區冰雪開始消融的時候，哈拉哈河的河水開始迅速上漲了。哲羅魚就成群結隊，頂著水流，越過一道道障礙，越過一道道險灘，日夜兼程，遍體鱗傷，甚至不惜付出生命的代價，洄游到它的出生地——哈拉哈河上游的河汊子裡。把魚卵產在河底的石縫裡、亂石中，然後疲憊不堪地守護著魚卵，直到長出小魚後，才開始返回貝爾湖和呼倫湖越冬。

早年間，哈拉哈河上有一個人，靠在河上捕魚為生，也為過河人擺渡。有人過河，他就擺渡；沒人過河，他就捕魚。他捕魚從來不用網，只用「懶鉤」，鉤大如鐲，一串三五個。「懶鉤」鉤到的都是大魚，他有意給小魚留生路。此人，一年四季穿件老羊皮坎肩，出沒於哈拉哈河上。他水性甚好，有時捕魚，甚至連「懶鉤」也不用。他知曉哲羅魚的脾氣，也知曉它藏在什麼地方。他直接把老羊皮坎肩脫下來扔在船頭，悄悄潛入水底，給哲羅魚撓癢癢，撓著撓著，手就摳住了魚鰓，一點一點就把哲羅魚牽出了水面。他熟悉哈拉哈河上的風，他熟悉哈拉哈河的水聲，他熟悉哈拉哈河的氣味，他熟悉哈拉哈河上的星星和月亮。

他臉膛黝黑，鷹鉤鼻子，面相兇狠，人送綽號「黑爹」。「黑爹」真名叫什麼呢？沒有人知道。河邊崖壁下的撮羅子，就是「黑爹」的家。他沒有女人，也無兒無女，就是赤條條一個人，無牽無掛。

「黑爹」的船是一條樺木船，沒有槳，用一個樺木杆子撐船。那時，整條哈拉哈河只有這麼一個渡口。從此岸到彼岸，從彼岸到此岸，過河的人就坐「黑爹」的船。「黑爹」有的是力氣，三下兩下，五下六下七八下，用力一撐，就把船撐到了對岸。嗹！一根繩子甩出去，繞在渡口的木樁上，又悠回來，就拴了船。濕漉漉的樺木杆子戳在船頭，見了陽光，一會兒就曬乾了。

坐船的人起身時問船錢，他不言語，擺擺手。後來，人們也就不

問了，下船就走了。因爲，「黑爹」從不收費。

有幾次，不愼落水的人，都是「黑爹」一猛子紮進水裡救出來的。人們發現，雖然「黑爹」面相兇狠，其實內心很善良。

坐「黑爹」船的人，有伐木人，有淘金者，有獵人，有皮貨商，有走親戚的婦女。「黑爹」話很少，三五天說一句，七八天說兩句，眼睛看著河面，只管撐船。「黑爹」唯一的嗜好就是喝酒。喝了酒，兩眼就放出滿足的亮光。常坐船的人，就時不時在他的船上留下一瓶酒。

有一年夏天，下暴雨，哈拉哈河漲水，波浪滔天，船不能渡。「黑爹」在撮羅子裡，聽到河中傳來咚咚的鼓聲，心疑爲怪。出撮羅子，向河中探望，只見水面有一蛤蚌露出，大如笆籮。「黑爹」急持撐船的樺木杆子擊之，蛤蚌死死咬住樺木杆子不放。「黑爹」使出蠻力，將杆子連同蛤蚌一同拋到岸上，用石頭砸蛤蚌，雙殼微開，樺木杆子才脫落下來。隨後，他從蛤蚌中意外取出一珍珠，亮閃閃，圓滾滾，徑長盈寸。

「黑爹」並無喜色。日子如常，「黑爹」照舊在哈拉哈河上捕魚，照舊在哈拉哈河上擺渡。

可是，有一天，渡口的樺木船不見了，「黑爹」也不見了蹤影。撮羅子裡，除了篝火的灰燼，空空蕩蕩。哈拉哈河上，除了兩隻哀鳴的水鳥飛過，空空蕩蕩。

「黑爹！」「黑爹！」「黑爹！」

一聲聲喚，無人應。

三九嚴寒，滴水成冰，北方的河流皆封凍了。

而哈拉哈河的阿爾山河段，在零下三十六攝氏度的寒冷天氣裡，居然不結冰。不但不結冰，河面上還浮升著騰騰的熱氣。那情景就像誰家剛宰殺了一頭肥大的年豬。大人們忙活著，正在一口燒開了水的大鍋裡給豬退毛。小孩子進進出出，調皮搗蛋。灶裡的柴火燒得旺旺的，滿屋高聲大嗓，洋溢著歡樂的氣息。

冬天跟它沒有關係嗎？還是它拒絕冬天？很多野豬、狍子跑來取

暖。哈拉哈河靜靜地流淌──這一段不凍河長四十里。因了這條河，阿爾山的冬天則是另一番景象。

這裡有足夠厚的積雪，然而，讓人吃驚的是，積雪下不是寂靜，而是湧動的熱流。熱氣形成長龍，在河面上滾動、升騰。熱流充滿神秘、朦朧和幻象。

突然，一聲炮響炸碎了哈拉哈河的幻境。接著，是萬炮的吼聲和炮彈的嘶鳴。槍口放射出花朵，硝煙吞噬著硝煙。大地在顫抖，天空在燃燒。

哈拉哈河河水一度變成了紅色，鮮血染成的紅色。一九三九年五月至九月間，在哈拉哈河畔諾門罕發生了一場慘烈的戰爭，也稱「諾門罕戰役」。「那是一場陌生的、秘而不宣的戰爭。」一九三九年七月二十日《紐約時報》發表社論說，「蘇聯軍隊與日本軍隊在哈拉哈河岸邊，在人們注意不到的角落裡發洩著憤怒。」哈拉哈河戰役，是亞洲歷史上第一次坦克戰。在七平方公里的戰場上，近千輛坦克和裝甲車相互廝殺，炮聲隆隆，火光沖天，煙塵瀰漫。在最後的決戰中，日軍坦克和裝甲車很快成了一堆堆冒著黑煙的鋼鐵垃圾。日軍有七千餘名官兵命喪哈拉哈河兩岸，屍體堵塞河道。血紅血紅的河水，滋生了大量蒼蠅、牛虻、蚊子，幕布般遮天蔽日，恐怖至極。

哈拉哈河戰役蘇軍取得了決定性勝利，改變了當時的世界局勢。

蘇軍總指揮朱可夫一戰成名。個子敦實、頭戴大蓋帽、腰間挎勃朗寧手槍的朱可夫，因此役獲得「蘇聯英雄」稱號，頗得史達林賞識，後榮升蘇聯陸軍司令。

哈拉哈河戰役的慘烈程度超出我們的想像。兇猛的炮聲一停，河面上漂浮的，除了人的屍體，盡是魚，有哲羅魚、鯉魚、鱔魚、華子魚等。一些魚被炮聲震蒙了，昏厥過去；一些魚的腹部被炮聲震裂了，露出白花花的腸子；一些魚的眼珠子被炮聲震得鼓出眼眶，鮮血淋漓。

事實上，早在一九三二年，日寇就把魔爪伸向了阿爾山林區，大肆砍伐哈拉哈河兩岸的森林。日本關東軍107師團司令部設在五岔

溝。日寇修建鐵路和軍事工事，一方面掠奪中國木材、煤炭等資源，一方面蓄謀進攻蘇聯。

戰爭摧毀了人性，也摧毀了河流裡的生命。治癒創傷的唯有時間。治癒了自然，也就恢復了自然。

一九四九年冬天，阿爾山林務分局成立。

辦公地點就在哈拉哈河岸邊阿爾山的伊爾施。白狼、五岔溝、西口、蘇呼河作業所統歸阿爾山林務分局管理。首任分局局長叫義熱格奇，蒙古族。

當時，國家急需木材進行經濟建設。建工廠需要木材，修鐵路需要木材，開礦山需要木材，蓋樓房需要木材，架橋梁需要木材。總之，舉凡開工建設的工地，沒有不需要木材的。

一聲令下：開發林區。

此前，哈拉哈河支流蘇呼河兩岸尚未開發，森林還是原始林，林貌相當齊整完美，以落葉松、樺樹及蒙古櫟居多。

採伐隊開進蘇呼河施業區，以溝為作業點建立了採伐鋪。據當時伐木人鄧林生回憶，每個採伐鋪有一名隊長、一名記帳員、一名檢尺員、數十名探伐工。住宿是就地取材修建的木刻楞房子，房頂用樺樹皮蓋住，夏季防雨，冬季防雪。木刻楞裡用大鐵爐子燒柴取暖，鐵爐子是用日本關東軍丟棄的汽油桶改做成的，上面立一個煙囱，就開始生火。燒的是木柈子，火很旺，時不時往爐膛裡加幾塊柈子，火焰升騰著，譆譆譆！譆譆譆！火蔫了，火犯困了，就用爐鉤子捅一捅，提提神，火就睜開眼睛，又歡快地燃起來了。鐵爐子上也烤白天伐木出汗濕透了的衣服、褲子、綁帶、手悶子，熱氣亂舞，散發著一股異味，不怎麼好聞。進入臘月，爐火一刻也不能停，若是停了，木刻楞就成冰窖了。

冬季，生活物資用馬扒犁運送，菜多數是土豆、鹽豆、卜留克鹹菜、酸菜和凍白菜，糧食大部分是紅臉高粱米，很少吃到大米和白麵。可是，還是有白酒喝的，是那種土法燒鍋釀製的小燒酒。度數很高，有六十多度，是純正的「高粱燒」烈酒。白酒在當時是林區勞動

保護用品，不喝酒不行啊！當時，木材運輸主要靠流送——就是河水裡放排，伐木人大部分時間在水裡作業，喝酒才能祛濕，才能舒筋活血。

蘇呼河蜿蜒曲折，全長十八公里，向南注入哈拉哈河。每年春天冰雪融化，桃花水「鬧汛」之時，就開始木材流送了。流送是按工鋪分段投放木材，每次要控制投放的數量，不然投放過多會堵塞河道。沿岸各鋪的工人在水裡用小扳鉤調整木材走向，使其不「打橫」，避免造成「插堆」。然而，各工鋪投放木材量很難統一把握，每年總是有幾次「插堆」淤堵河道的事故發生。怎麼辦呢？也是有備用方案的——事先在上游修了一道木障攔河壩，裡面蓄滿水，在那裡靜靜候著呢。打開閘口，壩裡憋著的水洶湧而出。猛烈的衝擊力，一下就把「插堆」淤堵的木材衝開了，河道重新恢復了通暢。

蘇呼河的頭道溝、二道溝、三道溝都設立了採伐鋪。採伐鋪得有個名字呀，是叫一鋪、二鋪、三鋪嗎？不是。是按照隊長的名字起的。鄧林生回憶說，頭道溝的採伐鋪有郭長明鋪、李木春鋪、孫石頭鋪；二道溝的採伐鋪有宋木林鋪、楊雲橋鋪、董永剛鋪；三道溝的採伐鋪有萬學山鋪、劉長江鋪、包金榮鋪。鋪下設組，有伐木組、造材組、打枝組、歸楞組、流送組。伐木工具是快馬子鋸，也叫大肚子鋸、二人奪。伐木作業時兩人對坐拉，嚓！嚓！嚓！嚓！鋸末子從鋸口吐出來，瀰漫著木脂的香味。隨著一聲：「順山倒啦！」轟的一聲巨響，大樹就躺在了地上。砸斷的灌木、枯枝、枯草、枯葉四處噴濺。

接著，就開始打枝、造材了。鋸掉梢頭，鋸掉枝杈，鋸掉疤瘌節子，就是通直可用的木材了。河岸上選平坦的場地，作為楞場，把造好的木材，集中到這裡歸楞，準備流送。從各採伐鋪把木材運到河邊楞場，主要是靠馬扒犁——這一工序也叫「倒套子」。

扒犁論張，不論輛。

每張扒犁由兩匹馬拉。林區冬季氣溫在零下四十多攝氏度，趕扒犁的人身穿羊皮襖，頭戴狗皮帽子，腳穿棉烏拉，也叫氈疙瘩，渾身

上下包裹得還算嚴實。長鞭一甩，嘎！

「嘚駕！」馬扒犁載著滾圓的木材，在雪地裡在冰面上就歡歡地跑起來了。

一張馬扒犁一般運三五根木材，來來回回地跑，馬跑得汗氣騰騰。馬鬃上眉梢上掛滿了霜，鼻孔噴出一團一團的熱氣。扒犁是用柞木做成的。柞木結實，性子穩定，不易劈裂。扒犁腳的底部鑲上鐵條，在雪裡或者冰上跑起來就輕快無比了。

那時候，伐木人的生產作業還是有一些行話的。比如：「磨骨頭」就是用肩杠抬木頭裝車，「小套房」就是集材的意思，「大套房」就是運材的意思。「上楂子」是指從伐木、打枝、造材到歸楞的多道工序的統稱，而「下楂子」則是指順著河道水運流送的過程。

楞場又分山楞、中楞、大楞。

山上伐倒的木頭，簡單集中到一起，叫山楞；把山楞的木材再集中運到路邊，歸成楞堆，叫中楞；把中楞的木材，用馬扒犁運到蘇呼河兩岸歸成楞垛，以備流送，稱為大楞。據說，蘇呼河大楞場，一個冬天要貯存木材達到三萬立方米。

在阿爾山林區，像蘇呼河那樣的飽滿豐盈的大楞場有若干個。楞場裡木材堆積如山，一楞連著一楞，楞垛鋪到天邊。大楞場的木頭，最後又通過蘇呼河進入哈拉哈河流，送到阿爾山林務分局伊爾施貯木場。再經過檢尺、打碼、編號、造冊，這些木材就成了國家計畫供應的物資了。在伊爾施經統一調配，裝上汽車和火車運往全國各地。

在那個年代，貯木場相當於林區的「金庫」。

林區人吃的喝的用的，全都來自貯木場裡的木頭。故此，林區的經濟又被稱為「大木頭」經濟。

哈拉哈河的上游除了蘇呼河，還有大黑溝、小南溝、金江溝水系，在伊爾施都彙集到一起。河面寬闊，河水澎湃，流送的木排首尾相連，蜿蜒數里，蓋滿河面，甚是壯觀。

至今，哈拉哈河流經伊爾施的南北兩岸，還有用水泥製作的大墩子遺跡立在那裡，這就是木材流送的終點站了。上下兩根鋼絲繩橫穿

河面，河中間用若干木頭三腳架固定，鋼絲繩的兩端分別繫在水泥墩子上，用鎖頭鎖牢。再沿著兩根鋼絲繩排列木板，用鉚釘固定住，防止被河水沖掉。如此這般，就形成了一道攔截木材的屏障。

木材截住後，就出河，用絞盤機往上拉，每次拉一捆，一捆三五根。拉上岸後還要歸楞，抬木工要大顯身手了。一一、二二、三三、四四、六六，要根據木頭大小及長短，確定幾個人上手來抬。所用的工具有抬杠、扳鉤、肩杠、把門子、壓角子、小刨鉤、油絲繩等。

一一就是兩人一組，用一副掐鉤、一副肩杠；二二就是四人一組，用兩副掐鉤、兩副肩杠；三三就是六人一組，兩副掐鉤、一副把門子、三副肩杠；四四呢，就是太長太粗太重的木材要八個人一組，前面一副把門子，後面一副把門子，中間兩副掐鉤、四副肩杠。六六呢，就不說了吧，反正那是更大更粗更長的木頭，要十二個人上肩了。

如果是直接裝火車的話，還要在地面與火車廂之間搭跳板，有兩節跳，有三節跳。抬木頭時，動作要協調統一，步調一致，否則就會出差錯，甚至發生危險。於是，喊號文化就在抬木頭的行進中產生了。領頭人（杠子頭）喊號，其他人接號。以號為令，便於抬木頭行走時邁步整齊，使所抬的木頭悠起來，從而平分壓力，運走木頭。在號子的節奏中，同時彎腰、掛鉤、起肩、運行、上跳、置木。

每首號子的領號聲調特別重要。號聲的大小、高低、粗細、強弱都決定著其他抬木人的勁頭、步伐步態，甚至運送距離和時間的掌握，都是靠號子控制。抬木是一種齊心協力的勞動形式，號子的作用就是用韻律來調節人的步伐，使大家「走在號子上」。

抬木號子是一種調律、多種內容的藝術。也就是說韻律是固定不變的，至於內容的變化，要看領號人觸景生情，臨場即時作詞的能力和水準。

領號：彎腰掛呀！
接號：嘿呦！嘿呦！

領號：撐腰起呀！

接號：嘿吆！嘿吆！

領號：齊步走啊！

接號：嘿吆！嘿吆！

領號：腳下留神呀！

接號：嘿吆！嘿吆！

領號：上大嶺呀！

接號：嘿吆！嘿吆！

領號：加油上啊！

接號：嘿吆！嘿吆！

　　人在重壓下發聲，這是一種生理需要，也是一種重體力勞動過程中尋求快樂的精神需要。

　　有資料記載，阿爾山林務分局在新中國成立初期流送木材產量是—— 一九五○年，28130立方米；一九五一年，2900立方米；一九五二年，30810立方米；一九五三年，3100立方米。

　　一九五四年，林區頭一條森林鐵路修通了，森林小火車取代了水運流送。之後，哈拉哈河上的木材流送場面便漸漸淡出林區人的視野。不過，那些老一輩伐木人，總要在傍晚黃昏時分來河邊走走。他們望著空蕩蕩的哈拉哈河河口，總有一種說不出來的悵然的感覺。

　　喧囂遠去，哈拉哈河靜靜地流著，彷彿什麼都沒有發生過。然而，晚霞中，兩岸的水泥墩子遺跡，以及幾節鏽跡斑斑的鋼絲繩，還是那麼真實地倒映在水裡，若隱若現。

　　倒影是圖景的迴聲，迴聲則是聲音的圖景。

　　「在森林裡，最可靠的東西只有斧子和鋸。」這是早年間，阿爾山林區流傳的一句話。然而，經過半個世紀的砍伐之後，斧子和鋸也靠不住了。光榮消歇，哈拉哈河沉默不語。也許，沉默也是一種憂傷。

　　若干年前，阿爾山林區就告別了伐木時代，進入了全面禁伐時

期。作為一個時代的標誌物，斧子入庫了，鋸子入庫了，伐木人變成種樹人和護林人。

哈拉哈河似乎有話要說，然而，它沒有說。

黎明睜開了眼睛，在無奈和困惑中，林區人開始認真而理智地審視自己既熟悉又陌生的森林了。

森林是什麼？一個聲音說：「森林是一個生態系統概念，絕不僅僅是我們所看到的那些樹。」是的，在森林群落中包含著許多生物群體，它們各自佔有一定的空間和時間格局，通過生存競爭，吸收陽光和水分，相生相剋，捕食與被捕食，寄生與被寄生，既相互依賴，又相互制約，構成了一個穩定平衡的生態系統。

最早把森林視為生態系統的，是德國林學家穆勒。穆勒說：「森林是個有機體，其穩定性與嚴格的連續性是森林的自然本質。」不應把森林看成木材製造廠，而應視為土地、植物和動物的融合，是持久的生命共同體。它是河流的源泉，也是生命的源泉。

人類在反思自身與森林的關係中，不斷調整著自身對森林的認識和行為。

穆勒還說：「如果說我們不再需要用乾燥木材供人取暖，那麼我們就更需要這些綠意盎然、青枝滴翠的森林來溫暖人的內心。」

森林具有三個層次：遺傳多樣性、物種多樣性和生態系統多樣性。森林包含了區域中生物種類的組合、生物與環境間相互作用的過程，以及經受干擾後的演變過程最為完整的記錄。正如氣候頂極類型提供的當地植被完整的演變歷史那樣。這些生態過程，是從人為干預下生長時間較短的人工植被中無法獲得的。或許，天然林和人工林是完全不同的兩回事。

森林就是森林。森林裡沒有多餘的東西，更沒有廢物。即使森林中那些枯朽的老樹也不是廢物，正因為有枯朽老樹的存在，才意味著一座森林的生長有著不同尋常的歷史，才構成了完整的自然生態系統。

何況，在哈拉哈河兩岸的森林裡，枯朽的空洞老樹，還是紫貂、

青鼬、艾虎、花鼠、灰鼠、鼯鼠等獸類和原生蜜蜂棲居的巢穴。大空洞樹是黑熊蹲倉冬眠的極好場所。猞猁也常常借助於大樹窟窿而棲身。

森林的奧秘，也許就藏在那些枯朽老樹的樹洞裡。森林有自己的秩序和邏輯。當一種現象超過某種確定的界限，森林就會調整內部的結構關係，重新確定秩序。這就是森林法則。

阿爾山林區朋友張曉超說：「天然林的自我恢復能力超出我們的想像。」他說，「保護天然林最好的辦法就是封山育林。在天然林採伐跡地上，只要原生樹木的根系沒有被毀墾，只要封山育林的措施科學、得當，給它們充分的喘息時間，天然林就可以恢復創傷，郁閉成林，達到森林群落的完好狀態。」

春去春又來。

正是憑藉美的力量，靈魂得以存活，並且生生不息。

林區大禁伐後，寂靜取代了喧囂。而那些能量積蓄已久的根，在哈拉哈河的滋潤下睜開新綠的眼睛，並用力拱出地面，佔據著一方屬於自己的空間。

哈拉哈河上起霧了，漸漸地，霧吞噬了森林。

然而，終究還是森林吞噬了霧。

哈拉哈河，向西向西向西，在阿爾山林區三角山北部流出國境，進入蒙古國，拐拐拐，向北向北向北，偏西偏西偏西，流入貝爾湖，歇口氣，穩穩神，流出，繼續向北，最後經烏爾遜河，匯入呼倫湖。至此，才算畫上了句號。這是一條多麼有歸屬意識的河呀——流出去，是為了流回來。是的，它居然義無反顧地流回來了。

有多少河，滾滾滔滔，一去不返啊！

哈拉哈河，這條從地球母腹中流出來的河，可能已經奔湧了一百萬年。它，不同於別處的河流。別處的河流，無論怎樣蜿蜒曲折，無論怎樣澎湃洶湧，最終，都要流向大海。而哈拉哈河的終點——呼倫湖並不通著大海。這一現象，不是一天兩天，不是數月數年，不是幾個世紀，也不是數千年數萬年。哈拉哈河，從來處來，到去處去。方

向從來沒有改變，目標從來沒有改變。

它，節制而深沉，穩健而自省，從不張揚，從不炫耀，從不喋喋不休地講述。長期以來，它的意義，它的功用，它在生態系統中扮演的角色被我們忽略了，以至於我們很少有人知曉它的名字。它，在動態中平衡著其流域的生態系統，在平衡中控制著生物與生物之間的關係。

它是無可替代的。

從地球來看，哈拉哈河是一個單獨運行的生態系統嗎？

不，地球是個整體，地球是個球。正如喜馬拉雅山上一顆雨滴，同印度洋上的一場風暴也有聯繫一樣。其實，哈拉哈河與地球的整個生態系統也存在著微妙的關係。終點，並不意味著停滯和完結，而是孕育著新生和開始。也許，空間是可以留置萬物的，而時間則是在捨棄萬物的同時又創造了萬物。哈拉哈河併置了空間和時間。周而復始，循環往復，永不停歇。

萬物即自然。

哈拉哈河的自我淨化、自我修復能力是驚人的。它的創造力更是無須證明——它涵養著其流域的森林、草原、濕地、灘塗和荒野，它滋潤著其流域的時令、生命、情感、靈魂和精神。

哈拉哈河，承載著時間和傳奇，奔流不息。

2. 汕尾之尾

山上鷓鴣羌，海裡馬鮫鯧。

—— 汕尾民諺

汕

海岸，是海的疆界，也是陸的邊緣。

嘩！拉開窗簾，汕尾品清湖盡收眼底。站在酒店的窗前，遠眺富有詩意的藍色海灣，海灣裡泊著的漁船，還有海灣上空飛翔著的翩翩鷗鳥，有令人迷醉的感覺——那畫面，實在太美了。

「葫蘆頭，沙壩尾」——就是指這裡嗎？

一道長長的沙舌，伸進海裡，不經意地造就了一個天然的避風港——汕尾港。那道沙舌，是擋浪遮風的屏障，也是港口賴以存在的生命長堤。

海浪，一波一波湧來，一波一波退去。

品清湖為潟湖，潮漲時碧波蕩漾，潮落時優雅安靜。在潮漲潮落的時間更迭中，生長出一座汕尾城。

清初，汕尾開埠，連通八方，商賈雲集，逐漸繁榮。也曾燈紅酒綠，也曾風月歡歌，有「小香港」之稱呢。

汕尾汕尾，何謂汕？當地朋友告訴我，汕，有三個意思。其一，魚在水中游動的樣子。用汕造句，比如：魚在水中汕汕然。其二，汕者，海灘高處也。其三，汕者，有山有海的地方。我聽罷，禁不住笑了，或許，這三個意思在「汕尾」一詞中都存在吧。

汕尾當地的語言，更接近閩南的「福佬話」——「美」、「尾」

不分，「線」、「汕」不分。

在汕尾期間，我隱隱感覺到，汕尾人似乎不太喜歡本地「汕尾」的名字。一則，汕尾與汕頭容易混淆，並常被誤當成汕頭。某年，某歌星在汕尾舉辦演唱會，面對熱情歡呼的汕尾觀眾，他大聲喊道：「汕頭的朋友們，你們好！」汕尾觀眾聞之，很是不爽。二則，「尾」字在中國人的思維裡，地位有點尷尬，寧做雞頭，不做鳳尾嘛。

不過，對此，我卻另有看法。

——暫且擱下，後面再說吧。

蠔塭

塭，如我一樣的北方人，多半是不會知道此字是何意的。這並不奇怪，一方水土，養一方人；一方水土，也一定產生一方文化。到了汕尾，我才知曉：塭，跟溫暖的溫同音，有土地溫暖之意。在汕尾，塭者，特指海水淡水交匯處有暖意的漁場也。亦喚作塭場。

塭場，有養魚的，有養蝦的，有養蟹的，一般幾十畝至百多畝不等。塭場，與海相通，也與河相連。水口處設閘若干，潮來任其漲滿，潮退曬塭。每天干塭不超過四個小時。潮漲時便在閘口置網，網網不空。網裡網住的是魚是蝦是蟹，還是什麼別的生猛海鮮，那要看運氣了。

塭場，汕尾海岸淺灘上多有之。近年，汕尾長沙灣晨洲村在塭場裡養蠔聞名遐邇。

蠔，別名牡蠣。在汕尾，把產蠔的淺海曰之蠔浦。而養殖蠔的蠔田，則稱之為蠔塭了。養蠔的漁人呢，當然叫蠔民了。

早年，晨洲村只是一個自然島嶼。這裡的陸地面積不足一平方公里。然而，這裡的淺海區域卻闊達，水質優良，海水中浮游生物豐富。附近的生態系統完好，各種自然條件優越。水的鹽度偏低，水溫適中，在十五攝氏度至二十五攝氏度之間，特別適合蠔的生長。當地

黃羌

我要說，黃麂就是黃羌，你信嗎？

黃羌，跟「雲朵上的民族」羌族無關，跟六音孔的羌笛樂器無關，它是汕尾山裡的一處地名——汕尾東部的一個小鎮。但我們去看的不是黃羌鎮，而是黃羌林場。這裡森林茂密，野豬、黃麂、水鹿、蟒蛇等野生動物出沒其間。遠遠地，我們看到護林站小白樓的後山上立著一塊牌子，上面寫著兩行大字：前人栽樹後人乘涼，前人伐木後人遭殃。

當年，這一帶綠色的山林裡曾經是「紅區」。

是的，汕尾東部山區及其海岸曾經是彭湃和楊其珊鬧革命，建立中國第一個縣級蘇維埃政權的地方。彭湃當時是縣教育局局長，在大樹環抱的龍舌埔「得趣書屋」成立了「六人農會」。那時，彭湃就愛樹木，愛自然。他帶領學生上山植樹的照片，至今仍掛在舊居的牆上。楊其珊懂醫術，會武功。他廣開武館，辦診所，為農民習武或者就醫提供方便。其實，武館和診所也都是秘密交通站，傳遞情報，聯絡地下黨。海陸豐農民運動搞得轟轟烈烈，深得毛澤東的讚賞。

革命也要穿衣吃飯，為了改善伙食打牙祭，上山打獵是常有的事。那時，革命隊伍裡最先進的傢伙就是「漢陽造」步槍了。不過，打獵是捨不得用的，那是殺敵的武器。打獵用的，往往是土造的鳥銃。

嗵！一傢伙，獵到一兩隻鷓鴣並不稀罕。要是獵到一隻「黃羌」，架上柴，火燒得旺旺的，熱氣瀰漫地燉上一鍋肉，香噴噴，還真是夠隊伍改善一頓伙食了。黃羌是什麼呀？黃羌是汕尾土話，其實，黃羌就是黃麂。

黃麂，也稱麂子、黃猄、山羌。早年間，海陸豐一帶的海岸山林裡，黃麂身影多有閃現，覓食時，黃麂機警靈敏，不時跳躍，躲避危險。黃麂為食草動物，以灌木嫩葉及嫩草為主要食物。喜歡獨居，生性膽怯，遇敵害時會先靜止不動，立耳觀察動靜，判斷危險來自何處

後，再蹭蹭跳起迅速逃竄。

黃麂皮熟製後，相當柔軟，可製多種皮具。當年，尋一塊麂皮，用於擦「漢陽造」，擦梭鏢，擦長矛，擦藥箱，擦眼鏡，甚是講究了。不過，如今黃麂已被列為國家保護的野生動物了，對獵捕行為一概說不。違者，要追究法律責任呢。

生態需要時間的積累。護林站的負責人告訴我，這幾年，護林員巡山時，經常見到黃麂，野豬更是多得成災。

我盯著「羌」字，看了好久，不住地點頭——嗯，從字形上看，「羌」字還真像黃麂呢！如此，此地地名叫黃羌，必是與這種雖然腿細但機敏、彈跳功夫了得的野生動物有關了。

不過，我們這次來黃羌林場，卻沒有見到黃麂。

山林裡寂靜無聲，偶有鳥語滴落，啾啾啾！啾啾啾！是鷓鴣嗎？無人應。接著，一片空白，又靜了。

突然，灌木叢簌簌一陣搖動。呀——呀呀。我屏息駐足，等待那個跳躍的靈巧身影出現。可是，等了半晌，卻什麼也沒有等到。

悵然若失。

尾

海的盡頭，是海岸。

海的起點，是海岸。

東方紅，太陽升。太陽跳出海平面那一刻，新的一天開始了。

一般而言，按照太陽的運行規律，東上西下，東前西後，東頭西尾。然而，汕尾畢竟不同，汕尾是與海洋息息相關的地方。在這裡，尾，並非終點，而是陸地與海洋相遇之處，陸路與海路對接的埠。

汕尾的海岸，彎曲而複雜。這裡有長沙灣、碣石灣、紅海灣、遮浪灘、金廂灘等名字極具詩意的海岸，也有暗藏岬角、頑石、島礁及懸崖峭壁等怪異險峻的海岸。

岬角，是汕尾海岸出人意料的景觀。岬角，往往是海與海的分割

山那邊還是山

島的故事裡瀰漫著海的味道

器，灣與灣的隔離點。岬角，以不變應萬變。因之岬角，海的一邊，可能是洶湧澎湃的喧囂世界，而另一邊呢，則可能是風平浪靜的沉思之所。

海岸，從來就不是靜態的，每時每刻都處在動態中。陸地生物和海洋生物都在海岸附近繁衍生息，一代一代，綿綿不絕。面對大海，海岸講述陸地的故事。面對陸地，海岸講述大海的故事。一遍一遍，一遍一遍。

嘩！後邊的浪，推著前面的浪。嘩！嘩！嘩！無數湧來的浪，造就了海岸上的沙灘。可是，浪在用力甩出一個傳奇後，竟在海岸上眨眼間消失了，留下的只有白白的沙，還有無數飽滿的生命。海岸，長著牙齒嗎？

汕尾汕尾，如果說汕尾是一尾魚的話，那麼，魚之動力，不是取決於頭，而是取決於擺動的尾了。

——汕尾汕尾。

——汕美汕美！

3. 烏梁素海

一

烏梁素海一定是出了問題。

張長龍從渾濁的水裡起出空空的網具，望著黃藻瘋長的烏梁素海兩眼發呆——鯉魚沒了，草魚沒了，鯰魚沒了，鰱魚沒了，胖頭魚沒了，白條魚沒了，王八沒了⋯⋯甚至連頑皮的泥鰍也少見了。張長龍摘掉網眼上的水草，甩了甩上面的水，然後把濕漉漉的散發著腥臭味的網具架到木杆上曬起來。唉，如今十天半月也用不上一次網了。他蹲在海子邊上，掏出棗木杆的白鐵菸袋，裝上幾絲圐圙布倫的菸葉子，點燃，吧唧吧唧吧唧，吸上幾口，一縷一縷的青煙便向蘆葦叢裡慢慢散去，散去。棲在蘆葦葉上的蚊子們被煙熏得喘不過氣來，紛紛逃竄。這幾年，烏梁素海裡蚊子的個頭倒是越來越大了。張長龍心裡想，蚊子要是變成魚就好了。別的魚沒了也就沒了，可鯉魚要是沒了，那烏梁素海還是烏梁素海嗎？

二十世紀八〇年代之前，烏梁素海每年產魚都在五百多萬公斤以上，光是黃河鯉魚就占到一半還多哩。往事不堪回首

嘍！他蹲在架著網具的木杆旁邊，眼睛眯成一條線，想著心事。吧唧吧唧，吸了幾口菸，吐出一個一個煙圈圈。咳了咳，用粗糙的拇指壓了壓白鐵菸袋鍋子裡的菸絲，嘴裡便哼出了小曲，小曲的調子滿是悵然的味道——

烏梁素海的蘆葦
一眼望不到邊

金黃金黃的大鯉魚
驚動了呼市包頭
臨河陝壩
海勃灣烏達
石嘴山寧夏
十個輪輪大卡車一趟一趟地拉

　　唉，這唱詞寫的都是早先的烏梁素海了。如今，連一條鯉魚也捕不到了。鯉魚是烏梁素海的標誌性魚類，也是反映烏梁素海生態變化的「晴雨表」。如果鯉魚沒了，那烏梁素海一定是出了問題。令張長龍不解的是，鯉魚雖然沒了，可野鴨子、黑鸛、鵜鶘、白琵鷺、紅尾濱鷸，還有漂亮的疣鼻天鵝，每年春天還是照常飛來，產蛋孵化，繁殖後代。莫非，那些鳥類及漂亮的疣鼻天鵝有極強的抗污染能力？這是個問題。大大的問號，日裡夜裡掛在張長龍的心尖尖上哩。猛然間，那個問號彷彿拉直了。他心裡打了個激靈，似乎意識到了什麼。什麼呢？烏梁素海的魚沒了，接下來沒了的不會是鳥吧？不會是他心尖尖的鳥──疣鼻天鵝吧？不會的，不會的，斷斷不會的。然而，一個聲音卻問道：怎麼就不會呢？

　　我不相信──我不相信──我不相信……張長龍討厭一切與疣鼻天鵝有關的讖語。無論怎樣，只要他聽到空中滴落的那沙啞的鳴叫，只要他看到水中那漂浮著的倩影，便有一種酥酥的感覺，整個人就興奮起來了。因為疣鼻天鵝，張長龍每天多了一份牽掛，也多了一份盼頭。

　　烏梁素海何時能夠一天比一天好起來呢？問天？問地？還是問自己？張長龍自己也說不清楚了。

二

　　烏梁素海在哪裡？

看看地圖就清楚了。黃河流到了河套段不是呈「几」字形嗎？「几」字最上方的「一」橫處的左端偏裡的地方，就是烏梁素海了。

烏梁素海，蒙古語意為「盛產紅柳的地方」。我到烏梁素海時，曾留心觀察，卻沒有發現一棵紅柳，蘆葦倒是多極了。烏梁素海是黃河改道的傑作，黃河先是在北邊流淌了，不知哪一天卻來了脾氣，呼地拉了個弧線，往南移了許多。這一移不要緊，在造就了沃野良田的同時，卻也丟棄了許多東西，魚啦蝦啦王八啦就不必說了，其中最大的一件東西就是烏梁素海了。好傢伙！最初的烏梁素海闊氣得很啊！有一百多萬畝水面，汪洋一片，甩手無邊啊！

黃河真是強脾氣，把這麼大的海子說丟棄就丟棄了，從來沒有回頭尋找過，也從來沒有後悔歎過氣。是死是活，烏梁素海全憑自己掙蹦了。不過，一切存在必有它的道理。內蒙古河套灌區管理局黨委書記告訴我，烏梁素海是黃河流域最大的淡水湖，也是地球上同一緯度最大的自然濕地。烏梁素海對於調節我國內陸氣候發揮著重要作用。它的西邊，是囂張的烏蘭布和沙漠，有了烏梁素海，便如同有了一道綠色屏障，把肆虐的風沙擋在一邊。它的東邊是高高隆起的陰山，正是因為有了烏梁素海的滋潤，陰山的綠色才那麼蔥蘢。它的北邊，是羊群遍佈的烏拉特草原，正是因為烏梁素海的哺育，草原上的牧歌才格外悠揚。

然而，偌大的海子裡，活蹦亂跳的大鯉魚怎麼說沒就沒了呢？

張長龍把那杆棗木杆的白鐵菸袋掖到褲腰裡，蹲在海子邊上，把手指頭伸進水裡，卻不見手指頭。水，黑紅黑紅的，渾啊！

——唉，烏梁素海一定是出了問題。

三

張長龍，五十八歲，屬蛇的，小名叫長龍。魚是離不開水的，龍呢？——龍當然離不開海呀！在屬相中，民間把蛇稱作小龍。小龍也是龍啊！

張長龍現任烏梁素海濕地保護區編外管護員。

　　張長龍的老家在白洋淀，白洋淀曾是雁翎隊打游擊的地方。抗日戰爭時期，在白洋淀的蘆葦蕩中，雁翎隊用「大抬杆」（聯排鳥銃）把日本鬼子打得吱哇亂叫，屁滾尿流。張長龍打小就愛聽父親講雁翎隊打鬼子的那些故事，過癮。

　　一九五五年，烏梁素海成立了漁場，當地蒙古族牧民，不識水性，不吃魚，更不用說打漁了。於是就從白洋淀遷來一批能打漁的把式，作為漁場的骨幹。那批把式中就有張長龍的父親，父親身後那個像泥鰍一樣的小傢伙就是他——張長龍。那時他僅僅三歲，整天赤條條的，在海子裡翻著水花，嘴裡噗噗噗地吹著水汽，摸魚掏鳥蛋，卻也樂趣無窮。張長龍天生就是水命，離了水他就沒有力氣，渾身打不起精神。他還特別能潛水，嘴裡叼根葦管，隔一會兒，咕嘟咕嘟冒一串泡泡，再隔一會兒，咕嘟咕嘟又冒一串泡泡，在水下潛上個把時辰不成問題。

　　剛來漁場時，這裡只有七戶人家，都是在烏梁素海周邊草場放牧的蒙古族牧民。那時的烏梁素海裡，水鳥和魚多得超出想像。多到什麼程度呢？水鳥多得飛起來遮天蓋日，落到海子裡見不到水面。魚呢？那就更多了——套馬杆插在水裡，生生不倒——魚多呀，把套馬杆擠得立在水裡了。瞧瞧，那陣勢，那情形，嘖嘖嘖！大魚也多得是，一九六九年，張長龍還捕過一條兩米多長的大鯉魚呢！手摳著魚鰓把魚背在身上，魚尾巴像墩布一樣在地上掃來掃去的。啊呀，烏梁素海的鯉魚就是好吃，舀海子裡的水燉鯉魚，那是河套一帶遠近聞名的美味。王八也多，大的王八有臉盆那麼大。捕魚要用「箔旋」佈陣，俗稱迷魂陣。張長龍是佈陣的高手，布完陣，只消掏出棗木杆的白鐵菸袋，裝上一鍋子圐圙布倫菸葉子，吧唧吧唧吧唧，吸上幾口，吧唧吧唧吧唧，再吸上幾口，就可收魚了。冬天用冰穿打冰眼下網捕魚，那場面也很壯觀。魚凍得直挺挺的裝到駄子上用駱駝運到包頭去賣，換回布匹、鹽巴、陳醋、白酒和磚茶。餐餐有魚蝦吃，頓頓有酒喝。那日子，那時光，美得很呢！

早年間，除了捕魚，張長龍還在海子裡獵雁獵野鴨掏鳥蛋。父親從白洋淀帶來的那把曾打過日本鬼子的老鳥銃，到了張長龍手裡威力不減當年。他的槍法極準，百步之內，一槍一個「眼對穿」。說到那段歷史，張長龍的話便格外少了，只是吞吞吐吐地說了一句，他的左耳就是獵雁時被鳥銃轟轟的巨響震聾的。他說，這是報應。後來，他的鳥銃被公安部門收繳了，人也險些被帶走。現在他的上衣口袋裡揣著助聽器，雙耳戴著耳麥，聽力倒也無礙。我幾乎不用太大的聲音講話他也能聽到。

　　一個人的出現令他改變了自己的活法。

　　那個人是一位鳥類學家，叫邢蓮蓮。作為內蒙古大學教授的邢蓮蓮，帶著研究生來烏梁素海搞鳥類調查，請張長龍當嚮導。邢教授學識淵博，待人謙和。在接觸的過程中，張長龍跟她學到了許多鳥類知識，知道了自己過去獵鳥掏鳥蛋是錯誤的，鳥類是人類的朋友。從此，他成了烏梁素海濕地保護區一個不拿工資的編外管護員。他划著一條小木船，整天出沒於蘆葦蕩中，發現獵鳥掏鳥蛋的不法分子，或者上前制止，或者沒收獵具、將盜獵者扭送到森林公安派出所。起初，人們以為他是「吃官飯」的管護員，懼他三分。後來知道了，他不過是個編外人員，並無執法權，便不再把他當回事了。那些混混們還笑嘻嘻地送給他一個外號：鳥長。

　　鳥長鳥長鳥長。這兩個字用河套話讀出來並不怎麼好聽，何況，張長龍知道，那些混混們給他起這個外號心裡是啥意思。可是，張長龍一點也不生氣，鳥長就鳥長，鳥長也是官啊！

　　鳥長？——哎，是我。

　　鳥長嗎？——哎哎！是我，我是鳥長。張長龍笑嘻嘻地答應著。

　　鳥長是什麼級別的官呢？股級？科級？縣團級？還是司局級？張長龍的腦子裡莫非灌進水了吧。鳥長管的不是鳥，是管打鳥主意的人哩。管人？呸！呸呸！有那麼容易嗎？就憑你那點打魚摸蝦識鳥的本事，還能管住人？張長龍，你回家照照鏡子吧。家裡要是沒鏡子，你就一猛子紮到海子裡嗆幾口水，清醒清醒吧！

四

真是灌進水了。

張長龍不但不清醒，腦子裡的水反而灌得越來越多。他把家裡的十幾畝葦灘交給兒子照看，自己一頭鑽進蘆葦蕩，不見了蹤影。

張長龍在蘆葦蕩裡搭了個窩棚，安營紮寨了。他每天都划著小船，在海子上巡護……機警的眼睛瞪得大大的，神出鬼沒的樣子就像當年白洋淀裡的雁翎隊員。只是孤單單的，手裡缺少壯膽的家什。

幸虧，褲腰裡還掖著棗木杆的白鐵菸袋。乏了，掏出圓圓布倫菸葉子，裝進白鐵菸袋鍋子裡，點燃，吧唧吧唧吧唧，吸上幾口。累了，掏出圓圓布倫菸葉子，裝進白鐵菸袋鍋子裡，點燃，吧唧吧唧吧唧，吸上幾口。困了，掏出圓圓布倫菸葉子，裝進白鐵菸袋鍋子裡，點燃，吧唧吧唧吧唧，吸上幾口……三伏天，蘆葦蕩裡的蚊子巨多，卻沒有一隻敢叮鳥長張長龍的。他那杆棗木杆的白鐵菸袋是他驅蚊的秘密武器。未及近前，蚊子們早被白鐵菸袋鍋子裡散出的那股菸袋油子味熏暈了。

嘩嘩嘩，嘩嘩嘩，一片水域裡，一對疣鼻天鵝正在覓食。瞧瞧，那白淨的羽毛，長長的脖頸，在水面上形成的弧線多美呀！張長龍趕緊按滅白鐵菸袋鍋子裡的菸，泊了木船，貓在蘆葦叢後面靜靜觀察。

張長龍從邢蓮蓮教授那裡得知，疣鼻天鵝又名啞聲天鵝。它的叫聲沙啞，並不尖利。疣者，就是鼻端凸起的肉球球，所以，疣鼻天鵝也叫瘤鼻天鵝。這種天鵝體形大，個體重，有「游禽之王」之說。它的特徵鮮明，嘴是赤紅色的，在水中游動時，脖子常常彎成「S」形。在天鵝中，要數疣鼻天鵝最美了。遠遠看去，在水面上漂浮的疣鼻天鵝如同身披潔白婚紗、塗著紅唇的新娘。據說，俄羅斯芭蕾舞《天鵝湖》中模仿天鵝的舞步，其藝術靈感就來源於疣鼻天鵝戲水的場面哩。

嘩嘩嘩，嘩嘩嘩，兩隻天鵝互相追逐著，水面上濺出無數水點。水波跟著水波，一圈一圈向四周擴散著。可惜，那些水點和水波有些

污濁，黏稠稠的。水面歸於平靜，疣鼻天鵝用自己長長的喙清理著羽毛上的污漬。

忽然，兩隻疣鼻天鵝警覺起來，伸長脖子向蘆葦叢中打量著什麼。張長龍定睛一看，在離自己幾米遠的葦叢後面探出黑洞洞的槍口，正向天鵝瞄準呢。說時遲，那時快，張長龍從木船上一躍而起，撲向那個持槍人。「嗵！」「嗵！」槍口對著天空響了。「撲啦啦！」兩隻疣鼻天鵝飛走了。

幹什麼！你？是湖匪嗎？

我不是湖匪，我是鳥長，不准你打鳥。

那個持槍人是有來頭的，他專門開著一輛越野車來打獵，不想，卻讓張長龍壞了興致。他說，我是某某單位的什麼什麼長，想吃天鵝肉，你走開，別礙事。張長龍說，你別打天鵝的主意，我不管你是什麼什麼長。要吃天鵝肉也行，可你必須先吃我的肉。那位頭頭說，你找死嗎？張長龍笑了，說，是啊！就是想找死，不然你怎麼能吃到我的肉呢？那位頭頭哼哼兩下又裝上了子彈，拿槍對準他的額頭。那是一支雙筒獵槍，槍筒鋥亮鋥亮的，透著寒氣。張長龍拿出那杆棗木杆的白鐵菸袋，不緊不慢地裝上一鍋子圐圙布倫菸葉子，點燃，吧唧吧唧吧唧，吸上幾口，噗地把煙吐出來，說，你們這些什麼什麼長，打鳥獵雁，捕殺天鵝，禍害野生動物，這是違法的啊！我的老鳥銃都被收繳了，你的雙筒獵槍是哪來的？你有持槍證嗎？告訴你吧，你的車號我已記下了，別看你現在耀武揚威，過些天就會有人找你了。

終於，雙筒獵槍的槍口從他的額頭無力地移開了。持槍人立刻變成一副笑臉，笑嘻嘻地說，逗你玩呢，別當真呀！

張長龍的額頭上留下一個圓圓的印。

最難對付的倒是那些投毒的人，因為很難現場抓到他們。

那年秋天，張長龍在巡護時，發現有人在蘆葦蕩中投毒，毒死了不少野鴨。投毒者藏在蘆葦叢中不露面，根本抓不到。怎麼辦？張長龍心生一計：假扮漁民在海子裡撒網捕魚（他本來就是漁民），然後故意把船搖進蘆葦蕩，撿拾被毒死的野鴨。投毒者在蘆葦叢後面露露

頭，縮回去了；再露露頭，又縮回去了。張長龍瞥了一眼，不言語。他彎腰撿起一隻野鴨子，扔進木船裡，嘴裡叨叨著說，晚上紅燒野鴨子肉，可得美美喝幾壺啊！彎腰，再撿；再彎腰，再撿……數了數，整整三十隻野鴨子。他假裝心滿意足了，躺在船頭，抽著菸，哼著酸曲。他知道，那些投毒的傢伙就在附近的蘆葦叢中貓著呢。

哼完酸曲，他把那杆兒鐵菸袋掖到褲腰裡，嘴裡說道，收工嘍！就要划船往回去。終於，蘆葦叢中的人憋不住了，呼呼呼呼地站出來了。好傢伙！齊刷刷四個。

哪裡走！是你的野鴨子嗎？你就敢拿走！

不是我的，可也不是你們的呀！無主的野鴨子我怎麼不敢拿走？

嗨！還真不把自己當外人了。怎麼不是我們的──是我們剛剛毒死的！

好！有種！再說一遍！

是我們剛剛毒死的！野鴨子是我們的。你還要搶不成？

行！我要的就是這句話。你們的野鴨子，我還給你們，不過不能在這兒給，你們得跟我去個地方啦！

哪兒呀？

森林公安派出所。

四個傢伙，眼裡閃著兇狠的光，向他圍攏來，並蹭蹭竄到他的船上，搶奪野鴨子。張長龍未等那四個傢伙站穩，用腳使勁一晃，就把他們晃進水裡。接著，他掏出那杆白鐵菸袋，一個一個敲他們的腦殼──叫你們投毒！叫你們投毒！四個傢伙在水裡哇哇亂叫。

這時，保護區管護站站長楊軍帶領幾個管護隊員及時趕來，那幾個傢伙乖乖就擒。從此，在烏梁素海，鳥長張長龍的名字令盜獵分子聞風喪膽。報紙、電臺、電視臺的記者紛紛來採訪他，張長龍成了名人。許多專家來烏梁素海考察鳥類，許多攝影家來烏梁素海拍片子，都指名請張長龍做嚮導。考慮到張長龍沒有工資，家庭生活也比較困難，於是，烏梁素海濕地保護區管理局作出決定，允許張長龍做嚮導，每天收費一百塊錢。不過，保護區管理局局長告訴我，他掙的那

點錢，大部分都買藥給疣鼻天鵝及其他生病的鳥治病了。唉，這個鳥長啊！

不讓我們獵鳥掏鳥蛋，他卻做嚮導賺錢──把他扔進海子裡餵王八！盜獵分子放出話來。張長龍聞知，哈哈樂了。要是烏梁素海還有王八就好啦！

一個燥熱的中午，烏梁素海上空盤旋著的天鵝突然哀鳴起來。原來蘆葦蕩深處，升起一股濃濃的煙──張長龍的窩棚被人點著了。騰騰騰，一把火，眨眼間便把葦草和香蒲搭成的窩棚燒得精光。好險啊！當時張長龍若不是在海子上巡護，或許真被燒成灰了。張長龍未被嚇退，他割了些蘆葦和香蒲，又把窩棚搭起來了。

有我張長龍喘氣，你們就別想打烏梁素海的主意。張長龍咬咬牙說。

五

我是在一隻遊艇上見到張長龍的。

他的皮膚黝黑黝黑的，小平頭，臉上滿是皺紋，像是陳年的核桃一樣。他穿一件灰色的短袖T恤衫，口袋裡放著助聽器，褲腰裡掖著那杆白鐵菸袋，眼神中隱隱地透出一種憂鬱。

這幾年，張長龍是越來越不開心了。他的不開心源於烏梁素海的水。烏梁素海的水質是越來越差了，由於工業廢水、農業廢水和生活污水的湧入，烏梁素海迅速富營養化，淤泥越積越厚，蘆葦不斷瘋長，黃藻不斷瘋長，水域面積縮小，海子的底兒抬升，平均水深已經不足一米了。

烏梁素海要成為死海嗎？在他的記憶中，烏梁素海的水是流動的。它接納了上游灌區澆灌農作物排下來的水後，經過自身的生物淨化，又排到黃河裡了。如今，烏梁素海的水怎麼就不流動了呢？酷暑的天氣裡，海子的水面上還瀰漫著一股股隱隱的腥臭味。是的，採訪過程中，我的確聞到一股腥臭味。同時，我還驚訝地發現，在我想像

中那一望無際的碧綠湖水，實際上已經被污染成黑紅黑紅的顏色，湖面上偶爾還能看見漂浮的小小的死魚。那小小的魚，是鯽魚，長不過一寸。當地人，或者知情人，是從來不吃這種魚的。張長龍說，烏梁素海僅有這種小鯽魚了，怕是用不了多長時間，連這種小鯽魚也要絕跡了。

說話間，我們的遊艇已經駛入一處相對寬闊的水域。

只見海子的深處，生長著團團簇簇、如絲如棉的黃藻綠苔，像是一張巨大的海綿覆蓋並充塞著水面。如果不是按照事先割出的水道穿行，我們遊艇的螺旋槳怕是早被黃藻綠苔裹住了。當我們乘坐的遊艇在水道的汊子裡拐彎折返時，螺旋槳所攪起的那夾雜著黑色淤泥的層層黑浪，散發出一股股酸腐刺鼻的腥臭味。活水變成死水嘍！

活水變成死水的原因是什麼？烏梁素海濕地保護區管理局局長說，活水變死水的主要原因是利益驅動。一些外地商人承包租賃了烏梁素海周邊的蘆葦灘地，大面積經營蘆葦生意。為了讓那些蘆葦長得更好，賣更多的錢，那些葦商們就雇人築起一道一道的土壩，把水放進來，卻不放水流出去。特別是烏梁素海的下梢，都被這樣的土壩一道一道地分割了，本來是流動的活水，現在都成了死水，蘆葦在死水裡瘋長，生活在死水中的疣鼻天鵝和野鴨、大雁等水禽卻不斷地出現死亡現象。雖然政府發文明令不准築壩，保護區的管護隊員也多次現場制止，但由於權屬等複雜的原因，葦商雇人築土壩的行為仍然屢禁不止。

那縱橫交錯的土壩割斷了烏梁素海的喉嚨，它能喝水，但無法下嚥啊！退一步說，它能咀嚼，但不能讓有效的營養保證肌體的健康啊！

張長龍一看到那些土壩，心裡就來氣。月黑天，他曾偷偷用鐵鍬把那些土壩掘開一個一個的口子，讓水流動起來，可用不了多長時間，那些口子就又被合上了。他之所以恨那些土壩，是因為土壩裡瘋長的蘆葦阻擋了疣鼻天鵝的起跑飛行。疣鼻天鵝的體重接近鳥類飛行的重量極限。小型的鳥類，只要展開翅膀，雙腿用力一蹬，就能很快

飛向高空。而疣鼻天鵝卻不行，它個頭太大，必須有一百二十米以上的跑道並且通過「九蹬十八刨」，才能產生足夠的起飛速度，從而飛翔起來。

天鵝喜歡在蘆葦蕩中覓食，可如果蘆葦蕩太過茂密，沒有一定的水域空間，沒有「九蹬十八刨」的助跑距離，那麼一旦遇有緊急情況，往往就會給它們帶來致命的災難。

六

這是法國作家布封筆下的天鵝：「天鵝的身形豐腴，線條優美，晶瑩潔白，散發著我們欣賞優雅和美麗時感到的那種暢快和迷醉。它的要求很少，只要求寧靜和自由。它是水禽中的王。」

烏梁素海是我國著名的「天鵝之鄉」。

野生疣鼻天鵝目前在我國僅有一千多隻，而在烏梁素海就有六百多隻。每年三月末，這些疣鼻天鵝就會準時由南方遷徙到這裡。張長龍掰著手指頭說，三月十二日天鵝飛到，一天都不差，年年如此。天鵝真是有靈性的鳥呀！四月底，它們開始在蘆葦叢中築巢，接著就下蛋孵化後代了。

在船頭，在蘆葦蕩中，在窩棚裡，在瞭望塔上……張長龍記下了十幾本「疣鼻天鵝觀察記錄」，每年都要繪製一張「疣鼻天鵝巢點陣圖」。他把保護區內有多少鳥巢，在什麼部位，每個巢中有多少枚蛋，孵化出多少雛鳥，甚至連上一年孵化出的天鵝、今年有多少返回來，哪些是第幾代成鳥等都詳盡地記錄下來。邢蓮蓮教授說，這些觀察記錄具有重要的科學價值，是研究疣鼻天鵝生活習性及烏梁素海生態演變關係的第一手資料。我在烏梁素海採訪時，翻看過那些浸著水漬、捲著邊邊的「觀察記錄」，內心油然生出一種崇高的敬意。

疣鼻天鵝喜食水草，特別是龍鬚眼子菜和狐尾藻等沉水植物。張長龍觀察發現，一隻疣鼻天鵝一天可以吃掉方圓兩平方米內的十五公斤水草。假如一隻疣鼻天鵝在烏梁素海一年覓食兩百天，那麼就會有

四百平方米三千公斤的水草被連根吃掉。一隻疣鼻天鵝就吃掉這麼多水草，那六百隻呢？疣鼻天鵝真是淨化烏梁素海的神鳥啊！

疣鼻天鵝的巢是用葦葉、葦莖和葦莛子築起來的，層層疊疊的，遠遠看去就像一個一個的柴堆。如果水面上升，天鵝就用自己靈巧的嘴，咬斷附近的蘆葦，選擇合適的材料，再把巢加高。疣鼻天鵝的蛋個頭很大，一般一巢有五到八枚。鳥類學專著說，疣鼻天鵝產蛋最多在九枚。可據張長龍長期觀察，烏梁素海的疣鼻天鵝最多可以產蛋十二枚。瞧瞧，生生比專著上記載的多出三枚。

疣鼻天鵝巢中的蛋上常常覆蓋著一層細密的羽毛，孵化期的蛋最需要的是一定的溫度，三十四攝氏度是孵蛋最適宜的溫度。在孵化期，疣鼻天鵝對水質的品質也特別敏感，水中富營養過猛及難聞的氣味，最容易導致孵化失敗。即便幼鳥勉強出生，也多半是畸形，活不了多長時間就一個一個地夭折了。張長龍看在眼裡，急在心上，嘴上起了個大泡。怎麼辦呢？

那天，在烏梁素海疣鼻天鵝核心繁殖區 —— 蘇圪爾的蘆葦蕩中，張長龍終於想出了一個辦法。什麼辦法？用漂白粉淨化水質。

他把菸灰一磕，就急急地去找保護區管護站站長楊軍。哪知，楊軍也正為這事犯愁呢。張長龍把自己的想法如此一說，楊軍聽後，一拍大腿，說了一個字：行。楊軍立即向保護區管理局打了個報告，申請經費購買漂白粉。保護區管理局全力支持，次日就把一筆款子批下來了。張長龍主動要求參與投放漂白粉的任務。酷暑天，裝在船上的漂白粉氣味異常難聞，張長龍被嗆得差點背過氣去。為了減少這種氣味對天鵝的影響，必須用最短的時間，在三平方公里五千畝水面範圍，完成一次投放十噸漂白粉的任務。每次完成任務時，大汗淋漓的張長龍累得幾乎癱在船上。

然而，當朝霞映在烏梁素海局部淨化了的水面上時，望著那寧靜安然的疣鼻天鵝，張長龍感到無比的幸福。儘管淨化了的僅僅是蘇圪爾這塊小小的水域。

連續三年，經過漂白粉的消毒淨化，蘇圪爾水域的天鵝幼鳥沒有

出現一隻死亡現象。

天鵝守護著蛋，守護著幼鳥。張長龍守護著天鵝。

疣鼻天鵝的孵蛋時間一般在三十二天左右，母天鵝每天除了覓食三兩個小時外，其他時間都是靜靜地臥在巢中孵蛋。當小天鵝破殼出生的時候，母天鵝幾乎耗盡身上的能量，精疲力竭了。而張長龍一顆揪著的心，才稍稍放下來。這時，他也幾乎精疲力竭了，甚至連碰一下那杆白鐵菸袋的力氣都沒有了。

冬天，疣鼻天鵝不在烏梁素海的那些日子，張長龍是落寞而惆悵的。

烏梁素海冬天結的冰也是黑紅黑紅的了，那冰有一米多厚，幾乎凍絕底了。海子裡即使還有大鯉魚也不能活了，缺氧。一片肅殺淒涼的景象。

疣鼻天鵝去了哪裡？飛到南方的某個地方越冬去了。張長龍的心也跟著飛走了。

嘎嘎！嘎嘎嘎！這是多麼傷感的鳴叫啊！這傷感的聲音總是在張長龍的心裡迴蕩。並且，日裡夜裡折磨著他。

布封說：「在所有臨終時深深感動我們的動物中，只有天鵝在彌留之際還在唱歌，用它的和鳴作為它最後歎息的序曲。天鵝發出如此溫和、如此動人的音調，是在它行將斷氣的時候，向生命作淒涼而深情的告別。那是令人悲慟的輓歌啊！低沉哀怨，如泣如訴。甚至在晨曦初露，或者風平浪靜的時候，我們還能真真切切地聽到。」

或許，有一天，天鵝真的就不來了。

七

現在的烏梁素海不是早先的烏梁素海嘍！

路德維爾在他的《尼羅河傳》裡說：「朝代來了，使用了它，又過去了，但是，它，尼羅河——那土地之父卻留了下來。」烏梁素海曾經是那麼的富庶和美麗，養育了世世代代的烏梁素海人，今天它自

己卻出了問題。它的問題，不是它自己的問題，而是我們的問題，正是我們無休無止的濫用水，污染水，不尊重水，不節約水，才導致了水污染的問題，乃至烏梁素海的生態問題一天比一天嚴重。

其實，出現問題的湖泊不僅僅有烏梁素海。一九七二年，羅布泊乾涸。

一九九二年，居延海乾涸。二〇〇五年，滇池全湖出現富營養化，嚴重污染。二〇〇七年，太湖藍藻暴發，引發一場震動社會的水危機。令人憂心的報導，一個接一個。洞庭湖、巢湖、鄱陽湖的生態系統也遭到了不同程度的破壞。

烏梁素海還有救嗎？

烏梁素海的未來，取決於我們今天的認識和行動。

它，或者徹底死掉，或者絕處逢生。

然而，在這個春天，天鵝還是來了。

因為它們知道，有一個人日裡夜裡盼著它們歸來呢！

嘎嘎！嘎嘎嘎！天鵝的叫聲從空中滴落下來，張長龍蹲在船頭把助聽器對準天空。他聽到了那熟悉的聲音，老夥計們，終於把你們等來了。他故意不看空中，眼睛眯成一條線——

眼前的烏梁素海彷彿又變成早先的那個美麗的烏梁素海了。鯉魚、鰱魚、草魚、胖頭魚、白條魚在海子裡自由自在地游著，偶爾大個的鯉魚啪地躍出水面，劃出一個漂亮的弧線，又潛入水底了。王八和泥鰍最喜歡在沼澤地裡拱來拱去，那裡有它們愛吃的蚯蚓和浮游生物。牧人的套馬杆插在水裡，晃幾晃，就立住了——不是它不倒，是魚多得擠得它倒不了。

紅荷白荷粉荷靜靜地開著，煞是好看。棲在開著米粒般白花的菱角葉子上的青蛙呱呱叫著，把睡蓮也喚醒了。蜻蜓趕來湊熱鬧了，三三兩兩的，這個落下去，那個飛起來。蘆葦照舊是茂盛的，如牆如幛。蘆葦邊上是草灘，如氈如毯的草灘，直鋪到陰山腳下，直鋪到土默川邊邊，直鋪到烏蘭布和沙漠腹地，直鋪到烏拉特草原。

在蘆葦蕩中間是一片開闊的水域。野鴨子嬉戲著，濺起一串串的

水花。接著，呼嘯飛起，在海子的上空盤旋兩圈，就似暴雨一般，啪啪啪地砸到烏梁素海的另一邊去了。

嘎嘎！嘎嘎嘎！天鵝，疣鼻天鵝出場了，這是烏梁素海真正的主角。它是那麼的優雅和美麗，令我們暢快而迷醉。

烏梁素海本該是這樣的啊！

4. 大麻哈魚

等待，等待，等待，還是等待。

嘭嘭嘭！啪啪啪！終於，無數生猛的影子攪亂了烏蘇里江上游江汊子裡的寧靜，那喧囂的場面出現了──「達烏依麻哈！達烏依麻哈！」黑嘎爹興奮不已，左手摁住自己的胸口，噤著，生怕喊出聲來。

「達烏依麻哈」，是赫哲語，就是大麻哈魚的意思。早年，赫哲人沒有紀年的概念，而是根據大麻哈魚到來的時令，便知又是一年了。秋風起，白露到，烏蘇里江江汊子裡就聚滿了大麻哈魚。「驅之不去，充積甚厚，土人竟有履魚背渡江者」。瞧瞧，魚多得當地赫哲人可以踩著魚背過江。

江岸上，景象更是壯觀。曬乾的魚坯子摞起來，一垛連著一垛，就像劈柴垛一樣蜿蜒數里。赫哲人把大麻哈魚當馬料，馬要補膘的時候，就把大麻哈魚的魚坯子搗碎，摻在草料裡餵馬。那馬就雄赳赳，氣昂昂，撒歡兒尥蹶子，有使不完的勁，毛色也亮閃閃的。嗯，「達烏依麻哈」──準時回來的魚回來了。

黑嘎爹是赫哲族漁民，腫眼泡，高顴骨，額頭溝壑縱橫，手掌滿是老繭，一看就是個勤於勞作的人。他用木槳划著一條「威乎」，常年在這條江上打魚。也撒網，也下纜鉤，也下倒鬚籠。當然，他還是叉魚的高手──十幾米遠的距離，把魚叉拋出去──嗖！能準確命中魚背。

「威乎」是赫哲語，獨木舟的意思。一根粗壯的黑樺木，截取最好的那段，沉水下漚七七四十九天，撈出來，用鑿子鑿出一個凹槽。為了防止木頭腐爛變形蟲蛀，再塗上一層熬製好的大麻哈魚油，一個「威乎」就算做妥了。再配一支白樺木的木槳，就可划著它下江捕魚

了。

然而，作爲獨木舟，「威乎」畢竟太原始了。村主任建議他換一條柴油機動船，一給油門突突突滿江跑，又體面又省力氣，作業效率也高，可黑嘎爹就是不換。他說，還是「威乎」好！

黑嘎爹住在江汊子邊上一處「撮羅子」裡，孤零零的，顯得有點另類。「撮羅子」，是赫哲族具有原始氣息的建築物。用若干根粗壯的樺木杆斜立撮在地上，頂端咬合在一起，作爲骨架起支撐固定作用。然後再把細一些的樺木杆斜搭鋪排在骨架上，外側覆蓋一層樺樹皮，相當於掛了一層「瓦片」。裡側呢，用大麻哈魚皮作內壁，保暖防寒。

高盈丈餘，內闊八尺。

遠觀，形如未完全撐開的巨傘；近看，狀如征戰歸來剛卸下的鎧甲。

撮羅子的門不大，需貓著腰才能進去。只見，裡面正中間是個火塘，火塘上方，整日煙薰火燎地烤著魚坯子，還有一捆一捆的旱菸葉。角落有木板搭的地鋪，上面鋪著大麻哈魚皮。旁邊擺放的是工具箱、煮奶鍋、魚叉和網具等，除了這些東西，似乎也沒什麼了。哎呀，不對，漏了一件現代化的東西——地鋪旁邊的小木櫃上擺著一個電晶體收音機。啞嗓子的單田芳正繪聲繪色地講著《岳飛傳》呢。「撮羅子」雖然有些簡陋，但黑嘎爹卻住著踏實，安穩，睡覺香。

前幾年，政府搞新農村建設，給赫哲族漁民蓋了嶄新的海青房（東北民居，全部用青磚青瓦構築）。每戶院內迎門處立一「照壁」，「照壁」正面寫一大字——「福」。還給每家配備了彩電、冰箱。不掏一分錢，白住。多溫暖的政策啊！政府動員移民搬遷，大多數漁民都喜洋洋地搬進了新居，可黑嘎爹不搬。村主任磨破了嘴皮子，他就是不搬。

考慮到赫哲人的傳統習慣，政府以尊重赫哲人意願爲原則，不搞強迫，不搞「一刀切」，不搞硬性搬遷。搬有搬的道理，不搬也有不搬的原因嘛，也是可以理解的。

江邊，那個「撮羅子」的煙囪裡，又飄出淡淡的炊煙。

萬萬沒想到的是，後來，村裡搞全域鄉村旅遊，那些藍眼睛黃頭髮的外國遊客，最感興趣的竟是江邊黑嘎爹的「撮羅子」。他們大呼小叫，讚歎不已。

這個一度差點被時代拋棄的「撮羅子」，竟成為赫哲族傳統漁獵文化的符號——噌的一下，變成稀罕之物，變得那麼有價值了。

那些年，江邊那些散落的「撮羅子」全部被拆除了，僅存此處，僅有這一個了。村主任後悔不迭，可是，又能有什麼辦法呢——唉！

這天，黑嘎爹坐在「撮羅子」門口的一個木墩上，掏出棗木杆的菸袋，點燃，吧唧吧唧，使勁吸了兩口。一縷青煙，升騰起來，擴散開去，一點一點被江面上吹來的甜絲絲的風吃掉了。「撮羅子」旁邊的架杆上，掛滿了大麻哈魚的魚坯子。風一吹，悠悠晃晃，晃晃悠悠。

黑嘎爹用左手大拇指摁了摁銅菸袋鍋子裡的菸絲，吧唧吧唧，又吸了兩口。看看遠處漸漸起霧的江面，看看近處滿架婆娑搖曳的魚坯子，心滿意足。

可是，一個陰影又罩在他的心口。有那麼幾年，大麻哈魚竟謎一般沒有來，這是出人意料的。怎麼會呢？

「一網泥兩網草，三網四網沒魚毛。」俗話說，靠山吃山，靠水吃水。赫哲人靠江，吃的就是江，吃的就是江裡的魚。江靠不住了，有人丟下船，上岸去城裡打工了；有人捲起網，胡亂拋到木障子邊上，抄起鎬頭開荒種土豆去了。屯子裡腦子靈光的人走個精光。沒走的，整天蹲在牆根曬太陽。

然而，黑嘎爹始終相信，大麻哈魚一定會回來的。因為，大麻哈魚是烏蘇里江的魂啊！

江在，水在流，魂就不會丟。

黑嘎爹一直在岸上「撮羅子」裡等待。雖說手裡結著網，忙著活計，但他的心思全在江裡。時不時，覷一眼。時不時，覷一眼。憑江面上飛蛾群聚的反常現象，他判斷，洄游的大麻哈魚就要到了。這

不，說到就到了。

大麻哈魚，略似紡錘形，魚身上有淡青色和粉紫色條紋，腹部有一明顯紅印。別名大馬哈魚、達發哈魚、麻特哈魚、果多魚、羅鍋魚……

回到原點。──從哪裡開始，到哪裡輝煌，在哪裡終結。──這就是大麻哈魚。任憑什麼東西也攔不住它，這東西真是個強種。

海外魚來億萬浮，逆流方口是鱉頭，
至今腹上留紅印，曾說孤束入御舟。

這是清人描述大麻哈魚的詩。大麻哈魚主要分佈在太平洋，所以也稱太平洋鮭魚。亦海亦江，只要時令一到，中國的黑龍江、烏蘇里江就會有大麻哈魚逆流而上，尋找它們的故鄉。有道是：奔死奔活烏蘇里，死去活來黑龍江。

大麻哈魚聽到了什麼？有一種神秘的聲音在召喚它們嗎？

穿越浩瀚的海洋，能準確找到自己的出生地，至今科學仍然無法解釋清楚。有研究說，大麻哈魚大腦裡可能有一種鐵質微粒，像指南針一樣，能夠使它們準確找到前進的方向和出生地點。然而，這畢竟是一種「可能」，那個鐵質微粒是否真的存在，這本身就是一個謎團。

這是一次不可思議的生態循環運動。大麻哈魚把在海洋中吸收的大量營養物質帶到了內陸，哺育了獸類，哺育了鳥類，哺育了森林，哺育了灌木，哺育了菌類，哺育了苔蘚，哺育了地衣。大麻哈魚本身就是一個生態系統呀！

通常，它們在大海裡生活四到五年後，進入性成熟期。於是，一個聲音便召喚著它們──回家。這似乎不是作為個體魚的事情，而是一個物種的事情。它們在某個早晨聚集起來，龐大的隊伍，浩浩蕩蕩，向著一個方向出發了。

它們日夜兼程，不辭勞苦，拼死前行，由日本海、鄂霍次克海溯

水而上，進入黑龍江或烏蘇里江，每晝夜可行四十公里（加上水流速度六十公里，實際上每晝夜要逆水而行一百公里），劈波斬浪，勢甚洶湧，訇然有聲，數里可聞。不管是遇到險灘飛瀑峽谷，還是激流旋渦斷崖，從不退卻，一往無前。為了越過一道一道的障礙，它們不斷跳躍，一次，兩次，三次……跳躍高度可達三米，甚至四五米。

途中危險重重，它們全然不顧。在海中，海豚、虎鯨的圍剿殺戮不斷。在河中，棕熊、狐狸和狼更是兇相畢露。一個洄游季，一隻棕熊就能吃掉兩噸多大麻哈魚。還有白尾海雕、北極鷗也是虎視眈眈。無數食肉動物等著它們呢。它們是美味，也是脂肪。這些傢伙，吃得滾圓肥碩，才能順利度過寒冷的冬天。有多少條大麻哈魚，命喪這些傢伙的口中？數也數不清。

有無數的大麻哈魚死了，也有無數的大麻哈魚活著，繼續，繼續，繼續前行。它們要去完成那件偉大的事情 —— 繁衍後代，然後死亡。

大麻哈魚洄游最遠的里程可達三千五百公里，持續洄游六十餘天。整個洄游旅程中，它們居然不攝入食物 —— 這種極端的行為，令人不可思議。也許，攝取食物會玷污了至高的目標？也許，攝入食物會擾亂了聖潔的信念？

它們從出生那一刻起，就開始為回到原點做準備了 —— 充分索食，養精蓄銳。積蓄脂肪，鍛煉肌肉。強健體魄，鍛煉耐力。然而，一旦洄游進入內陸河流，就再也不吃不喝了。我始終弄不明白 —— 它們的能量僅僅是來自體內積蓄的脂肪嗎？還是它們本來就存在著一種我們無法看見無法感知的神力？

洄游時，大麻哈魚的體色由銀白色變成紅色或紫色。逆流而行的大麻哈魚，至霜降時游至黑龍江的支流呼瑪爾河、湯旺河、木蘭達河。它們產下的魚子，就在它們死去的地方孵化、生長。

生於江河，長於海洋。

往來生死，周而復始，一代一代。

大麻哈魚的繁殖，是它生命臨到盡頭最輝煌的時刻。一次生產，

就可產下四千粒魚子。其子，如同黃豆粒那麼大，粒粒飽滿，晶瑩剔透，像瑪瑙一樣的鮮紅。

黑嘎爹說，大麻哈魚的繁殖地一般都是比較僻靜的河段，河底為砂礫地，水質澄清，水流舒緩。水溫在五攝氏度至七攝氏度之間。雌魚追瞀雄魚之尾不放，到達出生地時，全身已經鮮紅，這是產子前的體徵信號。在佈滿亂石的河道中用魚鰭、魚尾啪啪挖出一個溝槽，便產下魚子，雄魚及時釋放出精子，使其受精。受精的魚子在河水裡慢慢孵化。小魚仔長到足夠大，就會離開它們的出生地。每當暮春時節，江河解凍，大麻哈魚幼仔，即乘流冰入海，最遠可以到達白令海峽和北冰洋。

大麻哈魚一生只繁殖一次，一次僅此一回。產子後，雌雄大麻哈魚就在旁邊巡護，狠命撕咬敢於來犯者。七八天後，筋疲力盡、遍體鱗傷的大麻哈魚便會雙雙悲壯地死去。河裡佈滿了成千上萬的大麻哈魚的屍體，有些河段江段，堆積的魚屍長達數里，高達數尺。當魚仔孵化出生後，父母的屍肉，就是它們最早攝入的食物，就是它們開始生命之旅時最初的能量來源。怎麼會是這樣？我的心一陣戰慄。

不能看著魚仔出生，也沒有積蓄留給它們，那就用雙雙的死，為它們備下食物吧，免得它們一出生就饑腸轆轆。

也許，悲壯的結局能使新的開始更有力量。

大麻哈魚子，營養成分甚是豐富。俄羅斯遠東地區和中國東北很多西餐廳裡都有這東西。

哈爾濱中央大街上，馬迭爾旅館對面，有一家始建於一九二五年的老號西餐廳——華梅西餐廳，裡面的西餐是俄羅斯式西餐。據說，那裡的大麻哈魚子非常地道。吃俄式大列巴時，要先用刀切下兩片，然後把大麻哈魚子夾在中間，吃起來才有嚼頭，夠勁。列巴片要用力捏住了，不然魚子掉下來，劈裡啪啦，滿地滾。二十世紀八〇年代，我在哈爾濱的一個基層法院實習時，曾在拿到一筆稿費後邀幾位同學去吃過一次，不是太合口味。吃到嘴裡，感覺魚腥氣太重，有點受不了。

但是，俄羅斯人似乎喜歡這東西。我們旁邊就餐的俄羅斯人，手拿刀叉，咯嘣咯嘣，嘴裡嚼著一粒一粒的大麻哈魚子，表情絕對舒坦。大麻哈魚子醬也是美味，用它拌米飯吃想不承認奢侈都不行。

大麻哈魚皮呈淡黃色，可製成衣服。赫哲人稱其為「魚皮韃子」。此魚皮柔軟、保暖、輕便、耐磨、防水，可染成各種顏色。陽光一照，色彩斑斕。

黑嘎爹會縫製魚皮衣，這是祖輩傳下來的手藝。先將大麻哈魚的魚皮剝下來，在背陰裡晾乾，或者在「撮羅子」裡的火塘上烘乾，然後去掉魚鱗，刮掉贅肉，再用木榔頭砸，嘭嘭嘭！使其柔韌，嘭嘭嘭！近似棉花的感覺——此為「熟皮」，就可做衣服，做套褲，做披肩，做褡褳，做帽子和鞋子了。

這是一門手藝活，既費功夫，又費時間。一般做一件大麻哈魚的魚皮製品，前前後後，需要二十多天才能完成。如今，赫哲人很少穿這種衣服了，只是一些遊客覺得好奇，作為工藝品，買走收藏了。

某日，在符拉迪沃斯托克打工的兒子黑嘎回來了，還帶回一個漂亮的克羅埃西亞姑娘，名叫冬妮婭。那姑娘水靈靈的，散發著一股紫羅蘭香氣。藍眼睛，黃頭髮，皮膚那個白呀，跟蔥白似的！黑嘎爹慌了，悄悄跟黑嘎說，這怎麼行呢——人家洋姑娘怎麼住得慣「撮羅子」呢？你們還是去城裡吧。黑嘎爹就趕黑嘎帶著冬妮婭走。可是，冬妮婭說，她就喜歡「撮羅子」，哈拉哨！（俄語：好的意思）哈拉哨！趕也趕不走，還一聲爹爹、爹爹地叫著。唉，面對這麼嘴甜的克羅埃西亞姑娘，也真是沒辦法。

黑嘎和冬妮婭在「撮羅子」裡說說笑笑，時而，也發出一些儘量壓低的窸窸窣窣的聲音。累了，雙雙就倒在地鋪上睡著了。

當晚，黑嘎爹坐在「撮羅子」門口的木墩上，吸了半宿旱菸，棗木杆的菸袋握在手裡，銅菸袋鍋子都燒熱了。吸了一袋又一袋，吧唧吧唧。「撮羅子」門口，那團火星，時明時暗。天上的星星倒是清清楚楚，看著黑嘎爹想心事。

眼看著頭頂上北斗七星的「飯勺子把」都歪了，橫豎也想不出個

眉目——到底想啥呢？是想起了黑嘎娘？還是想起了別的什麼？他自己也說不清。

黑嘎就出生在這個「撮羅子」裡，黑嘎娘生他時難產，導致大出血。當黑嘎呱呱墜地，睜開眼睛開始打量這個世界的時候，黑嘎娘卻永遠閉上了眼睛。

一天晌午，江上的空氣很悶。黑嘎爹正划著「威乎」起纜鉤，一連起了五個鉤，鉤上卻是空空如也。怪了，怎麼沒有一條魚上鉤呢？突然，江對岸的白樺樹森林裡，傳來斷斷續續的呼救聲：救——救命啊！——救命！是個女人的聲音。黑嘎爹丟下纜鉤，掉轉「威乎」趕緊往對岸划，用力，用力，再用力，最後使勁一划，「威乎」靠了岸。黑嘎爹抄起木槳，疾風般向森林裡衝去。

救——救——救命啊！接著，是嗚嗚嗚的呻吟聲。怎麼只聞聲音未見人呀？黑嘎爹騰地收住腳步，立時瞪大了眼睛。只聽嗷地一聲吼，一隻黑熊呼地立在他的面前，脖子上的那撮白毛都看得清清楚楚。那呼救的女人被「黑瞎子」（在東北，黑熊俗稱黑瞎子）坐在屁股底下，正痛苦地呻吟著呢。說時遲那時快，黑嘎爹掄起木槳，照著「黑瞎子」的嘴巴狠狠打去——啪！木槳頓時炸成數段，飛入灌木叢。而「黑瞎子」嗷地大叫一聲，疼痛難忍，逃之夭夭。

黑嘎爹一看，那女人的鼻子被黑熊的屁股坐塌了，成了「朝天鼻」，臉上全是血糊糊的，已經奄奄一息。黑嘎爹來不及多想，弓腰把女人背到背上，一路小跑著，就把女人背回「撮羅子」。早年間，黑嘎爹在完達山深山老林裡採的「還魂草」，這回派上了用場。三天後，那女人醒了。——怎麼會在這裡？大哥是你救的我嗎？一照鏡子，發現自己成了塌鼻子的女人。嚶嚶嚶！她大哭起來。

女人老家在四川洪雅，是被人販子拐賣到烏蘇里江邊一個屯子裡，給一個啞巴當媳婦。女人性子烈，當知曉真相後，就趁進林子裡採蘑菇之機，逃了。哪知在森林裡迷了路，卻偏偏遇上了「黑瞎子」。嚶嚶嚶！嚶嚶嚶！眼淚哭乾了，女人就不再哭。剩下的問題是去哪裡？怎麼活下去？

後來，那女人就成了黑嘎娘。

日子，總得一天一天地過，好是過，孬是過，不好不孬也是過。然而，「撮羅子」裡有了女人，那過的日子才是日子呢。

唉，不想不想，怎麼又想起這些？黑嘎爹的眼睛有點潮。

黑嘎爹收起棗木杆的旱菸袋，把銅菸袋嘴一端往後衣領子裡一插，魚皮菸口袋墜在胸前，噹啷著，悠蕩悠蕩。他乾脆把「威乎」的纜繩解開，嘩嘩嘩！下江捕魚了。

黑嘎和冬妮婭在黑嘎爹的「撮羅子」旁邊，又搭建一個更大的「撮羅子」，開了一家江魚館──取名「撮羅子江魚館」。江水燉哲羅魚、紅燒江白魚、鹹魚貼餅子、醬燒大麻哈魚──這四道菜，很快聞名遐邇了。

冬妮婭有一雙巧手，從江邊採來許多野生藍莓果，找來罈罈罐罐，自己釀製出了藍莓酒，芳香撲鼻。她還弄來四箱土蜂，養土蜂割蜜。蜂蜜是椴樹蜜，白蠟一樣的白，又稠又黏又甜。某晚，竟引來兩隻「黑瞎子」光顧，圍著「撮羅子」轉圈圈，企圖偷吃蜂蜜。幸虧黑嘎爹早有防備，一則蜂箱外加裝了鐵柵欄裝置，「黑瞎子」嘴巴根本伸不進去；二則在鐵柵欄外面放了幾穗玉米棒子，故意讓「黑瞎子」偷走。「黑瞎子」得手後，就不再糾纏了。

黑嘎和冬妮婭還掄著鎬頭，在江邊開闢出一小塊菜田，種了豆角、黃瓜、小蔥、芹菜、萵苣、大頭菜和番茄等，應有盡有，自產自用，其樂融融。

當然，「撮羅子江魚館」，人氣巨旺，生意巨好。

距離不是問題，只要有美味。佳木斯、綏芬河、同江、撫遠、饒河、虎林等地的許多人特意開車來吃魚。當然啦，也順便瞄一眼，那個克羅地亞姑娘──冬妮婭，到底有多漂亮呀！

不久，江邊戳起了一座移動發射塔，在「撮羅子」裡也能上網，手機也有信號了。於是，黑嘎和冬妮婭不但經營著魚館生意，也做起了互聯網生意。網店名曰「撮羅子網店」。網店裡賣得最火的東西，就是大麻哈魚子醬和冬妮婭釀的野生藍莓酒及椴樹蜜，還有就是黑嘎

爹縫製的魚皮製品。訂單一個接著一個。黑嘎爹感歎，世道真是跟過去不一樣了。

一條江汊子的淺灘上，水流湍急。

一對大麻哈魚在急流中露出了傷痕累累的脊背，全身暗紅。一條魚的嘴巴咬著前面那條魚的尾巴，皮開肉綻的身體扭動著，擊打著水流，嘭嘭嘭！啪啪啪！衝過了那道淺灘。

突然，一個黑影在岸邊的灌木叢中晃了一下，就隱了。接著，灌木叢一陣亂抖，驚起來兩隻花尾榛雞。——咕咕咕！——咕咕咕！雙雙飛往森林的深處。原來，那個貪吃的傢伙早嗅到了大麻哈魚的氣味，已經在此等候多時。此刻，它出場了——「黑瞎子」。

然而，出乎意料的是，大樹後譁地跳出兩個人來，鋒利的魚叉攔住了它的去路。「黑瞎子」嘴裡嗚嚕嗚嚕地叫著，收住了腳步。那魚叉並沒有傷害它，叉尖上反倒是甩出一穗青玉米棒子，丟在它的面前。「黑瞎子」也出奇地乖順，叼起那穗青玉米棒子，轉頭看了看江汊子裡的大麻哈魚，悻悻然離去。

終於，那對大麻哈魚在一處亂石橫生的水域停了下來，一個聲音告訴它們，此處就是它們出生的地方，此處就是它們的家園。真是令人百思不得其解，它們千里萬里逆水而行，歷經重重艱難險阻，無數條同類為此喪命，難道要回的家，就是這一堆亂石？就是這幾根橫七豎八的水草？

啪啪啪！嘭嘭嘭！魚鰭用力挖著溝槽。是的，應該就是這裡了。

「趕緊叉吧！」黑嘎心急地說。

黑嘎爹：「噓！不急。再等等。」

嘭嘭嘭！啪啪啪！溝槽開好了！兩條魚互相依偎著，我們無法知曉，大麻哈魚之間，肢體動作傳遞的是什麼信號，但可以肯定那最重要的時刻就要來臨。

只見，雌魚身體顫抖一下，一股黏液包裹著的魚子噴射出來，雄魚立即上前，快速把精液噴到魚子上去。成功了！它們歡呼躍動，幾乎耗盡了所有力氣。至此，那創造生命的偉大壯舉就算完成了。僅僅

幾秒鐘呀！

　　黑嘎爹站起來，不緊不慢地抄起魚叉，往水裡猛地戳了一下，嗖！一條大麻哈魚甩到了岸上，又猛地戳了一下，嗖！另一條大麻哈魚也甩到了岸上。兩條魚並不掙扎，只是嘴巴唪吧唪吧的，一張一合，一張一合。黑嘎上前，把兩條魚裝進魚簍。魚簍裡啪啦啪啦響了兩聲，就再也沒有動靜了。

　　「哎，你媳婦多妮婭剛生孩子，需要吃這東西補補！」

　　「嗯！」

　　「收拾家什。」

　　「嗯！」

　　「走，回家。」

　　「嗯！」

　　一個扛著魚叉，一個提著魚簍。江邊小路上，一前一後，兩個身影一晃一晃。遠處，霧靄中的「撮羅子」，隱隱約約。

　　蒿草上的露水，忽地就濕透了腳面。接著，愈加囂張的大霧瀰漫開來──罩住了江面，罩住了江汊子，罩住了草甸子，罩住了江邊上的「撮羅子」。

　　一切寂靜無聲。只是偶爾，大霧深處擠出幾聲嘶嘶的蟲鳴。

5. 鰉魚圈

鰉魚鰉魚——在哪裡？曰歸曰歸，歲亦莫止。

——題記

一

無數個世紀落葉一般飄逝了，然而一切事情彷彿都發生在今天。

望著江面上的薄霧，隱隱地，我仍存著一絲希望——鰉魚，應該沒有滅絕吧？雖然，江裡幾乎見不到它的身影了。雖然，關於它的話題，漸漸生疏了。

準確地講，與其說對鰉魚存著一絲希望，倒不如說，我對人類自身還沒有絕望。——盡頭，往往就是開頭呀！

鰉魚，食肉性魚類，體大力強。一般體重二三百公斤，四五百公斤亦有之，大者可達一千公斤以上。存活於黑龍江、烏蘇里江和松花江水域，是淡水魚中最大的魚，被稱作「魚王」。

鰉魚前面加一個鱘字，鰉魚就成了鱘鰉魚了。鱘鰉魚跟鰉魚是什麼關係？這是一個有意思的問題。其實，鱘魚是鱘魚，鰉魚是鰉魚，但由於二者體形幾乎一樣，外行人很難把它們區別開來，乾脆把它們統稱鱘鰉魚了。

然而，差別還是有的：其一，顏色不同。鱘魚一般為青灰色，鰉魚一般是淺黃色。其二，腮膜不同。鱘魚左右腮膜不相連，鰉魚左右腮膜幾乎連在一起。其三，流線不同。鱘魚體面上的流線是虛實相間的，鰉魚體面上的流線是實線。其四，體量不同。鱘魚一般不會超過一百五十公斤，鰉魚超過一百五十公斤很尋常，長丈餘，甚至更長。

我看到一張老照片：一條鰉魚橫臥在數個油桶上，俄羅斯人站成一排，與這條鰉魚合影留念。有意思的是，俄羅斯人站成一排的長度恰好是鰉魚的長度。站成一排的俄羅斯人有多少人呢？我數了數，二十三人。

鰉魚一生都在長個子，從理論上來說，它可以無限長下去──長長長。鰉魚的性成熟比較晚，一般要到十六歲才懵懵懂懂地知道，需要尋找愛情了。它的年齡五六十歲常見，七八十歲並不稀罕，甚至可以達到百歲。

早年間，鰉魚是貢品。清朝時，朝廷設有專門的「鰉魚貢」制度，有專門的衙門和官員負責此事，規格和級別也是相當高的。由於錫伯族人擅長捕魚，朝廷便下詔選調駐守京師八旗兵中的一些錫伯族人擔當鰉魚差，直接由清宮內務府管理，網具和鰉魚差所需物資，均由內務府專供。

奉捕鰉魚差的官網，在江上是分段的，每個官網都有一定的水域。衙門按段為官網編號，如松花江上的「拉林十網」、「舒蘭四網」、「扶餘七網」，等等。

春季開江時，捕鰉魚又叫「打春水」。下江之前，要舉行祭祀儀式──面對江灣深水處，擺上雞鴨、餑餑、白酒之類的供品，燒上一束香，由網達（網長）主持祈禱。儀式後，鰉魚差和網戶們把供品吃掉，繼而才能下江捕魚。

在黑龍江、松花江和烏蘇里江的江邊，至今尚存一些鰉魚圈的遺跡。圈，不是朋友圈的圈，不是圓圈的圈，不是圈地的圈，不是圈閱的圈。圈，是羊圈的圈，牛圈的圈，馬圈的圈，圈肥的圈，圈養的圈。所謂鰉魚圈，就是當年江上的網戶，為臨時飼養候貢鰉魚而專設的水圈。說得直白一點，其實就是大水坑。東北話，叫大水泡子。只不過，那大水泡子有護網、有圍欄、有房舍、有船塢。鰉魚圈與大江相通，為防鰉魚逃之，還有柵欄門隔之。

松花江與嫩江交匯處的鰉魚圈最為稠密了，光是肇源縣境內的鰉魚圈沿江至少就有六處。西北呼來、古恰屯、二站、薄合台、木頭西

北屯、三站等處都有鰉魚圈遺跡。二〇一八年九月間，我專程到肇源尋訪了那些鰉魚圈。遺憾的是，所看到的「圈」，幾乎都是荒涼的蘆葦塘了。寂寥，冷清。

當地民俗學家程加昌介紹說，史料中有確切的文字記載——肇源縣江段捕獲的最後一條鰉魚，應該是在一九四一年夏天，茂興馬克圖漁人，在嫩江下游三岔河江面捕獲的。那時的肇源在行政建制上，還不叫肇源縣，而叫郭爾羅斯後旗。

漁人捕到的鰉魚有兩百多公斤，魚鱗極細，若有若無。遍體青色，略呈黃色。脊背上有三道鰭條，鼻長二十釐米，形似圓錐，粗可盈握。魚嘴生於下頸前，眼小。

東北有很多地名叫鰉魚圈，其實，都跟一個人有關。

一八六六年，一個叫王尚德的鰉魚差向衙門報告：「竊因網戶自道光二年間江水漲發，多網礙難捕打。當經報明衙門，飭令於羅金、報馬、哈爾濱等處設立鰉魚圈，修造漁船，著夏秋捕魚上圈，備輸貢鮮。」

鰉魚衙門採納了王尚德的建議，很快在松花江哈爾濱段設置了鰉魚圈（今老江橋附近）。接著，在吉林、農安、德惠、榆樹、舒蘭、扶餘等江段也設置了鰉魚圈。肇源的西北呼來、古恰屯、木頭西北屯等鰉魚圈，還有扶餘的雙屯子、達戶、羅斯和溪良河等鰉魚圈，也是在那時設置或開闢的。

「鰉魚貢」制度規定，民間不得私捕鰉魚，也不得擅自食用。每捕到鰉魚，衙門要造冊登記，派專人送往「鰉魚圈」飼養。等到冬季，江水結冰之後，再將凍挺的鰉魚送往紫禁城。鰉魚用黃色的錦緞包裹著，裝在花軲轆馬車上，有官員和衛兵押運。長路漫漫，要經過數個驛站，走一個多月的時間才能到達京城。

在紫禁城裡，也不是人人可享用鰉魚的，除了皇帝及妃子之外，其他人斷不可以。也就是說，鰉魚是「皇家特供」。鰉魚，渾身都是軟骨頭，沒有一根硬刺，頭蓋骨也是軟軟的，呼曠呼曠。肉，特鮮。煎炒烹炸，想咋吃就咋吃，隨便。有道是：吃了此魚，天下無魚。

光緒二十六年（1900），「鰉魚貢」制度廢弛。

二

鰉魚，性格孤僻，沉穩低調。一般在深水底部活動，很少拋頭露面。

每年白露前後，是捕鰉魚的最佳季節。此間，江面上的魚蛾就漸漸多了，就漸漸集群了。那些魚蛾，最多也就一兩天的存活期。它們在江面上雪片般亂舞，鋪天蓋地，近乎瘋狂地表演之後，便悄無聲息地死去。

魚蛾屍體佈滿江面，白花花一層，慘澹不堪。

鰉魚就從深水中游出來，張開大嘴，吃江面上的魚蛾。鰉魚越冬的食物主要就是那些魚蛾。魚蛾蛋白質豐富，給鰉魚提供了充分的營養。

當然，嗜吃魚蛾的不光是鰉魚。

林區剛開發初期，在黑龍江岸邊的伐木人架起鐵鍋，這邊添柴燒水，那邊下網捕魚。經常是這邊水未及燒開，那邊捕魚的已經提著一串魚回來了。

黑龍江裡的魚有「三花五羅」之稱。「三花」曰：鼇花、鯆花、鯽花；「五羅」曰：哲羅、法羅、雅羅、同羅、胡羅。黑龍江上游捕魚點有二十多處，如：劈砬子、上馬場、甩彎子、二道河子、三道河子、張灣大溝、套子，等等。這些水域水流平緩，浮游生物豐富，常常引來大量魚類覓食。

捕魚需要智慧。使用工具是人類能力的延伸，而工具本身就是人類的創造。因而，工具所能即是人類所能。

捕魚的智慧體現在用什麼捕魚和怎樣捕魚上。

早先，鄂倫春和鄂溫克人捕魚主要用鬚籠和擋魚亮子。

鬚籠是用柳條編成的，主體是個大肚子，底部繫了一個網筒，迎著水流安設，魚會順著水流進入。起出時解下網筒，由此向外倒魚。

入口處是個錐形漏斗，有倒鬚，防止魚進入後逃逸。

擋魚亮子，多在河汊子淺水有落差的地方設置——即在河汊子流水上下落差之處的兩邊，向中間夾障子，只在中間留半米左右的口，口處設置一柳條編的盒子，自上游來的魚落入盒子上，水卻漏下去了。那時，江汊子裡的魚類巨多，哲羅魚、細鱗魚、江白魚、葫蘆子魚鋪滿河底。

擋魚亮子是比較原始的工具，一般是在秋季用它捕獲洄游魚。二十世紀五〇年代，有人在額木爾河用擋魚亮子捕魚，不到二十天時間，捕魚八萬公斤。大個的哲羅魚生猛，把擋魚亮子撞碎，是常有的事情。

冬季呢，江面結冰了怎麼捕魚？用冰鑷鑿冰眼，開冰窟窿，然後，往冰底下拉線掛網，照樣可以捕魚。掛網的原理是用網眼掛住魚鰓或魚身，達到捕魚的目的。捕鰉魚使用的掛網，一般是大小網眼不同的多層網，最多是三層網。

漁人的心，貪不貪，看網就知道。張網，也稱「絕戶網」，網具張開形同一個大口袋。越向網底，網眼越小，結尾處形成一個網兜，稱作「袖子」。張網的主綱繫於岸邊的大樹上，網底綁上石頭，深入水底，專等經過的魚入網。這種網之所以稱為「絕戶網」，是因為它不論大魚小魚，均可以捕獲。

趟網是黑龍江上特有的捕魚網具。趟網較長，長達二十多米，為多片連接而成。與掛網不同，趟網主綱上有一個活動的漂子，稱為「網頭」，以便順水流向江心漂浮。人在岸上撐住網的這一頭，順江走上一二里路，魚入網時，從水裡傳到手上的那種一動一動的感覺，令人的心也在興奮地動。漂子一般是木頭做的，也稱「耙子」。「耙子」中間有一個活動軸，由一條線連接主綱，待需收網時，一扯那條線，「耙子」啪的一下變成一個平板，便可自如收網摘魚了。

沒有網具也能捕魚。在黑龍江開庫康段的一條漁船上，一位老漁人用手指了指自己的腦袋說：「沒有網，就用這個捕魚。」老漁人說：「幹什麼事情都一樣，得用腦子。」老漁人名叫白浪，人送綽號

「浪裡魚鷹」。老漁人在江上打了一輩子魚，黝黑的臉上盡是疙疙瘩瘩的糙肉，如同歷經歲月和江水浸泡過的疙疙瘩瘩的老船幫，他深諳水性，也深諳魚性。老漁人說話的聲音甕聲甕氣。話，一句一句落在船板上，把漁船弄得左搖右晃。關於鰉魚的話題裡瀰漫一股濕氣，也瀰漫一股野性的腥氣。老漁人繪聲繪色地講述了他「用腦子」捕魚的故事。

魚往往夜間喜歡到江汊子覓食，他就在木船的船幫上綁一根白樺木杆子，小船慢慢自上而下在江汊子中間漂游。綁白樺木杆子的一側對著江邊，江邊覓食的魚一聽到響動就往回跑。看到水面有道白線，以為是網具，就急急地想跳過去。啪啪啪！跳出水面，卻恰好跳進了船艙裡。魚群有一種現象，就是頭魚跳，其他魚拼死拼活也跟著跳。啪啪啪！啪啪啪！頃刻間，船艙裡就跳滿了魚。

用不著撒網，用不著出力氣，就能捕到魚。老漁人說，此法叫「漂白杆子」捕魚。我笑了，說，此乃「坐收漁利」也。

哈哈哈！老漁人也笑了，眼睛眯成一條線。

老漁人說，鰉魚從來不「跳艙」，「漂白杆子」這招對鰉魚不管用。但是，老漁人告訴我，早年間，在江裡捕到鰉魚也是常有的事。有一年冬天，他曾在冰窟裡用纜鉤捕到過一條個頭甚大的鰉魚。我問他，甚大是多大？他說，這麼說吧，當時，用三張馬扒犁連在一起拉一條鰉魚，鰉魚尾巴還在冰面上拖著呢。你說那鰉魚有多大？

縣誌中，民間捕獲鰉魚的記載多有閃爍——

一九四九年五月，松花江呼蘭河口，漁人合力捕獲一條三百八十公斤重的鰉魚。一九八〇年，黑龍江漠河一處水域，有漁人捕到一條長四米、年齡五十四歲、重達五百四十二公斤的鰉魚。一九八六年，漠河縣興安鄉有漁民發現一條鰉魚誤入淺水灘，便喚來二十多個漁民將其捕獲。幾個人把那條鰉魚抬起來，上磅秤一稱，重達四百五十公斤。

一九八九年，黑龍江鬧春汛時，一條鰉魚被冰塊撞暈，隨洪水湧入江灣，被漁人捕獲。那傢伙，個頭也不小——三百七十公斤。

某天，黑龍江上游的北極村裡多了一個從江對岸潛水過來的「老毛子」，他起了個中國名字——李德祿。李德祿，藍眼睛，棕色的頭髮胡亂打著卷卷，嗜酒如命，是捕鰉魚的高手。他捕鰉魚從不用網具，徒手就能把鰉魚從水底牽上來。

他往往先踩點，觀察水情，找到鰉魚潛伏水域，然後一猛子紮下去，慢慢靠近鰉魚，給鰉魚撓癢癢。在不經意時，給鰉魚戴上籠頭。鰉魚乖順得很，輕輕一牽，就很順從地跟他走了。

二十世紀七〇年代，一批上海知青在開庫康插隊，常去江上打魚，曾打到過兩百七十公斤重的鰉魚。當年的老知青回憶說：「我們幾個知青，很費力地用杠子從江邊把鰉魚抬回知青點。用鍘刀，把鰉魚切成若干段。送給附近老鄉一些，知青點留一些。留下的魚段切成片，燉著吃，那鰉魚肉香得很呀！」

距開庫康不遠，往上的盤古河口，浮游生物密集，是一處「鰉魚窩子」。那年月，糧食不夠吃，就有一位深諳水性的知青在河口汶水水域下滾鉤，每天都能捕到一條鰉魚，個頭都在二三百公斤呢。捕到的鰉魚，除了改善知青點伙食外，其餘都換小麥了。一條鰉魚換一麻袋小麥，解決了知青糧食不足的問題。據說，在那個「鰉魚窩子」，那個知青總共捕到過十九條鰉魚。

鰉魚肚子裡還能扒出許多鰉魚子，黑亮黑亮的，像牛眼珠子似的。

鰉魚子製成的「黑魚子醬」，有「黑黃金」之稱呢。

三

為了尋訪鰉魚，我來到漠河北極村。

北極鎮北極村極畫街二號，一個喚作「極限農家院」的家庭旅館，離黑龍江僅有兩百米。老闆叫高威，高顴骨，高鼻樑，卷頭髮。高威是八〇後，戴一副金邊眼鏡，穿鱷魚牌T恤，灰色牛仔褲。看他的臉形、眼窩及其神態，我判定他有俄羅斯血統。一打問，果然，他

秦嶺山區

金錢豹出沒的太行山林區

姥姥是俄羅斯人。

「極限農家院」裡有九間大瓦房，窗明几淨，還有車庫、水井、秋千架。院子裡的一角是一片菜園，有豆角、黃瓜、南瓜、大頭菜、番茄等，時令菜蔬，一應俱全。

高威原是黑龍江上的漁民，跟隨父親打魚。高威划船，父親下網。父親在江上捕魚捕了一輩子，憑經驗下網布鉤，網網有收穫，一般不會走空。在潛移默化中，高威跟父親學到了打魚的本領，也成了江上捕魚的能手。

坐在江邊的一根倒木上，我們聊了起來。高威是一九八五年一月份出生的，屬牛。父親叫高洪山，遼寧台安人，闖關東來到北極村的。高威一家五口人，父母、他、媳婦和孩子。

高威告訴我，住在江邊最怕的是發洪水和「倒開江」。二〇一八年七月份發了一場洪水，三十年不遇，洪水把「神州北極」的石碑和江灘上的莊稼都淹了。幸虧搶險及時，加高了江岸防洪大堤，洪水才沒有漫出來灌進北極村。

「倒開江」是黑龍江上游早春時常發生的一種自然現象。這是由於江面解凍的時間差異性——下游先開而未開，上游後開卻先開——致使大量冰塊淤塞河道造成災害。

「倒開江」產生的冰塊和冰排，轟隆隆！連綿數里海嘯山崩般湧向江岸，許多魚蝦被擠壓衝撞，頭破血流地被拋到江岸上，掙扎幾下死去。如果「倒開江」的冰塊和冰排進村，那就慘了——一準會房倒屋塌，溝滿壕平。好在這幾年加高了的江堤發揮了作用。出力，出汗，也算沒白費功夫，住在江邊的人家能睡上安穩覺了。

「捕到過鰉魚嗎？」

「捕到過。那都是早些年的事情了。」

「有多大？」

「一九九八年的夏季，曾用掛網捕過一條鰉魚。這是我僅有的一次捕獲鰉魚的經歷。小船剛一靠岸，鰉魚就被人買走了。一百元一公斤，一條鰉魚賣了兩千四百元。買鰉魚的人連眼睛都不眨，把那條鰉

魚綁到摩托車後座上，一溜煙就沒影了。」

「現在魚價怎麼樣？」

「魚價是越來越高。不要說鰉魚，就是哲羅和鯉子的價格都要在一公斤兩百元以上。」

從二〇〇〇年開始，黑龍江全面禁漁了——在禁漁期內打魚是非法行為，捕鰉魚更是違法的事情了。

現在很難見到鰉魚的影子了。即便法律不禁止，讓捕也捕不到了。除非到俄羅斯那邊的江汊子裡去，或許還能捕到鰉魚。聽老輩人說，之前，金雞冠水域是一處「鰉魚窩子」，那裡的水是汶水，水流平緩，常有鰉魚活動。鰉魚性情溫和，沒有暴脾氣。白天在深水裡沉潛，晚上便游到淺水水域覓食。

高威說，用纜鉤釣魚（也用纜鉤釣鯰魚和嘎牙子），倒鉤是一項技術活，手必須快，否則就把自己的手鉤住了。划船的人與倒鉤的人要密切配合，效率才高。也用鬚籠捕魚，但多半捕的是細鱗魚和江白魚，一晚上能捕十幾公斤呢。

每年六月十日到七月二十五日是禁漁期。此間，除了江水洶湧，江面上的一切都是靜靜的。偶爾，有幾隻野鴨子飛過。

二〇一一年五月，北極村成立了旅遊公司。這絕對是北極村歷史上的大事——北極村所有的漁民都變成了職工。一夜之間，靠打魚為生的人，成了掙工資的人。高威說，來北極村的人，一般都是來找北、找冷、找美的。冬天感受極夜，夏天感受極晝。高威在旅遊公司的驛站搞接待，工作很體面。工資是根據學歷、工齡、工作年限和工種確定的。他的工資每月三千多元，媳婦是兩千四百多元。父母退休，每月領退休金一千多元。父母退休金不算，他和媳婦兩人每年工資就收入七萬多元。家裡早就買了轎車，還是越野車呢。小日子過得美美的。

「極限農家院」經營得也不錯。每年八月一日至八月二十日，來旅遊的人巨多，住宿的床位爆滿。一九九三年前，高威家開的旅館都是大通鋪，一個洗手間，很快就不適宜了。遊客的要求越來越高。到

目前，高威家的家庭旅館改造翻新三次了，原來每個房間七八平方米，現在二十多平方米。標準間兩百元，三人間三百元。做生意重在誠信，有客人把錢包或者手機落在旅館的，高威發現後，都給快遞回去了。後來，那些客人又都成了回頭客——再來，就像走親戚一樣了。

高威望瞭望江面，回頭對我說：「搞旅遊比打魚強多了，不用風裡來雨裡去。捕魚的活太辛苦了，容易得腰腿疼病、風濕病。現在不願去捕魚了。即便江裡還有鰉魚，也不願去捕魚了。」

四

事實上，北極村跟北極圈沒關係，它不過是中國版圖上最北的一個村子。但是，它卻緊靠一條界江——黑龍江，以江為北，以江為界。這些年，隨著旅遊業的火爆，北極村聞名遐邇了。

靠山吃山，靠水吃水，靠林吃林。不靠山，不靠水，不靠林，就靠買東賣西。

二十世紀七、八○年代之前，放排是黑龍江上常見的景象。在大興安嶺林區，黑龍江上游是重要的木材集散地，出現了洛古河、哈達、大馬場、小馬場、二道河子、三道河子、永和站和二十九站等較大的貯木場。

放排，就是把木頭放到江水中，用小木杆做帶，釘成排。排有大有小，用耙子和穿釘把排與排連接起來，場面甚是壯觀。

早年間，北極村下游的開庫康是木材編排的重要碼頭。從大興安嶺林區採伐下來的木頭，在此集中編排後往下游流送。經察哈彥、呼瑪、旺哈達、大興屯、張地營子等沿途碼頭，流送到黑河。有時，流送的木排鋪滿半個江面，首尾相連，蜿蜒數里。木排從黑河出水上岸，再通過公路，用汽車運送到哈爾濱。還有一條江道，就是沿松花江木排逆流而上，至雙鴨山、佳木斯，直到哈爾濱，出水上岸，再通過火車發往各地。

木排流送過程中，常有皮貨商上排，收購山貨。他們知道，那些木排上的排工手上，會有從山裡帶出的許多好東西。皮張有猞猁皮、鹿皮、貂皮，等等。藥材有鹿茸、鹿鞭、鹿胎、熊膽、麝香，等等。當然了，也有熊肉乾、野豬肉乾、狍子肉乾、犴肉乾，等等。不過，這些肉乾都是排工在排上喝酒時的下酒美味，是自己留著吃的，貴賤不賣！

直到二〇一四年，天然林全面停止採伐後，木排流送隨即停止。江面上，再也見不到放排的場面了。

每年十月下旬，黑龍江就進入了冰封期。冰封是個漸進的過程——冰，結了化，化了結。突然，西北風一吹，寒流襲來，哢嚓一下，江面就徹底封住了。

早年的冬天，馬扒犁是北極村伐木人「倒套子」（把伐倒的木材，用馬扒犁拖拽到山下，集中到一起，然後再統一裝車或流送，運出山外）的主要工具。冰封的江面上，任由馬扒犁馳騁，馬扒犁為林區木材生產立下了汗馬功勞。

然而，光榮消歇，再也不用馬扒犁「倒套子」了，馬扒犁便閒置了。後來，村裡腦子靈光的人就用馬扒犁載客，在江面上，在林海雪原裡，觀光賞景，倒也蠻有意思。一張馬扒犁一冬天下來，能收入一兩萬。閒著也是閒著，有錢賺總比閒著強呀！

別人家一看，這東西能賺錢，也搞起來。一家一戶各自為政，為了攬客，互相壓價。張家一百元一次，韓家就八十元，徐家就六十元。高威一看這樣不行，就成立了馬扒犁協會，家家都是會員，統一定價。四十八張扒犁一個價格，收益四十八家平均分配，避免了惡性競爭。

如今，北極村人的生活，跟鰉魚已經沒有任何關係了。

是啊，賺錢是為了活得更好，而幸福就是要找到如何活得更好、更有意思的感覺。

或許，沒有了鰉魚，北極村人生活的每一天也不會有太多的落寞和惶恐。太陽照樣升起，大江照樣奔流。

然而，鰉魚怎麼就不見了呢？這是個問題。

五

鰉魚，與森林及生態之間存在著某種神秘的聯繫嗎？一定是的。物種從來就不是單獨存在的，看似毫無聯繫的事物，其實，都是息息相關的。

沒有了鰉魚的江河，也便沒有了神秘感，沒有了故事和傳說。

時間是最好的良藥。隨著林區大禁伐的實施，森林及其生態將恢復生機。鰉魚是生物鏈條中的哪一環呢？我無法說清，但有一點可以肯定，它是生態系統是否穩定的一個標誌性的動物。

地球上生物的多樣性，正在急劇下降，世界將變得越來越單一。當世界的改變速度超過物種的適應速度時，生物鏈條必然會面臨這樣的危險──崩潰。

在我們的世界存在之前，就存在另一個世界。那個世界就是自然。自然，是人類賴以生存的基礎和條件。人類的進步和發展，都是先人在認識自然和改造自然的過程中獲得的靈感和動力。而如今，在現代文明的進程中，科技不斷進步，人類可以登上月球，進入太空了，然而，生命的源泉──自然卻一天比一天糟糕了。

在物質喧囂的現代社會，人類的焦慮越來越重。人類焦慮的內因，是欲望的升騰與擴展，遭到了現實世界的挫敗和否定。人在，焦慮就在。人類，必須節制和收斂欲望，改變自己的發展方向了。

任性和縱欲是多麼簡單啊，內省和節制，並且自己對自己說不，那才叫費力呀！

因為，我們要的不是活著，而是生活。該是怎樣的生活？需要我們認真思考了。

更需要認真思考的是，人類對那些瀕臨滅絕的物種，該承擔怎樣的責任呢？

黑龍江下游的撫遠小城，是一個頗具鰉魚文化元素的邊城。撫

遠，有「華夏東極」之稱，與俄羅斯遠東城市哈巴羅夫斯克隔江相望。這裡有鰉魚博物館，有世界上最大的鰉魚標本，有鰉魚保護協會，還有鰉魚養殖企業。街巷、江邊、早市、船頭⋯⋯甚至，撫遠人的話題中都瀰漫著鰉魚的氣息。

鰉魚，是撫遠的魂。研究鰉魚文化不能不去撫遠。

從漠河北極村回京不久，我又北飛撫遠。為了解開心底的那些疑問，也為了親眼看看世界上個頭最大的鰉魚。

在一個細雨濛濛的日子，我走進了撫遠鱘鰉魚保護協會那座白色的小樓。鱘鰉魚養殖專家龔鳳祥熱情地接待了我。他說：「鰉魚瀕臨滅絕的原因很複雜，但有兩個原因是迴避不了的。其一，江水污染；其二，過度捕撈。經過多年的努力，現在用人工授精方法，鰉魚批量養殖已經取得成功。」這位濃眉大眼八〇後，身穿迷彩T恤衫，T恤衫的正面印著一個大大的數字──「3」。我用手指了指，笑了。他低頭看了看，也笑了。

我說：「一生二，二生三，三生萬物啊！」

他說：「鰉魚在江裡重現身影，不是可能，而是肯定。」

──呀呀！

鰉魚鰉魚鰉魚──在哪裡？

曰歸曰歸，歲亦莫止。

6. 烏賊

烏賊，非賊非魚。

烏賊是海裡的無脊椎動物。沒錯，所謂無脊椎動物就是軟體動物吧。頭一個把墨魚喚作烏賊的人，一定是持著陰暗的偏見。怎麼就是賊啦？為何不叫它烏龍、烏虎、烏豹——而偏偏叫烏賊呢？

烏賊就烏賊吧，倒也不一定是貶義。譬如，形容某美女眼睛有神，就說「那大眼睛忽閃忽閃的，賊亮賊亮」；再譬如，形容天氣寒冷，就說「媽呀，天賊冷賊冷的，咳嗽一聲都能凍成冰溜子」。這裡的「賊亮」和「賊冷」，無非誇張一些，強化語氣，渲染氣氛，有「特別」的意思，跟作案的賊似乎沒有一點關係。

退一步而言，我倒覺得烏賊的賊，叫得有勁、蠻實、上口、響亮。事實上，烏賊的賊，是一種智慧呢。

烏賊，烏賊，烏賊的血液也應該是黑色的吧？不，烏賊的血液是藍色的，天之藍的藍，海之藍的藍。烏賊的身體像個造型怪異的口袋，內部器官，諸如肝臟、腎、鰓、腸子啥的，統統都在口袋裡裝著呢。頭，那個眼睛骨碌碌轉動的短短的腦袋則像口袋的塞子。而觸手，等等，我掰著指頭數數，一二三……七八九十，好傢伙，整整十條觸手，居然都長在頭頂呢。難怪烏賊有「十爪八足」之稱——爪是手，足也抵手用呢。觸手的內側均有吸盤，吸盤具有一種強勁的魔力，抓魚抓蝦鮮有失手。它的腹部有一個漏斗般的管子，那是它的運動器官。游泳時，它尾部向前，頭和觸手緊貼成一條長帶，肌肉一收縮，把進入漏斗的水猛地噴出來，由此產生極大的作用力，一彈一彈，推動身體快速前進。據說，科學家就是從烏賊的運動方式中獲得靈感，設計和製造出了噴氣飛機、噴氣船和火箭。

烏賊的體內墨囊發達，能製造出墨汁，但要貯滿墨囊則需很長時

間。如遇敵害，不是萬不得已，它也不會輕易噴出墨汁，而掩身潛逃的。烏賊可以連續噴出五六次墨汁煙幕彈，迅速把海水染黑，霧幕可以持續十幾分鐘不散。

二戰時期，美軍頻頻使用的煙幕彈，就是烏賊噴墨汁幕霧的原理吧。遇有險情，啪地噴出煙幕，給敵方造成麻煩——瞬間的黑暗，可以令其暈頭轉向，陷入迷陣。沒有時間，自己創造時間，沒有機會，自己創造機會，逃生高於一切。這就是烏賊的邏輯。

烏賊墨汁含有麻醉劑，可麻醉天敵的嗅覺，還能麻醉小魚小蝦等獵物，乘機擒之，亦為美餐。

烏賊的肉、蛋、脊骨均可入中藥。李時珍的《本草綱目》對烏賊有所記述，稱其為「血分藥」——專治婦女貧血、血虛經閉等病症。烏賊墨汁是製作黑色食品的好材料。西班牙黑色海鮮飯，就是用烏賊的墨汁烹製的。據說，在日本，墨魚汁比薩、墨魚汁麵條、墨魚汁餃子、墨魚汁拉麵、墨魚汁麵包等食品，廣受寵愛。

早年間，舟山群島海域曾是中國最大的烏賊繁殖集聚區。說起烏賊，舟山老輩漁民總會有講不完的故事。一般而言，烏賊多的海域，必有抹香鯨。舊時，常有漁民在舟山群島的海域撈到龍涎香的傳聞。那是類似大型水母的塊狀物，會漂浮在海面上。也有漁民在某個小島，發現過被沖上島礁的龍涎香。

龍涎香，多麼文雅的叫法啊！其實，直說了吧，龍涎香，不過就是抹香鯨吃掉烏賊後體內排出的物質——糞便。哈哈哈！這東西可以製作香水，價格昂貴。品質優異的龍涎香，一克的價格甚至相當於同等重量的黃金。而有的龍涎香塊可以重達一百公斤。當然，抹香鯨剛剛排出的糞便就是糞便，奇臭無比，一點也不香。抹香鯨糞便裡的烏賊喙等難消化的東西，要歷經海水數十年甚至數百年的浸泡，才能慢慢轉化成「香」。所以，龍涎香的香裡有烏賊的祕聞，有海水的呼吸，有陽光的老繭，也有時間的傳奇。

抹香鯨是大王烏賊的天敵。烏賊裡的大王烏賊，樣子有點恐怖。它一般生活在大洋深處，個頭長達十七八米，站立起來的話，像一座

形狀怪異的島礁，觸手伸出水面，越伸越高，能把桅杆頂端的旗子嘩嚓一下撕扯下來，能把木船咕咚一聲拖進海底。

面對性格生猛的大王烏賊，抹香鯨的每一次捕獵都不會輕易得手——它被大王烏賊搞得傷痕累累，甚至也有反被大王烏賊獵殺的情況。大王烏賊並非光會噴射墨汁煙幕彈，一逃了之。它其實還有致命的一招——出其不意地彈出觸手，死死纏住抹香鯨的呼吸孔，使其窒息斃命。

同抹香鯨相比，或許，海豚是更狡猾的天敵。據說，海豚喜歡吃烏賊頭。有時，一隻海豚一天能吃掉幾百個烏賊頭。烏賊不是有墨汁煙幕彈嗎？海豚是怎麼近前的呢？是的，當烏賊遇到海豚時，便會拼命逃之。海豚哪裡肯放過呢——緊追不捨。當烏賊無法擺脫強敵時，就會立即噴射墨汁，把自己躲藏在黑色的霧幕中。然而，狡猾的海豚並不急於找到對手，而是衝出霧幕之外，靜靜觀察，等到霧幕散去，烏賊現出身影，海豚便狠命撲上去，咬住烏賊的頭——嘩嘩嘩！吞進肚子裡。

除了吃烏賊的頭，海豚對烏賊的身體及觸手理都不理，揚長而去。真是不可思議——身上的肉和軟軟的觸手不是更好吃嗎？可是，不！海豚只吃頭。

大海風平浪靜時，烏賊喜歡在海面上漂浮，無憂無慮曬太陽的感覺真好！然而，漁民出海時，也偶爾會看到海面上漂浮著無頭的烏賊殘體。那一定是在大海的某個地方，剛剛發生過一場慘烈的戰鬥。而結果，對於烏賊來說，註定是悲劇了。

舟山群島的朋友阿彪告訴我，一隻烏賊能產二三百粒蛋。它通常把一串串的蛋產在珊瑚礁石或海藻上，就像一串串晶瑩的葡萄，粒粒飽滿，隨海水蕩來蕩去。沿海漁民就是利用烏賊這一特性，把一些樹枝或者稻草，捆成一束一束的，投入海中，引誘烏賊來產蛋。

早年間，每逢烏賊汛期，金雞山島以北的裡泗礁和外泗礁海域，是烏賊最喜歡產蛋繁殖的區域。此外，舟山群島的黃興島有個叫南岙的月環形的避風灣，烏賊也極多。

據老輩漁民回憶，「賊汛」一到，南麂裡烏賊多得烏泱烏泱的，引來抹香鯨和海豚爭相食之。瞧瞧吧，海面上鷗鳥翔聚，鳥群像風中飄動的黑布，時而遮住了天空，時而蓋住了海灣。為了繁殖後代，烏賊滾滾而來，哪怕有再多的危險也毫不畏懼。海灣，以往平靜的海灣，像燒開了水一樣翻滾沸騰。烏賊多得甚至漁民的小舢板都很難划進南麂。老輩漁民說，一個「賊汛」下來，一個漁民可以捕一百五十餘擔（一擔約一百斤）烏賊，真是累得手都軟了。

我有些不解——大海如此之大，為何烏賊都擠到南麂的避風灣裡來產蛋呢？阿彪說，因為此處麂口朝南，灣流平緩，日曬充足，水溫適宜。另外，麂裡海水中魚蝦、海藻、微生物等豐富，這裡自然就成了烏賊最理想的產蛋場所。

阿彪從小在嵊泗水產大院長大。他說，他的童年瀰漫著海腥味。由於那時沒有冷凍設施，漁民把一擔一擔的烏賊擔進水產大院後，家屬就要趕緊劈鯗——剔除內臟，放出墨汁，製成烏賊乾。他一放學丟下書包，就幫媽媽劈烏賊制鯗。飛濺的墨汁每天都能接好幾桶。阿彪感歎，那時烏賊隨手撈，大院曬滿烏賊鯗。媽媽是水產大院裡的劈鯗能手，劈鯗數量無人能比。那把鯗刀鋒利無比，手起刀落，快如迅雷。她每天能劈上千條烏賊鯗。白花花的烏賊鯗掛滿架杆（也可攤在曬場上直接晾曬），一架連著一架，密密麻麻，場面甚是壯觀。

可是，近年來，那種盛況再也見不到了，水產大院也成了蛇蠍亂竄、荒草連天的地方。此時，阿彪望著大海裡的帆影，眼裡充滿憂傷。

過去，多得成災的烏賊，這些年來，竟謎團般急劇減少。烏賊，都去哪裡啦？海洋，原本不是荒蕪，不是冷清，不是一片寂寥的呀？

海洋，是一個巨大的生態系統，海洋裡的生物種類甚至超過地球上其他任何地方。海洋，創造了暖流，創造了風，創造了雨，也創造了生命。但是，今天它自己卻出了問題。或許，海洋的問題，不是它自己的問題，而是我們的問題。我們無邊的欲望會毀滅這一切嗎？

烏賊非賊，亦非魚，卻偏偏叫墨魚、墨斗魚。它長相粗鄙、醜

陋，不怎麼討人喜歡。但是，它的昨天和今天卻像一面鏡子，照出我們內心的齷齪和貪婪。

在某種意義上說，烏賊，奮力噴出的墨汁或許不是霧幕，而是一個警告的信號。生態是個整體，生態與每個生命息息相關。從海藻、微生物、小蝦、小魚、烏賊、海豚、抹香鯨……直至人類，都有一根看不見的線連著呢。

海明威說：「每個人都不是一座孤島，一個人必須是這世界上最堅固的島嶼，然後才能成為大陸的一部分。」

從生態的角度，該怎樣理解海明威的這句話呢？

──我陷入久久的沉思。

7. 帶魚生猛

一條一條滿載海貨的漁船靠岸，收槳拋錨。這是漁民一天裡最幸福的時刻。

收穫的成果都在船上呢。

在汕尾海灘，看到了漁民出海歸來，正把一簍一簍的海貨搬到岸上。海貨裡有皮皮蝦、大黃魚、小黃魚、螃蟹……當然啦，帶魚居多。那剛剛搬上岸的帶魚，就像鍍了一層銀，光豔無比。海貨講究的是一個字——「鮮」。而「鮮」則意味著要把時間最大限度地縮短。漁民對「鮮」有自己的理解。一些漁民，乾脆在海灘上就地出售。他們把帶魚倒著懸掛在竹竿上招攬顧客，遠遠看去好似鐵匠鋪子裡排序分明的刀劍，亮光閃閃。

我出生於科爾沁沙地，小時候沒見過海。我對海的認識，源於帶魚。我甚至認為，帶魚的腥臭味，就是海的鮮味。在北方，無論生活怎樣拮据，大年三十的餐桌上必有一道相當於海鮮的菜——炸帶魚。可是，後來進了城裡才知道，帶魚根本算不得海鮮。也就是說，我們所見到的帶魚，從來就沒有活著的——由於海水壓力發生變化，帶魚出水便斃命了。何況，我們吃的帶魚，不知道輾轉周折經歷多少環節了。但是，炸帶魚確實好吃，外焦裡嫩，香味誘人。這是我們那些沙區孩子一年的盼頭之一。

炸帶魚，不知勾出了多少我童年的哈喇子。

二十世紀八、九〇年代，單位搞福利，往往發帶魚。用報紙包著，每人三五條。辦公室裡瀰漫著帶魚的腥臭味，三五日不散。那時候，看一個單位怎麼樣，判斷的標準——發不發帶魚、帶魚的寬窄程度和發帶魚的次數。

若聽說，某某單位經常發帶魚，帶魚個頭又長又寬，肉也厚，大

家一定很羨慕那個單位。若本身就在那個單位工作，那是很光彩、很有面子了。

今天，隨著物質的極大豐富和生活水準的提高，吃上一頓炸帶魚已經是很平常的事情了。

汕尾漁民告訴我，帶魚是吃肉的魚，生性兇猛、貪婪。白日裡在深水中潛伏，夜晚或者陰天，便浮游到海面水域追逐獵物。吃小魚，吃烏賊，吃蝦米，也吃自己的同類。據說，帶魚在海裡，不游動時就保持豎立的姿勢，靠扇動魚鰭保持平衡。

早先，有經驗的漁民常常利用它貪婪的本性來捉它。「此魚八月中自外洋來，千百成群，漁戶率以乾帶魚肉一塊做餌釣之。一魚上鉤，則諸魚相銜不斷，掣取盈船」。這是清人對漁民釣帶魚情景的描述。一魚咬鉤後，另一條魚會咬住它的尾巴，被一起拽出水面。這就是帶魚同類相殘的特性。瞧瞧，釣到一條，就可輕易地像拉繩子一樣拉出一個長串。用不了幾個時辰，帶魚就裝滿船艙了。

今天，我們食用的許多海產品都是養殖的，但是帶魚並沒有人養殖，都是野生的。為什麼呢？因為帶魚養殖的成本遠高於海洋捕撈的成本，何必呢！加之每年帶魚的捕獲量相當大，客觀上，就沒有人動腦筋費力氣去養殖了。

然而，汕尾漁民告訴我，表面看，帶魚的捕獲量似乎沒有減少，但漁網的網眼越來越小，捕到的帶魚的個頭越來越小，倒也是事實。過去，大個的帶魚有三十幾斤重，一二十斤重的常見，現在捕獲的帶魚，細如皮帶。甚至，生下來不到一年的幼魚也被捕獲了。

海洋是不是已經出現了嚴重的問題？

很多時候，當危機到來之時，我們並沒有感覺到危機。或許，那種「帶魚連尾」的情景，早已成為遙遠的傳說了。

8. 水杉王

水杉王——利川的符號。

水杉王——利川的標誌。

在外地，利川人自我介紹時，常常會說：「我們是水杉王那個地方的人。」話裡透著某種底氣和自信。

王者，同類中的頭號也，或曰最大最強的個體也。一棵樹，就是一個世界。一棵樹，就是一部自然史。

在一億五千萬年前，水杉原本和恐龍一樣普遍，在第四紀冰川時期，大部分動物和植物滅絕了。恐龍成為化石，水杉成為化石。那時候，地球上還沒有人類這種動物，人類出現是後來的事情。

人類在地球上出現後，面對的水杉，僅僅是化石。南極圈沒有發現活的水杉，北極圈沒有發現活的水杉，美洲沒有發現活的水杉，歐洲沒有發現活的水杉，非洲沒有發現活的水杉。於是，植物學界宣佈，水杉在地球上已經徹底消亡了。

可是，它真的消亡了嗎？這是個問題。

利川的這棵水杉王，註定要與幾個科學家的名字聯繫在一起。他們是：干鐸、王戰、鄭萬鈞、胡先驌。

一九四一年，植物學家干鐸經過謀道，發現了這棵似松非松、似杉非杉的參天古樹。他拾起幾片枯葉，夾在一個本子裡，卻在旅途輾轉中不慎遺失了。一九四三年，林學家王戰前來採集了葉子、樹枝、毬果，並將標本編號「王戰118號」（現存江蘇省林科院標本室）。王戰是我敬重的林學家，他是頭一個率隊考察神農架的科學工作者，他發現和鑒定的植物新品種就有六十多個。他在二十世紀七〇年代就發表文章呼籲，如果不進行生態建設，「長江確實有變成黃河的危險」。

之後，經過多年潛心研究，植物學家鄭萬鈞和胡先驌將此樹鑒定為水杉，並發表了《水杉新科及生存之水杉新種》的論文。這一研究成果轟動了世界，被譽為二十世紀植物界最偉大的發現。

有人會不以為然——這有什麼偉大的？水杉本來在自然界就存在著，這些專家稀裡糊塗沒有找到，就說它在地球上消亡了。這哪裡是「偉大的發現」，分明是專家的失職，不盡責，是科學精神的缺位嘛！

然而，我要說，錯了。

水杉王的樹齡是六百年，這是地球上活著的年齡最長的水杉了。有七百年的嗎？沒有。有八百年的嗎？沒有。有一千年的嗎？更是沒有。由此向上追溯，統統沒有。那麼，上溯六百年至一億五千萬年期間的水杉在哪裡呢？——石頭裡。

一切靜悄悄，毫無聲息。

打個比方吧，一億五千萬年前，恐龍本來被凍死了，變成化石，若干年之後，在我們眼前的石頭裡，突然跳出一隻活的小恐龍，會是什麼情況？

然而，現實版的小恐龍終究是沒有跳出來，但是，卻真的跳出了一棵水杉，不，準確地說，五千六百六十二棵。這說明什麼？說明水杉的種子沒有死，它一直活著，活在石頭裡，活在夢想裡，活在傳奇裡。

「以絕望之心，行希望之事」——百年，千年，萬年，千萬年，億萬年，只是為了等你。

令我至今不解的是，水杉本來遍佈地球大陸很多地方，可別處的都消亡了，為什麼偏偏這裡的種子活了下來？可以斷定，它的身上一定深藏著許許多多的密碼。

水杉王，生長在利川市謀道鎮磨刀溪邊。謀道鎮地處鄂西南邊陲，素有「東局荊楚，西控巴蜀」之說，古稱「磨刀溪」，為商賈覬覦之所，兵家必爭之地。民國年間，四川總督趙爾豐為此地一關帝廟題寫楹聯——「大丈夫磨刀垂宇宙，士君子謀道貫古今」，並主張，

「尚武可輕，修文該重」。於是，磨刀改為謀道。或許，這個趙總督文人出身，是個有情懷的人，對磨刀霍霍、砍砍伐檀的事情很是反感。不然，怎麼會改名呢？

據利川的朋友講，磨刀溪裡的石頭，個頂個的好，軟硬適度，脾氣溫順。早年間，河床裡的石頭被當地人揀出來，用作磨刀石。磨砍刀，磨剪子，磨鑿子，磨斧頭。磨出的刀刃鋒利無比，寒光閃爍。

然而，刀器畢竟是與向善相反的。磨刀，意味著對抗自然，殺戮生命，滋長貪欲。而謀道，謀自然之道，才是尊重自然，順從自然，涵養靈魂。今天來看，趙總督算是有見識、有眼光的人。名字改對了，後面的很多事情就跟著對了。

那時候，趙總督見沒見過這棵水杉王呢？不得而知。如果見過的話，依他的性情，也許會寫首詩的。

想想看，這棵水杉王的存在，的確是一個傳奇。六百年間，發生了多少事情啊！可是，它，居然躲過了刀斧，居然躲過了雷擊，居然躲過了蟲蛀，居然躲過了菌蝕，居然躲過了戰亂，居然躲過了人的貪念。

一次一次。一回一回。一起一起。一例一例。

史料載，二十世紀五○年代末期，利川毀林之風盛行——毀林開荒，毀林燒炭，毀林挖藥，毀林種糧，毀掉了大片大片森林。然而，水杉王依然在那裡。

「大躍進」和「大煉鋼鐵」時期，利川有數百口窯眼，上萬口爐膛，煉鋼煉鐵每年燒掉十萬立方米木材。火光爍爍，鐵花灼灼，從齊岳山到利川縣城一望無涯，舉凡森林，無論古木、巨木、稀木和名貴經濟樹種，皆做煉鐵之薪，砍伐殆盡。然而，水杉王依然在那裡。

一九六七年，「修大寨田」，無論大樹小樹一律剷除，光是黃泥塘、甘溪山一帶就剷除柳杉三千五百七十二棵、核桃樹一千餘棵。然而，水杉王依然在那裡。

火，森林之大敵。在林區，大事萬千，防火第一。可是，火，防不勝防。火，還是要燒起來。一九四九年至一九八六年，利川共發生

大小森林火災一千七百七十一起，燒毀林木四百萬棵。然而，水杉王依然在那裡。

二十世紀八〇年代，由於經濟發展的需要，木材和竹材的需求劇增。文斗、團堡、謀道、朱砂、箭竹溪、小河、涼霧山、長坪、興隆口等地均大肆伐木，幹勁高昂，斧鋸不歇，許多山林被剃成光頭。十年間，砍伐木材近二十萬立方米。然而，水杉王依然在那裡。

終於，我見到了這棵水杉王。在那裡，在那裡。

呼地一下，我瞪大眼睛，投去的目光裡是滿滿的驚喜和敬意。遠遠望去，它既有無盡的延伸感，也有未知的神秘感。

它，像是天宇下肅穆莊嚴的宮殿裡的一尊神，具有恍如隔世的高古氣質，充滿巨大、神聖和永恆的能量。我凝神靜氣，不敢有一點造次，邁出的步子都是輕輕的。在它面前，我完全辨別不了方向，彷彿過去和未來都不存在了。存在的，只有它了。忽然，天空就滴下一些雨點，落在頭上，落在臉上，落在手掌上。遠處的青山之間，霎時就升起了忽明忽暗的幽靈般的弧圈，在若有若無的雲雨中閃閃發亮。

漸漸地，我被一種強大的氣場包圍起來，耳鼻喉眼，連同心和肺都被不知不覺地洗過了。

它，高三十五米，胸徑二·五米，冠幅二十二米。虬枝俊朗，蓊蓊鬱鬱。我用手機拍下它的巨大樹幹，它的側枝，它的葉子，它的小芽，它的樹體上的苔蘚。它在這片土地上站立了這麼久，它把時間和空間併置了，它用手臂和身體撐起了這片天空。

空氣濕漉漉的，水杉王的樹下，乃至四周瀰漫一種神秘氣息。它本該在石頭裡，以某種栩栩如生的圖案，供人們猜測、觀賞、研究，甚至成為一遍一遍談論的話題。然而，不！

它，陡然間，從石頭裡跳出來了，然後穩穩地矗立在那裡，創造了一個神話。它，顛覆了固有的邏輯，顛覆了我們所有的認知和想像。

這裡是磨刀溪的源頭，從來就不缺水。溪裡的水常年汨汨不歇，清澈如碧。然而，水杉水杉，因水而歡喜，可是，水過多，也不都是

歡喜了。因爲，水過多，就會導致爛根。

前些年，水杉管護站站長范深厚發現，水杉王樹葉發蔫、樹勢減弱，便吃不下、睡不香了。查找原因，發現磨刀溪離水杉王不遠的地方，被人爲用石塊壘了一個小壩子，攔住了歡暢流淌的溪水，形成了一個水深過膝的小水塘。婦女們取水洗衣洗菜自然是方便了，可是，水杉王的根倒是也被泡在水裡了。

范深厚雖然心裡很急，但是他知道做村民的思想工作不能硬來，要講究方式方法。於是，他把那些婦女召集到水杉王樹下，給大家開了一個現場會，講清了「養樹重在養根」的道理，講清了水杉王的存在對謀道鎮來說意味著什麼。本來，嘰嘰喳喳的婦女們還有不同意見，聽了范深厚的一番話後，一下安靜下來。接著，各自抄起家什，懷著一顆愧疚的心，把那個小水壩拆除了。

次年春天，水杉王的葉子又鮮亮如初，樹枝樹冠又打起精神，昂起頭了。

水杉王四周的山叫鳳凰山，水杉王及磨刀溪是在山谷的最低處——盆底上。夏季，此處恰好處在雷區。雨天，滾滾雷聲令人感到恐怖。據范深厚觀察，水杉王已經多次遭受雷劈，樹冠上跌落下來的炭狀物就說明了一切，好在只是幾根梢枝、幾片樹葉，倒無大礙。

爲了不引起恐慌，范深厚也就沒有聲張。

但是，范深厚卻意識到了危險——萬一雷擊起火怎麼辦？

他和管護員們從廢品收購站找來銅線，蹭蹭蹭，猴子一般爬上樹去，在樹冠上架起了簡易避雷針，幾個夏天過去了，倒也平安無事。可是，某日，來了一位上級領導，事情又發生了轉機。那位領導背著手，在水杉王樹下轉了一圈後說，樹冠上那些橫七豎八的銅線太難看了，影響景觀啊！能不能在四周的山上架設避雷針呢？范深厚說，能架設呀，可就是沒款子啊！

那位領導盯著范深厚看了半天，沒言語。回頭又看一眼水杉王，走了。

幾天後，一筆專項資金下撥到管護站的戶頭上。

范深厚樂了，竟不由自主地哼出了幾句小曲。

如今，來參觀水杉王的人，駐足環顧鳳凰山時，就會發現三座山峰上各自聳立一個塔狀的高高的避雷針。那三處避雷針，足足高出水杉王十幾米。是的，多少年過去了，山谷裡無論怎樣的雷鳴電閃，水杉王都安然無恙。這裡有最好的黎明，這裡有最好的黃昏。當然，這裡也有最好的夢境。

水杉樹的特點，可以用十二個字來概括：生長迅速，樹形優美，耐寒耐濕。

「在水杉王面前，全世界的水杉樹都可以稱之為它的後輩。」范深厚說，「幾十年來，從水杉王身上採集了大量的種子引種到全國各地，乃至很多國家。掰著指頭數數，如今，水杉王的子孫已經遍佈八十多個國家和地區。」

我問：「水杉樹到底有什麼價值呢？」

范深厚說：「它的價值有待逐步認識，隨著科學的發展，它身上的密碼，會被一點一點解開。」

二○一三年，經全體市民投票，政府審定，人大會議通過，水杉，已被確定為利川市市樹。

作為「活化石」，水杉具有重要的科學價值和文化意義。為了紀念水杉的重大發現，中國郵政發行「水杉」郵票一套三枚。周恩來總理曾把水杉王的種子作為國禮，贈送給英國、朝鮮、阿爾巴尼亞等國家。美國前總統尼克森把自己心愛的遊艇起名為「水杉號」。一九七八年，鄧小平訪問尼泊爾時，將一棵水杉樹親手種植在尼泊爾皇家植物園。

近年來，水杉成為全國最廣泛種植的行道樹種和觀賞樹種之一。有趣的是，引種到江蘇、河南、安徽等地的水杉，比利川原生地人工種植的水杉樹幹更為通直，更為挺拔。樹冠呈現更為規則的圓錐形，且葉片豔麗耀眼。

就「彩葉樹」而言，有「北香山，南棲霞」之說。所謂「北香山」，是指北京香山的黃櫨；而「南棲霞」是指南京棲霞山的楓香。

深秋季節，香山的黃櫨和棲霞山的楓香，一夜之間，層林盡染，滿目橘紅和深紅色，鮮亮璀璨。然而，有專家告訴我，那是你還沒有見過深秋後的水杉彩葉，引種到北歐和北美的水杉彩葉之美，勝過黃櫨，勝過楓香。是嗎？我定睛看了一眼他發給我的水杉彩葉「網紅照片」，不禁大吃一驚。

決定植物葉片色彩的因素，是葉片細胞中的葉綠素、類胡蘿蔔素和花青素三種色素的相對含量和分佈。這是一個生物學問題，就不去探討了吧。

當然，影響水杉葉片色彩的因素，主要還是取決於它的基因和生長環境，然而，它自身的潛能——那個藏在葉片裡的美，只要有了對的空間和對的時間，它就會盡情地釋放出來，絢麗無比，令人迷醉。

這一切，是水杉王遺傳的基因在暗暗發力嗎？還是後代個體固有的靈魂和精神在起作用呢？我無法解釋。是的，它的蹤跡，它的故事曾經被苔蘚、被蕨類植物包裹著，被石頭包裹著，被時間包裹著。隱蔽，莫測，毫無聲息。

它，消亡了，是謎。

它，存在著，就更是謎了。

9. 九葉青

在江津，每一座山嶺，每一道溝谷，都生長著墨綠色的花椒。正逢五月，花椒的果實一嘟嚕一嘟嚕掛滿枝頭，甚至，連空氣中都瀰漫著椒香。

江津花椒在幾百年前就聞名天下了。據說，在模里西斯海岸附近海域，打撈出的一艘已經沉沒了三百年的荷蘭商船上，還發現了桶裝花椒。打開密封的塞子，桶裡的花椒仍散發著香氣。仔細辨認，桶上的字跡清晰可見──「巴蜀江州府」。

通常，花椒以葉柄上葉片數量來區分──三匹葉的，稱三葉椒；五匹葉的，稱五葉椒；七匹葉的，稱七葉椒；九匹葉的，稱九葉椒。有八葉椒嗎？沒有。有十葉椒嗎？沒有。瞧瞧，葉子都是單數的，沒有葉子雙數的花椒。

江津花椒幾葉呢？九葉。因為江津花椒是青花椒，故得名「九葉青」。九葉青有什麼特點呢？可以用十六個字來描述：果實飽滿，色澤油潤，清香撲鼻，麻味醇厚。

花椒跟辣椒不同，花椒是中國本土植物，早在元朝時期，江津一帶就開始種植了。而辣椒是外來物種，明代鄭和下西洋時，帶回辣椒種子，中國才開始種植辣椒。辣椒的原產地在美洲，是印第安人培育了辣椒種子，在秘魯和墨西哥一帶，都有種植。

明代之前，中國人是不是不知辣味？也不是。古代的「五味」是指酸、苦、甘、辛、鹹。沒有辣。辛是辛，辣是辣，可二者的味道又似乎很接近，辛甚曰辣也。在古代，所謂的辣味，其實就是猛烈的辛味。薑、蒜、蔥、芥末的味道就是辛味。古代的椒，是指花椒，不是辣椒。找遍李時珍《本草綱目》，包括字縫裡，也找不出辣椒。

辣椒，又叫番椒、海椒、牛角椒、燈籠椒。一般而言，帶「番」

字，或者帶「胡」字，或者帶「洋」字的東西，多半都是外來的。比如，番茄、番薯、胡麻、胡桃、胡瓜、胡豆、胡蘿蔔、洋蔥、洋蒜、洋白菜，等等。最初，辣椒是作為觀賞植物傳入的。看來，鄭和的愛美之心還是有的。直到清代乾隆年間，辣椒作為蔬菜和調味品，才被國人廣泛食用。中國人最早食用辣椒的，不是渝人，不是川人，而是「下江人」，即長江下游的人。

從不怕辣，到辣不怕，千年萬年，只是為了等你。

就這樣，花椒和辣椒熱烈地擁抱，麻和辣像一對一見鍾情的戀人終於走到一起，時而猛烈如火，靈魂出竅；時而膩膩歪歪，難捨難分。從此，「五味」之外，又有一味，曰之麻辣。

麻辣是什麼味？花椒知道，辣椒知道，吃過花椒、辣椒的人知道。

紅花椒是紅花椒，青花椒是青花椒，並非青花椒曬乾之後就是紅花椒。就麻和麻的持久度而言，青花椒勝過紅花椒。青花椒多用於麻辣火鍋、水煮魚、毛血旺等重口味川菜，麻味猛烈。就香氣而言，青花椒略遜於紅花椒。紅花椒多用於爆炒類，突出香味。喜歡香，喜歡麻，還是喜歡香麻？在花椒之鄉，這從來不是問題。

中國花椒有三個著名的產地，一為江津，一為韓城，一為漢源。江津在重慶，韓城在陝西，漢源在四川。江津花椒是青花椒——九葉青；韓城和漢源皆為紅花椒，一曰「大紅袍」；一曰「貢椒」。

三個著名的產地，哪個老大，哪個老二，哪個老三？我看就不要排名了吧。我沒到過韓城，也沒到過漢源，當然不敢亂說了。

但是，江津我是去過的，至少去過兩次。

江津山區實施退耕還林後，花椒種植面積已達五十萬畝，掛果的面積就有三十六萬畝。江津有二十二萬農戶、六十一萬椒農從事花椒種植。光是二〇一八年，鮮椒產量就達二十七萬噸，花椒銷售收入三十三億元。

就花椒種植面積而言，全國十分天下，江津占其二。就產量而言，十分天下，江津有其三。

重慶是「火鍋之都」，而火鍋怎麼可以缺少麻辣火鍋呢？斷斷不可以。麻辣已經麻進重慶人的基因裡，麻辣已經辣進重慶人的性格中。撇開辣不說，麻，則以江津青花椒九葉青最地道，最蠻實。

據說，西漢時皇后所居殿名叫椒房，亦喚作椒室。這裡的椒即花椒。皇后居室嘛，一定要弄得有情調，弄出溫暖如春的感覺。於是，就用椒泥塗壁，取椒中的溫而芬芳也。

為什麼用花椒粉末和泥塗壁呢？有學者解釋說，其一，椒者，多籽，取其多子多福之意；其二，宮殿皆為木結構建築，椒之氣味，可辟邪，有防蟲蛀之功效。

嘖嘖，花椒，也是蠻有故事呢。

全國花椒我不好說看重慶，但重慶花椒看江津是可以說的。而江津呢？江津花椒看先鋒，恐怕不會有人有意見吧。「最早培育出九葉青的，是江津的先鋒鎮」。重慶市林草局退耕辦主任龍秋波說，「先鋒，因花椒而先鋒呢」。

先鋒鎮現有青花椒面積十三萬畝，規模大，產業發達。每年生產花椒十萬噸以上，產值十二億元。花椒年收入十萬元以上的農戶超過五千戶。這個不到七萬人口的小鎮，因花椒而聞名遐邇了。

花椒是一種野生灌木，早年間，沒人拿它當回事。它被當成薪柴，砍下來背回家，填灶口燒飯了。當然，也順便摘下幾粒花椒果，煮肉做菜當調料。由於它的萌生能力強，無論怎麼砍，只要根還在，它總是能夠長出來。然而，糟糕的是，糧食不夠吃，就把花椒樹叢刨掉，開墾種包穀、種麥子、種紅薯。結果，造成嚴重的水土流失，導致光山禿嶺越來越多。

退耕還林，讓一叢叢花椒重新覆蓋了山嶺。

「其實，花椒樹的生態維護能力非常好，它是我們退耕還林的首選樹種。」生態專家阮林說，「花椒的根系發達，雖然根系淺，但它能牢牢抓住表層土壤，保土保水，防止水土流失」。

花椒矮化豐產技術，是花椒產業的一場革命——通過割枝採摘的方式，不僅大幅降低了採摘環節的勞動強度，還使花椒產量提高了

35%以上。這項技術的發明人叫蕭國林，被當地椒農譽爲「花椒袁隆平」。

在先鋒鎮麻柳村，我走訪的闕紅光、劉江輝、鍾定輝等幾個農戶，家家都有花椒林，家家都有花椒烘烤設備，家家產值都在二十萬元以上。令先鋒人沒想到的是，小小花椒竟然直接帶來了生態旅遊業的興旺。近年，來先鋒鎮，乃至麻柳村，藍眼睛的人多了，黃頭髮的人多了，黑皮膚的人多了，操著各種各樣口音的人多了。於是，一批花椒文化園、椒房農家樂、椒房旅館、椒房民宿應運而生。

先鋒鎮鎮長曾祥敏對我說：「退耕還林關鍵在於選對一個好樹種。選對一個好樹種，就是選對一個好產業。先鋒花椒，絕不僅僅是一粒花椒。目前已開發出花椒乳、花椒香水、花椒洗髮液、花椒洗腳液等二十多種花椒產品。」這位思想靈動，兼有文學和法學專業背景的七〇後說，「未來，還將把花椒產業由傳統的調味品，向日用化工、生物醫藥、香精香料領域擴張。」

「嗯，想法很好。」我贊道。

「我們的目標是——麻遍中國，麻遍地球！」曾祥敏笑著說。

「哈哈哈。有點意思。」我也笑了，「每個人都是追夢人。麻遍中國，你們基本做到了。不管是南方還是北方，也不管是西部還是東部，凡有吃夜宵的地方，凡有街頭大排檔的地方，必有麻辣燙啊！至於麻遍地球嘛，任重道遠，恐怕你們還得努力！」

修復了自然，也就治癒了自然。在綠水青山之間，只要努力，所有的美好，都會如期而至。

曾祥敏凝神沉思，然後舉目遙望遠處薄霧纏繞的山嶺，像是自言自語，但還是被我聽到了。

「是的，說到底，綠水青山才是我們的根本。」

10. 蒜頭果

怎麼說呢？

蒜頭果不是蒜頭結的果，而是結的果子像蒜頭般的一種植物。蒜頭果，在植物學上，獨屬獨種，沒有兄弟，沒有姐妹。它僅生長在滇東和桂西某些海拔五百米至一千七百米之間的石灰岩山地中。雲南省廣南縣舊莫鄉是目前地球上蒜頭果分佈和保有量最多的一個鄉鎮。

至今，除了中國滇東和桂西某些山區，地球上其他國家和地區未見有蒜頭果分佈。蒜頭果，堪稱植物中的「大熊貓」啊！至於具體數字嘛，還是保密吧。因為蒜頭果是國家二級保護植物。據說，一些藍眼睛和黃頭髮的植物大盜，披著各種仁慈的外衣，以各種甜蜜的藉口，不斷來這一帶走動，其用心不在山水，而是在打蒜頭果的主意呢。

《神農百草經》裡沒有蒜頭果，《本草綱目》裡沒有蒜頭果，《農政全書》裡沒有蒜頭果，看來，蒜頭果一直在深山中，靜靜生長，無人理睬。直至一九七二年，人民出版社出版的《雲南植物志》首次對它進行了這樣的表述：「蒜頭果，別名山桐果。」一九八五年，《雲南日報》發表了《價值萬金的蒜頭果》新聞報導，蒜頭果才開始引起植物學家的注意。

許多人並不認識蒜頭果。蒜頭果木材屬於硬木，暗紅色，硬度強，不翹，不裂，不折，有自己的個性。

早年，廣南民間不知道蒜頭果的珍貴，就常用蒜頭果木頭蓋豬圈。因為蒜頭果木質堅硬，豬嘴巴用力拱，也拱不壞。當然，也常用蒜頭果木頭做床，結實耐用。

蒜頭果具有較高的經濟價值和生態價值。據專家講，蒜頭果是含神經酸最高的植物。神經酸是什麼？最初，神經酸是在鯨魚大腦中發

現的一種物質，它能修復被損傷的大腦神經，還能改善和促進微循環系統活性，有助於神經細胞生長和發育。具體說，神經酸能防止記憶減退、老年癡呆、癲癇、抑鬱、焦慮、失眠、腦癱、大腦缺血等症狀，增強免疫功能和提升高密度脂蛋白。專家研究發現，人體自身不能生成神經酸，只能靠食物攝入。於是，科學家們就尋找含有神經酸的動物與植物。終於找到了——植物中，文冠果榨出的油裡含有神經酸，元寶楓榨出的油裡也含有神經酸。然而，比較資料顯示，含神經酸最高的植物還是蒜頭果——獨佔鰲頭，沒有併列。

為了認識和瞭解蒜頭果，二〇一九年深秋的一天，我來到廣南縣舊莫鄉安勒村。安勒村後山上生長著一片蒜頭果林，面積若干畝。若干年前，縣政府專門頒佈了法令，把此地劃定成蒜頭果保護社區。

一條山路蜿蜒曲折地通往後山。我們兩眼盯著路面，驅動雙腿，小心謹慎地行進著，路上時不時遭遇牛屎，有的還冒著熱氣呢。偶爾，旁邊樹叢會簌簌地晃動，叮叮噹當的牛鈴聲傳來，卻不見牛。

我開玩笑說：「你們這裡的牛，一定比別處的牛牛啊！」

縣長問：「何以見得？」

我說：「此處的牛有蒜頭果吃啊！」

縣長說：「可不敢，蒜頭果榨出的油貴比黃金，我們哪敢餵牛啊！」

聞之，一行人都笑了。

我們翻山越嶺，氣喘吁吁。迎面出現一塊宣傳牌，立在兩棵大樹中間。縣長說：「到了，前面就是蒜頭果社區了。」

我擦著額頭的汗，駐足端詳，只見宣傳牌上畫著保護社區範圍圖，經度多少，維度多少，還標注了座標點的位置。圖旁邊是文字說明，寫著什麼是蒜頭果，大樹多少棵，幼樹多少棵。

最後是一行很嚴厲的話：「保護社區內禁止亂砍亂伐，禁止偷盜種子，禁止毀林開荒，禁止縱火，違者必究！」

目光從宣傳牌移開，投向四周。保護社區似乎有隱隱約約的柵欄圍著。說是柵欄，其實就是東倒西歪的幾根木棍象徵性圈一下罷了。

縣長手指樹林裡掛著小牌子的樹說：「喏，那就是蒜頭果。」

「哎，樹幹樹葉都像香樟樹呢。」

「對，很容易跟香樟混淆。」

我走到一棵較粗的蒜頭果樹下，用力拍了拍樹幹，發出梆梆梆的響聲。我側耳貼在樹幹上，繼續拍，梆梆梆！低頭仔細觀察，蒜頭果的根都紮進裸岩石縫裡了，多爲單株生長。樹下伴生的植物有水冬瓜、箭竹，還有一些叫不出名字的雜灌木。落葉和腐殖層上有散落的果實，彎腰撿起幾枚，觀之，狀如板栗果。剝掉外面毛皮，裡面的內果才像蒜頭，看起來憨態飽滿。

農曆九月下旬，蒜頭果成熟。在長期實踐中，安勒村人積累了一套用蒜頭果榨油的經驗。他們先將果實脫皮，籽粒裝進竹簍中，浸泡於山間河流，反復沖刷，洗去籽粒表皮的黃白色的粉層，然後，將籽粒倒進石臼裡用木槌搗碎，置於竹席晾曬數天。此過程謂之「露」。「露」後的籽粒水汽大大減少，乾爽的籽粒再經過炒、蒸的程序，就可榨油了。

縣長告訴我，蒜頭果籽粒含油量高達65%，但民間木榨法頭一次只能榨出30%的油。因此，往往初榨後，再將油渣置於竹席「露」數日，然後上鍋炒熱再榨。如此，反復三次，所含之油盡可榨出了。

蒜頭果之所以珍貴稀有，除了自然分佈區域狹窄以外，還有一個重要原因，就是它長期以來不能人工種植。二○○四年之前，人工繁育沒有一例成功，均是不明原因的失敗。紅土壤不行，黑土壤不行，黃土壤不行；土壤太酸不行，土壤太鹼不行，腐殖土過多也不行，到底什麼土壤行呢？科研人員經過十年的努力，意外地用河沙沉積催芽法，終於繁育成功。原來，它喜歡河沙沉靜穩重的性格，喜歡它微鹼微酸的小脾氣啊！

——歡呼雀躍呀！激動不已呀！

然而，能繁育出小苗，卻並不意味著小苗能移植造林。廣南頭一批育出的十萬棵兩年生的小苗，移植後生生不發芽。科研人員以爲是假死，切片研究後發現，不，不是假死，是眞死呀。結果，那移植的

十萬棵小苗全成了乾柴。

　　如今，隨著科研難題的一個個破解，在廣南的山嶺上我們終於可以看到一片片的蒜頭果人工林了。長勢昂揚，茁壯而蓬勃。

　　是的，蒜頭果，這種奇異的植物，在靜靜的生長中，寄託著廣南人的希望和未來。

11. 管涔山

汾河源

管涔之山，汾水出焉。

汾河源頭在管涔山上，具體在管涔山上哪個山頭？哪條溝裡？我們要用自己眼睛親眼看看。我們翻山越嶺，奔波不歇，向北，向北，還是向北，去尋找汾河源頭。其實，也不用我們找了，前人早就替我們找好了──源頭在管涔山腳下雷鳴寺。

轉過山腳，忽地一下，視野闊了，眼界寬了，前面是一塊川地。先看到的是一個藍色牌子，上書「汾河潤三晉，源頭在管涔」十個大字，接著突地出現一個大水塘，塘裡的水汨汨地湧動著，泛著翡翠般的綠色。

水塘東邊是一崖壁，陡峭峻拔。我們沿崖壁下端緩步前行，來到一處緊貼崖壁而建的寺廟──雷鳴寺。近前觀之，只見寺廟前一金字塔般的玻璃罩子罩住一物，那物還能是什麼？不用問，一準就是泉眼了。

「爲何罩住？」

管涔山林區管理局局長常志勇說：「不罩不行啊！遊客總向泉眼投硬幣，天長日久，硬幣堆積成了一座小山，快把泉眼堵死了。沒有辦法，只好把泉眼罩起來了，確實有點不太雅觀。」

常志勇無奈地搖搖頭。「不過，」他說，「這還不是真正的源頭呢。」

「啊？使出了障眼法嗎？」我們疑惑地看著他，「此處還有玄機？你是故意吊大家胃口呀！」常志勇吧唧吧唧嘴巴，沒言語，笑

了。一干人也都笑了。

吱呀一聲，常志勇推開一道門。哇！眼前是一口井，井裡的泉水咕嘟咕嘟冒著。準確地說，這是一口井泉。井口上架著一個轆轤，井繩蛇一樣纏繞在轆轤上，繩子的一端繫著一個小木桶。

常志勇嫻熟地搖著轆轤，三下兩下，四五六七下，就提出了一桶泉水。他示意我喝，我看看他，看看桶裡的水，還等什麼呢，撸起袖子，俯下身去，雙手端著桶沿，嘴貼在桶沿的豁口處就猛地喝了一口。呀，甘甜爽潤，清冽無比呢！

早年間，汾河一度是漕運的重要水路。繁盛喧囂。那時，管涔山林區的木材出山，主要靠放排。成批成批的木頭在水邊紮成排，推到汾河裡流送，一路漂流到太原，再上岸運送到各地。放眼望去，河面上的木排連著木排，首尾相距幾公里，排工的號子喊聲連天。

當時，「萬筏下河汾」的場面甚是壯觀。

管涔山森林涵養的水源造就了汾河，汾河的榮耀和輝煌，自然就是管涔山森林的榮耀和輝煌了。

繆爾說：「那種認為，有了水才有森林的觀點是錯誤的。實際上，正相反，是有了森林才涵養了水源。」是的，森林之根系佈滿大地，縱橫交錯，形成網狀的巨大海綿。將雲彩施與的甘霖儲藏起來，化作咕咕清泉，造就了溪流，造就了汾河。

然而，二十世紀九〇年代初期，由於森林過度砍伐和煤礦濫採，導致管涔山生態遭到嚴重破壞。水系紊亂了，地下水位下降了，汾河幾乎斷流。

這些年，管涔山林區的天然林保護工程和退耕還林工程取得明顯成效，生態系統趨於穩定，水源涵養情況喜人。汾河源頭的水量變化指數，能夠說明一切。

常志勇對我說：「從汾河源頭監測資料來看，源頭水量比二十年前明顯增大。」

是啊，時間可以癒合傷口，時間也可以使生態重現生機。

當然，美好的事物從來不是等來的，時間裡更有人的努力。

哈拉哈河源頭

海的盡頭的海

三棵樹

　　管涔山林區，最常見的樹就是油松、雲杉、落葉松。也可以說這三種樹構成了管涔山森林群落的主體。油松，生猛強勢，甚至有些霸道，從不謙讓。它的神態和舉止都異常神奇，異常另類。它是森林中當然的王，無可爭議地掌控著這片土地，這片競爭激烈的空間。

　　有它的地方，陽光和水分就難有其他植物的份了。管涔山的氣候和土壤是最適合油松生長了，它佔據著森林中最顯著的位置，在風的鼓動下，製造出一波又一波洶湧澎湃的松濤。

　　從油松樹下走過，松脂和菌類混合的氣息，令人想入非非。

　　松果也飽滿，個頭大。一不小心，被風從樹上搖下來，恰好砸在賊頭賊腦的松鼠背上，生疼生疼。

　　雲杉，挺拔清秀，呈灰綠色，樹形如塔，有謙謙君子之風度。不管是獨株，多株，還是群落，都保持著應有的自律和節制，絕不任性。它具有一種恍若隔世的奇異氣質，默默無言，沉靜穩健。

　　它的樹枝分生出無數鮮嫩的枝叢，一絲絲，一束束，相擁相抱，帶給人無盡的遐想。葉子極其濃密，優雅細膩。所有的葉子都緊致有序，規規矩矩，形成一種儀仗隊的樣態。它下垂的枝條，嚴嚴實實地包裹著樹身，一直包裹到地面。它的根，向地下盡可能遠的地方延伸，牢牢地抓住大地。

　　是的，根深才能葉茂。遠遠看去，雲杉呈現著一種雕塑般的美。當金色的花粉成熟時，它們將整個樹身染成金黃。花粉幽香的氣味，在林間瀰漫，久久不散。

　　而落葉松呢，則是一種智慧的樹。它冬天落葉，光禿禿的，單株看，不怎麼好看，但保存了營養和體能。春天來了，它就快速披上綠裝，噌噌生長，從不遊手好閒、無所事事、浪費時間。它的使命，就是努力向上，去接近陽光。

天池

長白山有個天池，天山有個天池，管涔山——也有個天池。據我觀察，凡有天池的山，必是通天的，也是通海的。

此話怎講？

通天則意味著高，高則意味著寒。青藏高原有積雪吧？天山有積雪吧？長白山有積雪吧？哪怕是五六月，甚至七八月，都有積雪。

管涔山也不例外。五六月間，遙望群山之巔也能看到積雪。

通海是怎麼回事呢？通海是反向的，是往下的。管涔山怎麼會通著海呢？準確地說，不是管涔山通著海，而是管涔山上的天池通著海。其實，管涔山上的天池並不大——「闊五里，水不測深淺，天旱不涸，陰霖不溢」。這段文字是康熙年間一位叫黃圖昌的知縣寫下的，有點意思。天池的水到底有多深呢？歷朝歷代沒有人能探測出來。

天池為何不涸？為何不溢？總該有原因的呀，如果找不出原因，只有一種可能了——天池底下有秘密。

是的，天池底下有秘密。它「潛通桑乾河」。證據何在？黃知縣講了個故事。他說，昔人趕著一輛木輪牛車出門，路上遇到一股狂風，一下把車掀翻了。車轆轆掉下來，咕嚕嚕滾到天池裡。幾天後，車轆轆居然從桑乾河上漂出來了。

有人不信，說怎麼會呢？於是，眉頭一皺，計上心來。「拿魚來！拿魚來！」就把七條魚用細繩穿上金珠放進天池裡，沒幾天，有人就在桑乾河裡發現了七條穿著金珠的魚。奇也！不信的人終於信了。

由此斷定，天池池底通著桑乾河呢。而桑乾河通著海河，海河通著大海。如此如此，管涔山的天池通著大海，不就找到邏輯關係了嗎？

其實，地球上沒有孤立的事物，萬物都是聯繫的。生態是個整體，有一條看不見的線連著呢。

巨木

遠古時代，管涔山就生長茂密的原始森林——可謂林木恒茂，古木參天。北魏時，平城（大同）曾爲國都，伐管涔山巨木，興建樓煩宮。隋時，隋煬帝楊廣雖廣種「隋柳」，卻也伐了不少管涔山的巨木，在汾河腹地建造數十里離宮殿宇，供避暑遊獵之用。盛唐，造阿房宮，長安近山已無巨木，求之嵐勝間（管涔山一帶）。萬工舉斧以入，千尋百圍，聲震連巒，林塡層豁。這裡出產的巨木被大量運往長安。

柳宗元《晉問》曰：「晉北之山有異材，梓匠工師爲宮室求大木者，天下皆歸焉。」

當時，哪些著名的建築用的是管涔山產的巨木呢？除了阿房宮，還有叢台宮、長樂宮、未央宮、昭陽宮，等等。宋時，造玉清宮、應照宮，又大量砍伐管涔山森林。

至北宋末年，管涔山森林數量銳減。

山西應縣木塔是建築史的奇蹟。木塔高六十七米，耗用巨木（均爲落葉松巨木）一萬立方米以上。整體建築全部是木結構，沒有用一根金屬鉚釘。管涔山民諺：「砍盡黃花梁，修起應縣塔。」黃花梁乃管涔山中之山，民諺道出了應縣木塔的木材來源。民國初期，管涔山森林面積不足三十七萬畝，山中巨木幾乎淨盡。

然而，斧鋸之聲從未停歇。

鐵路業興起，也吞噬了大量森林。北洋政府修平漢鐵路和正太鐵路時，採運管涔山木材十五萬根，做枕木。此後，閻錫山修建同蒲鐵路及其支線，所用五十萬根枕木，也是產自管涔山林區。

那時，木材市場異常活躍。管涔山林區的武寧縣城及東寨鎮就有木行三十餘家，木商雲集，包山採伐，批買批賣，很多木材銷往大同、張家口、綏遠、察哈爾等地。日軍侵佔山西後，更是不放過管涔山的森林，開設四三木材加工廠、木器製造廠；組建採伐隊，還鋪設了從東寨到武寧的三十公里窄軌輕便鐵路，專門用小火車運輸木材，

對管涔山森林資源進行大肆掠奪，盜走木材四萬五千立方米，許多山頭幾乎砍伐殆盡。

管涔山，曾一次一次慘遭屠戮。

然而，管涔山，一次一次又不可思議地恢復了生機。

一個人與管涔山

在管涔山林區，老一輩人常跟我講起一個人——周恭。聽他們周書記周書記地叫著，講述著那些往昔的故事，從話語裡和眼神中，我明顯感覺到，管涔山人對他是懷著崇敬之情的，儘管他已故去幾十年了。

周恭出生於管涔山。抗日戰爭時期，曾任管涔山游擊隊隊長，設埋伏，端炮樓，打得鬼子屁滾尿流。他有勇有謀，屢立戰功。一九四九年三月，寧武縣城解放。周恭出任寧武縣首任縣長，後調到省城太原工作。想想看，以這樣的資歷，順風順水，官職本可以做得更大，但那不是他內心的追求。

一九五八年，他放棄了省城的工作和舒適的生活，依然回到管涔山，出任林區黨委書記，以山為家，以林為伴，以綠為榮，以苦為樂。他是管涔山的「活地圖」。翻山嶺，鑽密林，涉濕地，攀懸崖，進林場，住農家，一年又一年，他跑遍了管涔山林區的山山水水，溝溝坎坎。他熟悉那些雲杉、油松、落葉松的群落世界，喜歡聞松脂的氣味，喜歡傾聽鳥的歌唱。

然而，光有情懷是不夠的。因為，周恭面對的都是棘手的問題。周恭接手的管涔山林區雖然千瘡百孔，但一切問題的背後都是人的問題。林區要發展，人才是關鍵。周恭在秋千溝林場創辦了林區第一所林業技術學校，培養的首批一百餘名畢業生，成為林區各個林場的技術骨幹。

之前，林區的通信相當落後，還是那種「雞毛信」的通信方式，這怎麼行呢？周恭經過踏查，決定架設林區電話線，電線杆子就地取

材，一下就架設了一百三十公里。汾源、荷葉坪、大石洞、蘆芽山、杜家村、北溝灘、接官亭、羊圈溝、深山塢、懷道、店坪、軒崗等經營所和林場都通了電話，徹底告別了原始的憑藉腳力送「雞毛信」的通信方式。

早年間，管涔山林區木材運輸，一直沿用畜運、冰運、水運等古老的手段。就拿冰運來說吧，伐木工清早從東寨出發，沿著冰河要走三十里才能到達馬家莊採伐區。再把伐倒的木頭一根一根沿冰河運到東寨貯木場，往返一次就得六小時，效率極低。日軍侵佔管涔山時期，雖有一段窄軌鐵路，但日軍投降後基本就廢棄了。修林區公路，不僅是運輸木材的需要，也是林區森林防火的需要。經過勘察設計，林區公路很快開修了。

那時，修公路沒有專業施工隊，全是林區幹部職工自己義務勞動。周恭也擼起袖子，揮動鎬頭，帶頭參加義務勞動。公路在一寸一寸向前延伸著，林區的交通在一天一天改變著。整整用了七年時間，林區相繼築通了八條幹線公路、十三條防火公路，總長度達兩百多公里。

那些公路，至今還在發揮著作用。

是的，它們見證了林區的榮耀與輝煌。它們本身就是林區的榮耀與輝煌。

在周恭掌管管涔山林區期間，森林資源不但沒有減少，反而長大於消，由中華人民共和國成立初期的三十萬畝，增加到六十萬畝——這在那個年代，簡直就是傳奇。

他創造的「輕勤撫育法」得到林業部充分肯定，並在全國林區推廣。管涔山的主要樹種是雲杉和落葉松。這些林木密度大，根系淺，層次分明。過去的採伐規程，是按照林木25%的比例進行採伐。周恭發現，這種採伐方式不妥。由於冬季風雪大，作業時間長，此種採伐法會導致很多中幼樹木倒折，損壞資源。如果改進採伐方式，按林木5%的比例採伐，五年至七年輪迴一次，就會減輕強度，縮短時間，也不會對下層中幼齡樹木造成傷害。此法被命名為「輕勤撫育法」，

廣受讚譽。在那個時代，他憑一顆善心，盡最大努力，保護了那些樹。

周恭說：「森林不是爲了一時所需，更要考慮長遠。青山常在，才能永續利用。」

周恭已經離世幾十年，但管涔人依然時時想起他。

今天，當我們置身管涔山百萬畝林海時，一個人與一座山的故事，也深藏在我們心中了。

封禁

管涔山，史稱燕京山。管子山。具體方位在哪裡？北承陰山餘脈，南接呂梁雲中，西抵黃河東岸，東銜洪濤側翼。志書上是這樣描述的：「群峰逶迤，重巒疊嶂，綿延騰驤，氣勢磅礡。」

管涔山，雄踞於晉西北黃土高原東部，跨涉寧武、神池、五寨、岢嵐、原平、靜樂六個縣市。主峰蘆芽山，高兩千七百七十二米。管涔山的生態地位極爲重要，它是「五河之源」。它與汾河的關係，就不多說了。另外四條河則是——北出塞外的桑乾河，向東流去的滹沱河，向西注入黃河的嵐漪河和朱家川河。

它面積多大？都有什麼東西呢？

管涔山縱橫四萬平方公里，森林資源得天獨厚，被譽爲「華北落葉松的故鄉」、「雲杉之都」和「華北綠色明珠」，有褐馬雞、金錢豹、金雕、黑鸛、大鴇、原麝等珍稀野生動物。它是華北地區野生動物的天堂，也是不可複製的物種基因庫，更是北京的西部生態屏障。

生態學家認爲，生態系統的自然演變是生物進化的自然過程。森林按其自身的生物、生態學特徵有自然萌生、發展、衰亡和再生的規律，而這種自然演替是通過種群間的競爭，在自然淘汰中實現的。

封禁是保護森林最有效的手段。然而，不是所有的地方都可以封育，封育是需要一定立地條件和一定時間的。而管涔山是最適合通過封育手段修復生態，再造森林的山區。

哪裡長什麼喬木，哪裡長什麼灌木，哪裡長什麼草——大自然最清楚不過了。減少人爲的干擾或者壓根就不去干擾，大自然就會按照自己的方式長出該長的東西，只要給它時間。

「千年草籽，萬年魚子」——這是對自然法則萬古不變的生動描述。共和國第一任林業部部長梁希說：「封育是一種最經濟的辦法。」什麼是經濟？經濟就是以最少的投入，去獲取最大的效益。他還說：「封育要實行三禁，即禁樵採，禁放牧，禁墾荒。」

管涔山的首次封育始於何時呢？我貓腰撅腚地在典籍史料中細細找尋，終於找到一些有價值的信息。管涔山首次封禁應該是在宋朝。宋真宗年間，管涔山不得伐木，不得開墾，實行封禁。這就使得森林迅速得到更新，以致「山林富饒」，成爲「材用之藪」。

明朝萬曆三年（1575），由於推行「植樹防戎」政策，管涔山北麓黃花梁一帶，官樹繁茂。明朝對山場的管理也十分嚴格，實行保甲制度，流民編成保甲，分立界限，責成看守界內林木。自盜者照例問罪，縱人盜而不舉者一體連罪。

清代順治年間，鉅賈圖謀伐取管涔山林木。一個叫李文煥的朝廷官員上書皇帝，「以有限山木，一經斧斤，不過一二年間，山窮木盡，商竈稅無」。由此，建議封禁，不得伐取。此建議被順治皇帝批准，詔告天下。從而，管涔山得以休養生息若干年。爲了紀念李文煥之功德，管涔山民間，特立了一塊石碑，曰之「民山碑」。

最大規模的封禁應該是二〇〇八年「天保工程」的實施。管涔山林區構築了三道森林保護的防線。一線護林員，二線管護站，三線巡邏隊。他們盡職盡責，日夜守護著管涔山的森林，守護著這顆綠色明珠。

經過二十餘年的努力，管涔山封禁取得明顯成效，森林面積由中華人民共和國成立初期的不足三十一萬畝，達到現在的一百二十六萬畝。

嘖嘖，相當於一九四九年之前的四倍呀。

森林之美

地球正面臨著兩個可怕的危機——其一，氣候瀕臨崩潰；其二，生態瀕臨崩潰。

怎樣才能避免危機呢？怎樣才能防止崩潰發生呢？專家說，光靠技術手段無法解決氣候變化問題，何況，一個問題解決之後，另一個問題又會產生。最可靠的方法，就是保護和恢復森林，特別是天然林。修復了自然，也就治癒了自然。

我們司空見慣的事物，我們習以為常的生活，需要重新思考和定位了。

管涔山森林有著別樣的美。無論此前我走過多少路，去過多少北方或者南方的林區，也不能代替管涔山帶給我的別樣感覺，那種傾心和迷醉。

是的，管涔山的森林之美，曾經令我驚歎。

想起繆爾的一段話，他說：「森林不僅僅是河流的源泉，它還是生命的源泉。森林作為用材林，它們的價值並不大，然而作為鳥和蜜蜂的牧場，作為灌溉農田的水源涵養地，作為人們可以迅速避開灰塵、熱浪和焦慮，並且可以深呼吸的地方，它們的價值是不可估量的。」

繆爾還說：「我用盡渾身解數來展示森林的美麗、壯觀和萬能的用途，就是要號召人們來保護它們，在保護的同時，來欣賞它們、享受它們，使它們得到可持續的合理利用，並將它們深藏心中。」

告別世俗的欲望和喧囂，置身管涔山，盡情地深呼吸吧。森林及其森林創造的美，會洗淨你的憂愁和煩惱，讓你躁動的心平靜下來。

——因為，此時此刻，我的感覺就是這樣。

12. 苔蘚筆記

　　朋友斧子跟我說，看見苔蘚就想起老家。斧子說，老家門前臺階上的石縫裡長滿苔蘚。那長滿苔蘚的臺階上有斧子童年歡樂的記憶。在雨後的苔蘚裡，斧子捉過粉紅色的蚯蚓；在烈日曬蔫苔蘚的日子，斧子數過搬家的螞蟻。當然，也在長滿苔蘚的臺階上摔過屁墩，生疼生疼。說罷，斧子悵然地望著遠方。

　　或許，每個人的記憶裡都有一叢苔蘚。綠茸茸。柔軟。濕潤。

　　苔蘚，非菌非蕨非草非木，無花無果，有莖有葉沒有根。人說無根的東西不靠譜，苔蘚卻不然，它不會稍縱即逝，不會隨風飄散，不會離經叛道。甚至，也永遠不會腐爛。在這個意義上說，苔蘚的靈魂不朽。

　　時間之外，一定還有一個苔蘚時間。苔蘚時間存在於靜態裡，存在於我們的想像無法抵達的深處。苔蘚時間是長了牙齒的時間，能把石頭吃掉，能把格局改變，能把空間解體。在陰暗潮濕之處，在殘破不堪之中，浮生出新的氣象。

　　在長白山，我曾看見山民用苔蘚包裹剛剛挖出的人參，在早晨的集市上出售。那苔蘚，薄薄的一層，還帶著露珠。山民說用原生態的苔蘚保濕保鮮，才能保證人參的品質和性格不變。苔蘚沒有疆域，地球上任何角落都有它的身影。只是需要時間和濕度。苔蘚不畏嚴寒，在厚厚的冰面或者積雪下照樣生存。苔蘚，是冬天北極馴鹿重要的食物。在蒼茫的天際裡，馴鹿能夠聞出它的氣味。前蹄刨開積雪，只要找到苔蘚，就可以度過漫長的冬天了。苔蘚與馴鹿之間，存在著一種神秘的聯繫嗎？

　　苔蘚分明長著耳朵。它能聽到水聲風聲雷聲，能聽到山林裡竹筍拔節的聲音，能聽到藤蔓伸腰打哈欠的聲音，能聽到花開朗笑的聲

音。如此，聲音聽得多了，淺的苔蘚也便深了，薄的苔蘚也便厚了，疏的苔蘚也便密了，散的苔蘚也便聚了，瘦的苔蘚也便肥了。

苔蘚在改變著世界的同時，也在創造著世界。

它是植物裡的涉禽，喜陰喜濕喜水。它知道水的來處，知道水的去向。遠看，是典籍文字裡的湜，模糊不清，朦朦朧朧；近觀，是水畔木屋時光裡的閒，慵懶如沙發上發呆的女人和旁邊睡覺的貓。丟在沙發下的是一本小說。書角折了。折就折了，不管。

苔蘚遠離所謂的藝術。畫家畫竹畫蘭畫梅畫菊，沒有哪個畫家去畫苔蘚。這不怪畫家，因為畫家的心裡長出了苔蘚，遮蔽了畫家的眼睛。苔蘚，是五星級酒店大堂門口的腳墊。腳，無視它的存在，踩來踩去。因之有自己的信念，才有了耐心和堅韌。苔蘚，是踩不死的。

苔蘚幾乎沒有脾氣，一言不發，悄無聲息。它有一種隱忍的氣質，我們很少聽到有關它的消息。它對任何植物不構成威脅，不與樹木爭強，不與花草搶眼。然而，看似卑微，實則有著超強的修復自然的能力。苔蘚，是鋦盆鋦碗、鋦鍋鋦缸的釘嗎？儘管我們已經很難見到鋦匠，很難見到那萬能的釘了。在修復的過程中，苔蘚穩固了土壤，穩固了植被，保持了水分，增強了自然的免疫系統。在修復的過程中，它縫合瑕疵和遺憾，縫合疲憊和恐懼，用柔情和慈愛去撫慰大地受傷的心。

依照尋常的思維來看待苔蘚，有些不太符合邏輯。不用耕耘，不用播種，它卻在我們忽略的角落不可思議地長出來。這到底是怎麼回事？

它從來就不是主角，甚至連配角也不是。它表現出迥異的生活形態，在不可能的地方表現出可能。它長在峭壁上，長在廢墟上，長在老瓦上，長在樹皮上，長在井臺上，長在烏龜的甲片上，長在蝸牛的脊背上。它不占空間，幾乎沒有多少重量。看不見它生長，可它一刻不停地在生長，即便在我們的夢裡。

是的，生命的本質，是我們無法看穿的。苔蘚演繹的故事，始終是個未解之謎。林奈說：「自然從不躍進。」這位眼窩很深、頭髮捲

曲的植物學家或許搞錯了，其實，苔蘚無時無刻不在躍進。雖然這種躍進我們無法看到，但能夠真切地感知——它有一個偉大的夢想。

所有生物皆以繁衍種群為目的。苔蘚是例外嗎？

在浙西山區某地，斧子拿著手機拍來拍去。起初，我以為斧子在拍那高大的古樹和古樹下的村落，到近前才發現拍的是苔蘚。小溪邊的苔蘚，臺階縫裡的苔蘚，古樹幹上的苔蘚，老屋牆角的苔蘚，天井四周的苔蘚。

那些苔蘚，泛著幽幽的光，潤潤的濕，升騰著霧靄，彷彿雲蒸霞蔚的幻景一般，瀰漫著鮮活的氣息。我吃驚地瞪大了眼睛。

13. 金絲楠木

竹溪，是著名的楠木之鄉。

從地圖上看，竹溪處於中國版圖雄雞的心臟位置，是自然的「國心」。這裡是漢江最大支流堵河的源頭。江也好，河也罷，往往是「通」則「流」也。而竹溪的河，偏偏反著取名──堵。有意思吧。

為了尋訪退耕還林楠木種植情況，我專程來到此地。

竹溪縣副縣長余凱告訴我：「竹溪退耕還林之所以種植了一些楠木，主要考慮楠木是中國特有樹種，具有重要的經濟價值和文化價值。此外，野生楠木資源越來越少，處於瀕危狀態了。作為楠木之鄉，通過退耕還林來拯救這一物種，增加楠木資源存量，既是責任，也是使命。」

余凱曾擔任過縣文化局局長，對楠木文化頗有研究。在竹溪的兩天時間裡，我們談的是楠木，看的是楠木。

楠木是一種極品木材，自古有「水不能浸，蟻不能穴」之說。楠木生長緩慢，是真正的大器晚成之木──長成棟樑之材，至少需要兩百年以上的時間。楠木有五大特性：一曰耐腐，埋在地裡可以幾千年不腐爛；二曰防蟲，它散發一種幽香，其香氣介於「有」與「無」之間，經久不衰，這種香氣能驅蟲避害；三曰不涼，冬天觸之溫手，坐之溫臀；四曰不裂，其性中和，少有脾氣；五曰紋美，紋理溫潤柔和，細密瑰麗。正是基於這五大特性，故楠木被譽為群木之長。

楠木至美者為金絲楠木。金絲楠木的「金絲」不是生來就有的，而是「美成在久」的產物──楠木中的楨楠長到一定年頭，木質內才會含有「金絲」。如何判斷一株楠木是否為金絲楠木呢？余凱說，大體有三個要素可以成為判斷的依據。第一，看樹幹有沒有虎皮斑；第二，折樹枝看是否流出藍色樹液；第三，看切面是否有「紅心」。如

果虎皮斑、藍樹液和「紅心」三種情況都存在，基本就可以判斷是金絲楠木了。正常情況下，「金絲」是看不見的，只有在光照下，金絲楠木會折射出絲絲金光，若隱若現，紋理或像水波，或似雲朵，或如錦緞，或若虎皮，爍爍奇妙。

金絲楠木，有一種至尊至美的高貴氣質，不喧不噪，安靜沉穩，蓋世獨一，被稱為「皇木」。

在中國建築中，金絲楠木一直被視為最理想、最珍貴、最高級的建築用材，在宮殿苑囿、壇廟陵墓中廣泛應用。北京故宮和承德避暑山莊等現存完好的古建築，多為金絲楠木構築，如文淵閣、樂壽堂、太和殿、澹泊敬誠殿等都是用金絲楠木做四梁八柱，並常與紫檀配合使用。

北京通州張家灣，是皇家專門存放金絲楠木之地。至今，那裡還有皇木廠的地名。為何金絲楠木存放這裡呢？在通惠河鑿通之前，張家灣是明代大運河北段最重要的碼頭。也就是說，那時的金絲楠木，都是通過大運河上的船隻或者放排運過來的。

明代宮廷建築用材，曾從竹溪伐取大量楠木。

北京故宮午門和永壽宮等處使用的樑柱，就是產自竹溪的金絲楠木。在竹溪，我被一片頗具原始意味的金絲楠木群驚呆了──遠看，蓊蓊鬱鬱，聚氣巢雲，遮天蔽日；近觀，如銀圓般大小的虎皮斑，包裹樹幹，層層疊疊，直插雲端。遒勁的樹根若巨龍腳爪，在石縫中若隱若現。這是新洲鎮爛泥灣村的一片金絲楠木古樹群，結構完整，疏密有致，林相巨美。數一數，共有一百九十六株，樹高十五米至四十米不等，占地面積八畝左右。

「樹齡有多少年了？」我指著一株最粗的金絲楠木問。

竹溪縣林業局局長李善平回答：「我們專門請專家測定過，樹齡超過六百五十年了。」

李善平告訴我，爛泥灣村民視金絲楠木群為村中之寶，自覺加以保護。村規民約中明令禁止任何人採伐和損壞楠木。村民還自發成立了一支護林隊，日夜守護著這片金絲楠木林。數百年來，未曾發生過

一起盜伐案，此片金絲楠木林未受到任何傷害。近年，不斷有富豪出高價購買這片金絲楠木林，均遭到村民斷然拒絕。

歷史上，竹溪河兩岸就分佈著楠木叢生的森林群落。山下不遠處有一處古宅大院叫王家大院，是清代富商王三盛所建。整個建築坐北朝南，占地一百餘畝。大院呈「王」字形，建築結構同式三幢併列，一進八重四十八個天井，一千餘間。夠氣派吧！興建大院自然要耗用大量木材，居室四梁八柱和門窗戶扇，均爲連環雕花，處處用的都是良材美幹。但不知什麼原因，王三盛並沒有動過採伐這裡金絲楠木的念頭。依他的實力，在那個年代，他如果採伐那片金絲楠木的話，應該不是問題。但是，他卻沒有採伐。

明清時期，皇家有專門採辦金絲楠木的官衙。官員採辦金絲楠木的數量是作爲業績進行考核的。多者，即可得到晉升。金絲楠木，是與官員仕途緊緊聯繫在一起的。

然而，自然界的金絲楠木都生長在「窮崖絕壑，人跡罕至之地」。伐木者往往入山一百，出山五十。金絲楠木是用性命換來的呀！運輸也不易。「斧斤伐之，凡幾轉歷，而後可達水次，又溯江萬里而後達京師，水陸轉運數月難計」。

明朝嘉靖年間，故宮修繕。光化知縣廖希夔奉旨遍尋金絲楠木，不得。就在他萬分沮喪，不知如何交差時，有人告訴他，慈孝溝有楠木。慈孝溝在竹溪河上游。廖希夔聞訊大喜，須臾不敢怠慢，便帶人急急趕往慈孝溝。然而，此溝幽深險峻，人跡罕至。廖知縣歷盡艱辛，方進此溝，終於採得金絲楠木，其興奮程度可想而知了。廖知縣寫了一首詩，記錄了當時的情形。

采采皇木，入此幽谷，求之不得，於此躑躅。
采采皇木，求之既得，奉之如玉。
木既得矣，材既美矣，皇堂成矣，皇圖築矣。

廖知縣命人把那首詩刻在崖壁上。數百年過去了，雖歷經歲月和

風雨的剝蝕，也有荊棘雜草覆蓋遮掩，但至今仍清晰可辨。

字，直徑三寸，字面占崖壁平面近一平方米。

歷史總有些懸疑令我們難以理解。當年，廖希夔找尋金絲楠木幾乎轉遍了竹溪河兩岸，卻不知什麼原因，生生漏掉了爛泥灣。也許，一聽爛泥灣這個名字，就沒了興致，也就疏忽了吧。然而，在爛泥灣卻藏著如此偌大一片金絲楠木。幸虧未來此地，否則，那些金絲楠木的命運就難說了。

二十年來，通過退耕還林，竹溪楠木資源得到剛性增加。面積和株數有多少呢？還是暫且保密吧。因為，楠木的價格，特別是老的金絲楠木的價格比黃金還貴呀！只能透露一點點吧──光是一個叫馬家溝的山谷裡就種植了楠木四百五十畝，每年繁育楠木苗木二十萬株。嘖嘖嘖，這可不是楊樹柳樹槐樹呀！難怪竹溪人有足夠的自信和底氣稱自己──中國楠木第一縣呢。

14. 野性構樹

在民間，構樹長期背負著罵名——被喚作「壞樹」、「邪惡的樹」。因此，鄉村很少有人種構樹，我們看到的構樹幾乎都是野生的。

構樹壞嗎？有那麼一點點壞！

構樹邪惡嗎？有那麼一點點邪，但離惡還差得遠呢。

夏天，穿白裙子的女士正在構樹下與男神進行一場浪漫的幽會，啪的一下掉下一枚構樹果子砸在白裙子上。糟糕，那白裙子的局部一準被染紅，留下一片污漬。

——尷尬嗎？尷尬！

——難堪嗎？難堪！

——討厭嗎？討厭！

歡天喜地剛買來的白色轎車停在構樹下，也要當心了——說不定幾時構樹果子掉下來，愛車就要倒楣了。構樹常常幹出一些令我們出乎意料的事情，一些令我們尷尬、令我們難堪、令我們討厭的事情。

不光是這些，構樹還不講規矩，亂長，瘋長。甚至，它還有些任性，莊重的肅穆的場所它也長出幾棵。比如寺廟的塔尖上，高壓線鐵塔的鳥窩裡，大樓頂層的陽臺上，等等，那些地方是長樹的地方嗎？太不體面了吧，太不雅觀了吧，太不講究了吧。

作為樹，構樹既是喬木，也是灌木。構樹的名字可真是不少，有的地方稱作「皮樹」，有的地方喚作「枸樹」、「麻葉樹」、「沙紙樹」。構樹在華北、華中、華南、華東、西北、西南等廣大地區，都有分佈。說句公道話，構樹的所謂「壞」和「惡」，跟構樹所創造的價值相比，幾乎可以忽略不計了。

一棵構樹就是一台空氣淨化器。它抗污染能力強，能吸收有毒氣

體，鮮有病蟲害發生。構樹根系發達，形成一張巨網，護堤護坡，防止水土流失；能把土壤中的有害成分吸出來，降解轉化，改良土壤。構樹是治理礦區、治理霧霾、治理有害環境的好樹種。更主要的是，構樹可以為一些鳥類和蜜蜂提供食物和蜜源。構樹果子的味道，有點像桑甚，相當甜美，各種鳥類喜歡啄食，也是蜜蜂採蜜的蜜源。構樹果子在樹上的懸掛時間，可達三個月。夠長的吧。也就是說，一年裡有九十天的時間，構樹是鳥類和蜜蜂的「廚房」。

一般而言，一顆構樹果子有兩百至三百粒種子，而一棵成年的構樹上一般可兩萬至三萬顆果子。構樹亂長，不該長的地方也長出構樹，不是構樹不講規矩，是鳥不講規矩，鳥吃了構樹果後，籽兒消化不了，就排出來。鳥排便的地方，恰好具備植物生長的條件，那裡就長出構樹了。所以，說構樹都是野生的，不如說野生構樹都是鳥們播種的更準確。鳥是構樹的「播種機」呀！

李時珍《本草綱目》裡所載的「楮」，即構樹。構樹的果實及樹根皆可入藥，補腎利尿，強筋健骨。

構樹專家沈世華經過多年的努力，已經繁育出雜交構樹，生命力旺得很，可以像種韭菜一樣種構樹，一年能割三四茬。平茬後的構樹一個月能長一米多高。割下的構樹及其葉子加工成豬飼料，豬極喜歡吃。吃構樹飼料長大的豬，被喚作「構香豬」，肉質不同於普通的豬肉，緊實，有肉味，格外香。

構樹的蛋白質含量高，適合做飼料，可與紫花苜蓿媲美。除了豬嗜吃，牛羊馬驢雞鴨鵝也喜歡吃。有人用這種飼料去餵水塘裡的魚蝦鱉蟹，想不到的是，它們也喜歡得不得了。

目前，構樹產業規模還很小，鏈條也不夠長，制約構樹產業發展的因素還很多。其中，有種苗的問題，有政策的問題，有市場的問題，更有「在什麼樣的地上種」的問題。有人說：「種構樹與糧食爭地。」這顯然是不瞭解構樹，認識上也存在偏見。構樹適生性強，田頭地邊、塘畔渠沿、荒山荒地、礦區廢地都可以種，根本不必佔用耕地農田。

構樹的文化價值也不可忽視。構樹皮的價值被認識較早，遠古時人們就用它來結繩了。構樹皮還是造紙的好原料。史料記載，當年，蔡倫造紙的原料主要就是構樹皮。

　　民間作坊裡，造一張紙，從採料到揭紙，共有七十二道工序，工藝極其講究。構皮紙呈奶乳色，亮度柔和，性格內斂，脾氣穩健。

　　此紙，還是匠人紮燈籠、紮龍燈的首選。也可製作鞭炮、「二踢腳」、「沖天雷」，製作導火索和燈芯。當然，也是製作油紙傘必不可少的好材料。

　　世界上最早的紙幣是北宋時期的「交子」。據考證，「交子」就是用構樹皮造的「皮紙」印製的，還有《四庫全書》、《永樂大典》也是用「皮紙」印製的。人民幣是用什麼紙印製的？據說，人民幣的幣紙主要材料是構樹皮木漿和短棉絨，其他添加材料應該也有一些吧。恐怕人人都有這樣的體會：幣紙光潔、堅韌、耐折，挺度好，抗腐蝕，不易損壞。用手抖一抖，會發出一種令人興奮的脆響。這就是構皮的成分在裡面暗暗發力呢。

　　從傳承和弘揚傳統文化的角度來說，大力發展構樹產業，也是十分必要的。

　　構樹不是「壞樹」，不是「邪惡的樹」，是我們應該放聲謳歌的樹，是我們應該放聲讚美的樹。儘管它不怎麼端莊，不怎麼講究，不怎麼優雅。

15. 毬果懸鈴木

　　毬果如鈴，葉展如掌，皮剝如片，冠大蔭濃，枝條舒展，樹形優美。此謂何樹？──懸鈴木。

　　毬果懸鈴木有超強的吸毒、滯塵和隔噪音的作用。它是城市行道樹的首選。懸鈴木，又被稱爲法桐。

　　──其實，這是一個錯誤。

　　法桐，並非法國原產，與梧桐也無任何關係。只不過最早是法國人種在上海霞飛路的法租界裡，即被誤稱爲法桐了。

　　將錯就錯吧──不過就是稱呼嘛！只要你願意，你也可以給樹木起一個名字。對於我們來說，能夠叫出名字，能夠識別的事物才是屬於我們的嗎？也不盡然──即使不知道它的名字，通過樹皮、樹幹、樹冠、樹葉及其花朵和果實等特徵，也可以瞭解一株樹。

　　樹木也是有靈魂的。

　　認識一株樹，就像認識一個人，瞭解得越多，關係就會越深厚。當你長期觀察一株樹，它一點點細微的變化，你都了然，你能理解和感受它的思想和歡愉的時候，樹的靈魂就負載著你的靈魂了。

　　十九世紀中期，我國就有懸鈴木種植了。南京石鼓路小學校園裡有一株高二十七米的二球懸鈴木，是在修建教堂時，由一位法國傳教士栽種於此。它被稱爲南京市「001號懸鈴木」。

　　南京是因懸鈴木而久負盛名的城市。而實際上，南京的懸鈴木既有北美懸鈴木，也有英國懸鈴木。二者怎樣區別呢？也不難──一球懸鈴木產自北美，二球懸鈴木產自英國。

　　排除了一球二球，只有三球懸鈴木產自法國，但在我國幾乎沒有一株三球懸鈴木。南京的懸鈴木，一球北美懸鈴木居多，二球英國懸鈴木也有相當的數量。

正式在樹木分類學上將法桐命名爲懸鈴木的人，是我國植物學家鍾觀光先生。在文學作品中，懸鈴木象徵著浪漫、抑鬱、寂寞、頹廢，等等，但南京人對懸鈴木有自己的看法，南京人偏愛懸鈴木，八〇年來，南京總共種植了十五萬株。然而，四月飛雪——懸鈴木的飛絮問題，弄得南京人有點不夠體面。飄絮隨意飛舞，甚至進入行人口鼻，確實算不得文雅。專家爲此也頗費腦筋，試圖嘗試用太空飛船把懸鈴木的種子帶入太空，以改變基因，使其不再飄絮。但結果怎樣，尚不得而知。其實，飄絮是懸鈴木的一種本能——它是以此方式，向全世界傳播自己的種子。它要讓自己的身影遍佈大地。

　　懸鈴木是南京的城市名片，承載了南京人太多的歷史記憶，演繹了太多的故事和傳奇。因之懸鈴木，南京人感受到了分明的四季變化。隨著空中滴落的第一聲雁鳴，懸鈴木搖曳的早春之美就不必細細描繪了吧，單是夏天，懸鈴木寬大的葉子在行人頭頂的深情握手，進而形成的一條條綠色的長廊，就足夠南京人享用不盡了。

　　樹蔭遮擋了灼熱的陽光，讓有情調的南京人忘記了難耐的酷暑。是的，誰能說南京人的幸福指數裡，沒有懸鈴木創造的清涼呢？

16. 秦嶺拐棗

拐拐拐，拐。

在陝南秦嶺山區，我認識了一種有趣的植物——拐棗。

拐棗的形狀頗有幽默的意味。據說，其憨態有萬德圓滿之意。在退耕還林工程中，旬陽把拐棗作為主栽樹種，大力發展拐棗產業。全縣在退耕還林地塊上，種植拐棗面積已達三十七萬畝，其中，掛果面積已有六萬畝，鮮拐棗產量六萬噸，實現產值近兩億元。旬陽縣縣長跟我說：「一棵拐棗就是一棵搖錢樹。旬陽發展拐棗的目標是——每人種植一百棵。」

可是，旬陽有多少人口呢？我卻忘記問了。

旬陽的耕地，主要分佈於秦嶺山區和漢江河谷地區。耕地分為三種：水田、旱地、望天田。

何謂望天田呢？

望天田是當地叫法，其實，就是山頂上森林裡「開天窗」的水田。靠雨水種稻禾（與重慶合川等地的「雷鳴田」類似）。水乾了，田就荒了。望天田，土層薄，耕作層淺，由於反復耕種，致使土壤養分嚴重缺乏。又由於坡度大，水土流失甚為嚴重。

旬陽的望天田，通過退耕還林全部種上了樹，而樹又以拐棗居多。如今，旬陽無可爭議地成為「拐棗之鄉」。

「南山有枸」，枸即枳椇，南山謂之秦嶺。拐棗學名喚作枳椇，是秦嶺山區的特產。

可以肯定，司馬遷對拐棗也頗為喜歡。在惜字如金的《史記》中，他生生用了十一個字來講述一個故事：「獨蜀出枸醬，多持竊市夜郎。」枸者，拐棗也。枸醬，即拐棗醬也。翻譯一下，就是獨有蜀國出拐棗食品，很多商人冒著風險，偷偷把拐棗食品走私到夜郎國銷

售，從而獲取高利。

歷史上，旬陽在蜀國版圖內，司馬遷沒說錯。那時，枸醬屬於緊俏商品，一概不得出境的。然而，司馬遷吃沒吃過枸醬，就不得而知了。

旬陽民間，造「枸醬」之法很簡單——將拐棗洗淨，裝入陶罐裡，布封其口，再加厚泥糊上。將陶罐置於陰涼處，等果漿自然發酵，果子裡的單寧轉化為糖。時間會讓水分慢慢蒸發，果汁漸漸濃稠化為糖漿，色如琥珀，甚美。歷經兩個寒暑，當甜香之氣瀰漫陶罐四周，撲鼻誘人的時候，就可以除去封口的泥，開蓋食用了。

拐棗除可以製作枸醬外，可以鮮食，還可以釀酒、製醋、製糖，也可作香檳、汽酒、汽水。旬陽縣有一家叫「太極緣」的企業，專門從事拐棗種植和系列產品深度開發，其加工生產的拐棗酒、醋和飲料深受消費者喜愛。近年，用拐棗加工的罐頭、蜜餞、果脯、果乾等食品，也在市場上走俏。在旬陽期間，我們到「太極緣」進行了探訪。

總經理吳群軍介紹，旬陽是拐棗大縣，拐棗資源總量占全國八成。旬陽拐棗有紅拐棗、綠拐棗、胖娃娃拐棗和白拐棗。拐棗有極高的藥用價值，其果實、葉子、果梗、種子和根均可入藥。拐棗富含硒、鐵、鈣、銅、磷等微量元素和一些生物鹼。

吳群軍從小就喜歡吃拐棗，能講出很多自己與拐棗的故事。可惜，我來旬陽的時間倉促，沒有靜下心來聽他好好講一講，不無遺憾。

拐棗是鄉下懶人的摯友。因為拐棗樹也叫「懶漢樹」，那意思是只要種下去，就不用操心了，坐等收穫果實就是了。這樣的樹，懶人能不喜歡嗎？

拐棗銷路巨好，韓國和日本客商更是長期盯著這東西，有些鄉鎮的拐棗果實未及下樹，就被他們訂購了。吳群軍說，有六個韓國人長期住在旬陽，每當拐棗成熟季節，就敞開收購。只要拐棗品質好，似乎對價格也並不怎麼計較。他們為什麼這麼喜歡拐棗呢？韓國人、日本人精明得很，一定有他們的原因。

古語云：枳枸來巢。什麼意思呢？那意思是說，拐棗味甘，故飛鳥慕而巢之。喜鵲也嗜食拐棗。爲了取食方便，喜鵲乾脆把巢築在拐棗樹上。喳喳喳，它在樹枝跳躍著，一邊取食，一邊叫個不停。喜鵲的叫聲，引來了探頭探腦的果子狸。它嗖嗖爬上拐棗樹，把風疏忽了的最後一串拐棗摘走了。

　　《陝西通志》是這樣描述拐棗的：「南山（秦嶺）有萬壽果，葉如楸，實稍細於箸頭，兩頭橫拐，一名拐棗。紫紅色，九月成熟，蓋枳椇也。」

　　拐棗，果實粗鄙，無色澤，不光豔，而是棕灰色，像彎彎曲曲的棒狀物。不認識它的人，絕對想不到它可以吃，甚至會嘲笑吃它的人。可是，當你放進嘴裡慢慢咀嚼的時候，才會發現它居然是那麼好吃——味如棗，勝過棗；甜似蜜，勝似蜜；醇香甘美。

　　事實上，食用拐棗並非食用它的果實，而是果梗。它的果實在果梗的先端，如豌豆粒般大，堅硬而乾燥，實在其貌不揚——這就是拐棗的智慧所在。它的種子藏在果實裡，剝開可見，每個果實有三個小室，每一室裡鑲嵌著一枚種子。

　　拐棗的功能實在神奇。《本草拾遺》記載：「味甘，性平，無毒，止渴除煩，止嘔，利大小便，功同蜂蜜。」《黔南本草》曰：「解酒毒，去酒煩。」拐棗不僅能解酒，還可以敗酒。據說，舊時，旬陽有一家酒鋪造新房，用拐棗木做四梁八柱。結果，房子造好後，酒罈裡的酒都成了水——拐棗使了暗功呢！

　　拐棗木，屬於硬木，紋理疏密有致，呈暗紅色，可做樂器、木匣等工藝品。然而，切記，拐棗木絕不可以做裝酒的木桶，否則，裝進去的是酒，倒出來的是什麼就很難說了。

　　拐棗適生性強，抗旱、耐寒、耐瘠薄、喜陽光，溝邊、渠畔、路旁、山坡上都可以種。一般三年後掛果，十年後進入盛果期。一株樹可產果六十斤。二十年樹齡的，可產果四百斤。拐棗的盛果期長，可至五十年，甚至更長。每當深秋，拐棗成熟之時，挨過霜降，只要用力搖搖樹，拐棗就像雨點一樣落下來。

陪同我採訪的安康市林業局局長陳揚斌猛地一下想起什麼，他一拍腦門說：「哎，差點忘了，神河鎮還有一株拐棗古樹呢，不妨去看看？」我說：「好呀！」於是，我們驅車來到神河鎮王義溝村。

我們遠遠地就看到了那株古樹。翕翕鬱鬱，聚氣巢雲。古樹生長在一戶農家院子裡，很是有些蒼古之氣。古樹上掛著兩個牌子，一上一下。上為紅牌，牌子上寫著：「拐棗古樹03號」；下為白牌，牌子上寫著：「古樹名木保護牌：拐棗，編號：412，別名：萬壽果」。細觀之，兩個牌子都沒標明古樹樹齡。這絕不是有意疏忽吧？問陳揚斌，答曰，掛牌時還沒有測定出樹齡。他說，前不久，專家已經測定出樹齡了。我問幾多？陳揚斌說，至少有一千年了。他說，至今古樹仍年年結果不歇，僅去年就產果六百斤。

我們在那株古樹下拍了一些照片。想跟戶主聊聊，告知，戶主不在家，去田裡收麥子了，晚上才能回來。不無遺憾，我們便意猶未盡地離開了。

山路七拐八拐，把我們引向一片拐棗林。

在那片拐棗林裡，我們遇到了放蜂人朱忠亮。這裡原來種的是苞米，由於是坡地，一下雨莊稼就被沖得稀裡嘩啦，到秋天收不了多少糧食。後來村裡實施退耕還林，朱忠亮就把這塊地種上了拐棗。近二十年過去了，當初種的拐棗樹都長成了大樹。

拐棗是蜜源樹種，拐棗蜜品質極好。

我數了數，拐棗林裡，放置的蜂箱有幾十個。每個蜂箱都被四根木棍托起來，離地面有一巴掌那麼高，懸空著。遠看，蜂箱就像飄在地面上。

我指了指蜂箱問：「這樣放，有什麼講究嗎？」

朱忠亮瞥了一眼蜂箱，說：「沒什麼特別的講究，這是為了防潮。」

嗡嗡嗡——蜜蜂在我們身邊飛舞。我用手捂面，唯恐被蜜蜂螫了。朱忠亮說：「莫慌張，蜜蜂不會隨便螫人的。」他說，「拐棗蜜是頂呱呱的蜜，能降血壓，能醒目安神。」我低頭時才注意到，朱忠

亮穿的是一雙草鞋。

　　我問：「是自己打的嗎？」

　　他說：「是的。」

　　我說：「好手藝呀！」

　　「如今的鄉下，會打草鞋的人不多了。」他說，「穿草鞋舒服。習慣了。」在場的村幹部，把目光都投向了朱忠亮穿的那雙草鞋，表情很複雜。朱忠亮瞥了一眼村幹部，粘著泥巴的腳趾，下意識地收縮蠕動了幾下。

　　村主任說：「這個老朱，家裡有這麼一大片拐棗林，還養二三十箱蜜蜂，年年收入幾十萬元，家裡蓋了新房，有摩托車，也有小轎車，早是村裡小康戶了，可就是喜歡穿草鞋，這不是給我這個村主任臉上抹黑嗎？唉，拿他沒辦法。」

　　我們都笑了。

17. 漆與漆人

　　「生漆光輝奪人眼，試點一點傾人城。」這是古人贊美生漆的詩句。中國是漆樹的原產地。生漆，歷史上曾被廣泛利用。早在堯舜時期，黑色漆器就用作食器了。唐代以後，日用器具，甚至樂器、兵器，幾乎無物不漆了。漆器，與絲綢、瓷器一道，成為中國文化向世界傳播的重要載體。

　　二十世紀五〇年代初期，周恩來總理為壩漆題詞——「壩漆名冠全球」。據我所知，共和國總理專門就生漆給一個地方題詞，僅此一次，僅此一例。壩漆，可謂漆中之王也。因壩漆主要產地在鄂西利川市毛壩鎮山區，故名壩漆。毛壩鎮地處武陵山山脈餘脈，星斗山高聳於東，馬鬃嶺逶迤於北，山巒重疊，溝壑縱橫。這裡原為施南土司轄地，明朝時為宣撫司所屬。境內最大的河流喚作毛壩河，由大小二十三條溪流彙聚而成，河水滔滔，清澈如碧。毛壩常年雲霧繚繞，聚氣巢雲，雨量豐沛。自然條件得天獨厚，特別適合漆樹生長。

　　壩漆的品種有很多，我能數出來的名字有「陽崗大木」、「陽崗小木」、「豬油皮」、「毛葉柳」、「沖天小木」，等等。

　　從壩漆資源情況來看，「陽崗大木」，毛壩鎮有一百餘萬株，占壩漆總量七成以上，主要分佈在海拔五百米至一千兩百米高的山林中，樹高多在八米至十米，樹冠呈老式座鐘形，幼時樹皮呈灰褐色，成年樹皮縱裂，紫紅色，分枝低，漆葉茂密。漆的單產為壩漆之冠，漆質也好。

　　壩漆有什麼特點呢？用行內的話說，就是二十個字——品質醇厚，色如琥珀，氣味芳香，抓木力強，成膜堅實。當地土家族歌謠贊道：「壩漆清如油，照見美人頭，搖起琥珀色，提起釣魚鉤。」瞧瞧，唱詞如此形象生動。

舊時，塗宮殿廟宇建築，塗木船，塗傢俱，塗棺材，塗坑木等都用生漆。因壩漆具有耐熱、耐油、耐溶、耐腐的性能，加之絕緣和防滲的功能強，在清代就已聞名遐邇了。二十世紀八〇年代之前，壩漆是國家重要軍工物資，軍艦、核潛艇、導彈等均用壩漆塗飾表面，防腐，防熱，防輻射。

　　壩漆種植歷史始于清代順治年間，民國時已形成批量生產。有史料記載，一九三六年，毛壩鎮壩漆年產量就已達五百九十擔。一九七五年後，毛壩鎮相繼建起了壩漆研究所、壩漆職業中學和壩漆林場，爲壩漆研究和生產培養了一批又一批人才，也培育了一個又一個壩漆漆林基地。一九四九年至一九八六年，壩漆總產量達到四百四十四萬斤。光是一九八六年一年的產量就有二十三萬斤。斗與升，斤與擔，都是重量單位。一斗等於十升，一擔等於十斗等於一百升。一擔穀與一擔米是不同的，一擔穀是一百二十斤，一擔米是一百八十斤。一擔漆是多少斤呢？或者，多少斤漆相當於一擔呢？怎樣換算，怎樣折合呢？我的腦子裡還眞是不甚清晰。

　　爲了尋訪壩漆，也爲了見識一下漆人割漆的勞作場面，初秋的一天，我專程來到毛壩鎮青岩村。

　　在一片壩漆漆林旁邊，我結識了一位漆人，他叫吳興海。一打問，才知曉，臉膛黝黑的吳興海是土家族，一九五七年出生，現年六十來歲。爺爺、爸爸還有他，吳家三代都是割漆人。十三歲時，他就隨父親上山割漆，至今有五十個年頭了。

　　這天清晨，吳興海就接到利川市林業局造林股股長朱祿志的電話，說有個作家要探訪他。他吃過早飯，就戴上草帽，穿上一雙解放鞋，背著漆具，趟著露水，來到這片漆樹林旁等我了。

　　漆樹是一種神秘的樹。不是所有的人都能靠近漆樹的，漆樹能夠散發一種無法描述的氣息，有的人近前，可能會產生皮膚奇癢的現象，幾日後，甚至會導致皮膚潰爛；也有的人近前，可能會狂打噴嚏，甚至窒息，生不如死。

　　吳興海提醒我，不要莽撞走進漆樹林中，要保持一定距離，適應

一下，如果皮膚和呼吸道都很正常，就可以走進漆林了。

吳興海走到一株漆樹的近前，先點燃一支菸吸著，眯眼靜靜地觀察樹幹表皮顯現的「漆路」和「水路」情況，然後吐出一口煙霧，長舒一口氣。煙霧瀰漫開來，蚊蟲遠遠地避開了。此時，他已找準了位置，隨手抽出刀子，割開一個口子，輕輕挑開樹皮，用貝殼當漆筧嵌在口子的下方，不多時，漆液就緩緩地滴入了漆筧。漆液琥珀色，亮亮地，閃著光。他說，割口要割到「漆路」上，但要略帶一點「水路」，因為漆本身是黏稠的，要靠水把它沖出來。否則，口子就白割了，採不到漆了。吳興海說，割口的位置選擇很重要，一般來說，流出的漆稠，水分少，品質就好。但沒有水分，也不行，沒有水分，漆就流不出來了。

「百里千刀一斤漆」，割漆是體力活，更是技術活。開口一般不能超過漆樹胸徑三分之一，超過了就有可能把漆樹割死。割口也不能相隔太近，一個口子一年割漆至多二十刀。怎樣才算是一刀呢？口子的上面割一刀，下面割一刀，構成一個閉合環，稱作一刀。好的漆樹可以割二十年，再割就傷漆樹的元氣了，就對漆樹生長有影響了。

吳興海告訴我，不是割漆能導致漆樹的死亡，而是割漆會減弱樹體的抗性，使漆樹免疫力下降，就會發生嚴重病蟲害。由於某些病蟲害的不可控性，會導致漆樹的死亡。

吳興海是割漆人，更是一個愛樹人。雖然一個口子可以割二十刀，但吳興海只割十六刀——上八刀，下八刀，七天割一刀。他說，凡事留有餘地，不能太貪。操刀，也不能太狠，刀口開得不能太深，否則會傷著木質部。一旦木質部受傷，刀口就會長出瘤子，抗拒割漆，排斥割漆人。如此這般，刀口就廢了，漆人就再也割不到漆了。

其實，人與漆樹之間是存在一種默契關係的。那種關係，需要長期的觀察和實踐，積累了一定的經驗之後，才能建立起來。那種默契的關系，只能感覺，很難言說。人要懂樹，操刀才會準，才不會傷害木質部，才會割到好漆。而樹呢，也能懂人，把陽光，把雨露，把薄霧，把蟲鳴，把星星和月亮的耳語以及濕漉漉的山歌，都默默創造成了漆液，流淌出來。割漆必須深諳漆道——割漆與養漆是同步進行

的。這樣，漆人割開的口子，三五年後就合攏痊癒了，不會影響漆樹的生長。漆樹呢，依然健壯，生命力旺盛如初。

早晨六點之前，割「上八刀」；八九點鐘的時候，割「下八刀」；晌午時分去收漆。這已經是吳興海多年養成的習慣了。割漆，有許多行話，比如，上刀，也叫「內洗臉」。「內洗臉」割面要儘量割出弧度，下漆效果好；下刀，也叫「外洗臉」。「外洗臉」割面要儘量直一些，漆液流得才會旺。「上八刀」割的漆，水分多，「下八刀」割的漆，水分少。最後的第十六刀，漆的品質是最好的，基本沒水分了。而此時，他竟戛然收手，不割了。或許，此為割漆的最高境界了。我不禁暗暗佩服這個樸實的漆人。

吳興海家有六畝漆樹林，是當年退耕還林種的漆樹。漆樹的效益也還可以。一畝地二十五株漆樹，算下來就是一百五十株。漆樹種下後，第六年起就可以割漆了。一般來說，一畝地的漆樹一年可以割十四斤漆。一株樹可以割二十年。吳興海認為，漆樹林下不能荒著，要耕種，種藥材種菜蔬，能增加一筆收入不說，還能促進漆樹生長，增加漆的產量。

為了確保生漆品質，採回家的漆要經過兩次高溫過濾處理，把樹葉草屑飛蟲等殘渣過濾掉，水分蒸發掉。生漆可以拉出幾米長的細絲，塗在木板上如同鏡子一般，光亮照人。那一定是上等的好漆了。

近幾年，漆價不菲，根本不愁銷路。當年毛漆的價格是兩百三十元一斤，都是訂單割漆。一些漆老闆，頭一年就把漆款預付了，第二年來收漆。然而，漆的產量畢竟有限，還是不能滿足需要。

漆樹渾身都是寶，漆籽可榨油；漆葉可鮮食，可釀酒，經常食用，有增強骨骼、堅固牙齒等功效，也能提高人體抗菌、抗癌等方面的能力。在毛壩鎮鄉間，生漆也可以生喝，能打掉肚子裡的蛔蟲。

早年間，毛壩鎮還是生漆的集散地。街道兩邊，會館商號林立，漆行多達幾十家。趕圩的日子，人頭攢動，摩肩接踵，甚是繁盛喧囂。新中國成立後，壩漆一度是緊俏戰略物資，出口日本、英國、德國、法國、美國和前蘇聯，為國家換回了很多外匯。縣誌載，二十世

紀六〇年代至七〇年代，利川毛壩鎮每年壩漆出口約八萬斤。八〇年代，每年出口約十二萬斤。一九七七年至一九八六年，壩漆總收購量爲一百零六萬斤，出口七十八萬斤，出口約占總收購量的六成。談起壩漆的過去，吳興海的眼裡充滿自豪的神情。

吳興海家裡現有七口人——母親、他、他妻子、兒子、兒媳、孫子、孫女。兒子三十二歲了，不願學割漆，去城裡打工了。孫子和孫女都在讀書，更不可能學割漆了。前些年，他一直擔心，割漆的手藝會失傳，打算教三個侄子學習割漆，但侄子們似乎對此也不感興趣。

出乎意料的是，近些年，隨著漆器漆藝被賦予新的精神和品格，一些有眼光的文化人開始關注漆道文化了。一向孤獨的漆人，竟然有人來找了，還有記者來探訪，讓他演示割漆的技藝。吳興海隱隱感到，或許，割漆這門手藝還能傳承下去。

吳興海家裡還有八畝茶園，茶葉和生漆是家庭收入的主要來源。可是，吳興海卻抱怨說，今年的春茶價格不好，茶葉沒賣上價錢，家裡大宗收入就指望生漆這一項了。吳興海除了喜歡抽煙，沒有別的嗜好，不喝酒，不打麻將，不玩撲克牌。他的心思，幾乎全部用在割漆上了。

家裡活物，還有七隻雞。說是養，其實根本不用他勞神費力。雞在漆樹林裡散養，吃桔梗，吃百合，吃蚯蚓，吃螞蚱，吃害蟲，吃露珠。雞，也會飛，經常飛到漆樹上過夜。兩隻公雞，五隻母雞。過端午節，宰了一隻蘆花公雞。蓋新房上樑那天，擺酒席，宰了一隻光會叫不下蛋的白脖子母雞。如今，只剩下五隻雞了。一隻公雞，四隻母雞。沒養豬，沒養牛，沒養羊，沒養驢。

我問：「爲啥沒養別的活物啊？」

吳興海說：「養別的活物，還要吃飼料。我沒種包穀、沒種糧食作物呢！」

不過，好在那些漆樹還在。對於吳興海來說，漆樹在，一切就在。靠著那些漆樹，吳興海家早就是小康之家了。小日子過得殷實，幸福，美滿，自得其樂。

雲在河裡，也在天上

海岸的心事無人知

18. 芮城蘋果

「蘋果，當然是萬果至尊了，只有最美麗的或者最睿智的人，才有資格享用。」這是梭羅在《野蘋果》中寫下的一段話。看得出，梭羅對蘋果是充滿敬意的。可以肯定，瘦弱的梭羅沒有吃過芮城蘋果，他從來就沒有來過中國。若是他來過中國，來過芮城，並且吃過芮城蘋果的話，那麼，他會用怎樣的詞彙來讚美芮城蘋果呢？

不過，我是來過芮城的，正是摘蘋果的時候。

芮城在哪裡？原面上的芮城，黃河邊上的芮城，中條山下的芮城。芮者何意？一解，姓也；一解，大河彎曲之處，草木茂盛之地也。在中國版圖上，芮城地處黃河中游，依山傍河，境內山、川、溝、原、灘等地形地貌俱全。北高南低，東西狹長，階梯分佈。中條山橫亙北部，擋住了冬天的寒冷。中條山在縣城北十五里，西起首陽，東接太行，南北狹薄，延袤不絕，構成了芮城之天然生態屏障。芮城為暖溫帶氣候，四季分明。芮城沒有煤礦，沒有鐵礦，沒有石油，沒有天然氣，然而，芮城卻有「三寶」：蘋果、花椒、屯屯棗。

瞧瞧，蘋果，位列芮城「三寶」之首呢。芮城蘋果有什麼奇異之處呢？芮城縣委書記張建軍用十六個字進行了描述——果形端莊，果面通紅，果肉汁多，甜酸香脆。這十六個字裡「形」、「色」、「味」、「質」都有了。芮城蘋果個頭多大呢？一般來說，單果重三百克左右。不大不小，一個人吃剛剛好。不鏽口，不氧化，不用麻煩放冰箱保鮮，不用切開若干塊供若干人分而食之。

芮城蘋果栽培始於民國初年。據說，最初是一個叫張乃倫的農民，從河南省靈寶縣焦村李貢生家的果園，引進了二十幾棵蘋果苗，種植到自家的果園裡。從此，芮城蘋果種植的歷史開始了。如今，芮城的蘋果已從當初的不足一畝地，發展到三十萬畝，年產蘋果六十萬

噸，總產值十八億元。隨著市場認可度越來越高，芮城蘋果馳名中外了。

蘋果是自然饋贈給人類的禮物。蘋果裡有陽光，有雨露，有鳥鳴，有風語，有情懷，也有汗水和期盼。「稀植、稀枝、稀果」是現代果園的經營要領，同時增強果園的通風性和透光性，才能長出好果子。在時間和空間的交疊中，芮城蘋果經歷了「四項技術」革命，即大改形、強拉枝、巧施肥、無公害。如今，每個果農都清楚，果園經營的目標是：「讓強勢的蘋果樹生長出強壯的結果枝條，讓強壯的結果枝條形成飽滿的結果花芽，讓飽滿的結果花芽結出優質好吃的蘋果」。

起初，視樹如命的果農無論如何想不通——把長了多年的主枝鋸掉，讓果樹的「樹頭」落下，形成兩三米厚的葉幕層，就能長出好吃的蘋果嗎？蘋果就能豐產嗎？想不通，想不通，一萬個想不通。

芮城縣林業局局長王文革介紹說，二十世紀九〇年代末期，芮城蘋果的大改形和強拉枝技術推廣阻力重重。於是，縣政府有關部門就組織果農去山東棲霞、甘肅靜寧、陝西洛川參觀考察，回來後，果農不言語了，拿起鋸子、剪刀就走進了自家果園。

病蟲害防治怎麼辦？芮城果農最大限度地減少或不用農藥，而是用無公害的殺蟲燈、糖醋液、性誘劑等生物或者物理方法防蟲滅蟲，從而保證了蘋果沒有農藥殘留，沒有污染物危害。施肥呢，也主要是施農家肥、綠肥或者豆餅（大豆榨油後的油渣）之類肥料。這些肥料勁兒足不說，更主要是安全，不會造成土壤板結和污染。難怪芮城蘋果的品質是個頂個的好！

也許，蘋果是最有世界性的水果了。美國人喜歡吃蘋果，德國人喜歡吃蘋果，英國人喜歡吃蘋果，法國人喜歡吃蘋果。然而，「喜歡」兩個字前面要加個「最」字的，是俄羅斯人。據說，俄羅斯人，每年每人要吃掉二十六斤蘋果，占國民水果消費總量的三分之一。對俄羅斯人來說，聚會餐桌上，除了大列巴、香腸、魚子醬、伏特加之外，盤子裡再有幾片蘋果的話，那是多麼愜意啊！

世界上第一個發現野蘋果種群的人，就是俄羅斯植物學家瓦維洛夫。時間是一九二二年，地點是哈薩克的阿拉木圖。在瓦維洛夫看來，蘋果具有一種頑強堅韌的精神。不管是被忽視、被虐待還是被放棄，它都能自己管好自己，以累累碩果回報大地。

俄羅斯是否出產蘋果，我不得而知，但我知道俄羅斯是世界上蘋果進口量最大的國家，每年進口總量約七百萬噸，占世界各國進口總量的23%。嘖嘖，也就是說，世界貿易中，有一百個蘋果的話，就有二十三個被俄羅斯買走了。俄羅斯人對又硬又澀的美國蛇果不感興趣，對中國芮城蘋果倒是連呼「哈拉哨！」「哈拉哨！」近幾年，俄羅斯進口芮城蘋果的總量一年比一年多。

芮城蘋果產區主要集中在黃河岸邊原面山區，每年蘋果採收都在霜降之後。芮城的果農絕對有耐心，覷一眼蘋果，覷一眼天空，當渴望的眼神等來了一年裡的頭一場雪的時候，喜悅便掛在臉上了。雪與蘋果默契地擁抱在一起，時令就產生了某種神秘的感應，那蘋果的味道便奇妙無比了。

民諺曰：「日食一蘋果，醫生遠離我。」

中醫認為，蘋果性平味甘酸，具有補心益氣、生津止渴、潤肺止瀉、健脾和胃、增強記憶、除煩、解暑、醒酒等功效。常吃蘋果，自然是有利於身體健康了。

早年間，芮城蘋果保鮮主要是用果窖儲藏。說是果窖，其實就是土窯洞。這也叫原生態蘋果保鮮法吧。地道，蠻實，粗獷，接地氣，也透著芮城果農的智慧。

芮城黃土層深厚，溝壑縱橫，正好適合打窯洞，果農就選擇果園附近的深溝崖畔，打窯洞作果窖。這種窯洞果窖，遍佈芮城鄉間。具體有多少呢？據芮城縣果業中心主任王亞軍說，至少也有一萬餘個，年儲藏蘋果二十萬噸以上。最有知名度的，是嶺底鄉張家滑村的四個巨無霸果窖，縱深蜿蜒數里，儲藏量驚人。果窖裡蘋果窖藏溫度基本控制在十攝氏度左右。果箱、果筐碼放的垛形為花垛，底部留有空隙。嚴格控制窖門和通氣孔，保持空氣通透，並調節濕度和溫度。這

些果窖看起來很土氣，實際上相當實用，成本也低廉。蘋果可在當年十月窖藏至來年六月，這樣就確保了蘋果「果見果」均衡上市。有道是：「旺季果不爛，淡季果不斷」。

當然，芮城也建了數十個現代化的恒溫庫，幾百噸幾千噸的蘋果儲藏在裡面都不是問題。電腦設定，遙控裝置，濕度溫度想要多少度，就能控制在多少度。可是，老輩的果農還是對土窯洞果窖懷著感情，剛剛採下的果子還是習慣放進土窯果窖裡才踏實。

不過，現在芮城蘋果無須進果窖，無須進恒溫庫就被訂購了。蘋果園直接連著各大超市的貨架，甚至消費者通過視頻，可以直接看到果農的勞作過程以及果子的品質情況。

張建軍還告訴我，芮城蘋果正在加快行銷模式轉型升級，電子商務銷售管道的優勢越來越明顯。如今，芮城許多果農靠種植和經營蘋果，買了小汽車，蓋了新房子。

在芮城鄉間，果農們美美的小日子，充溢著滿足和幸福。

是呀，一枚蘋果可以改變生活。

是呀，一枚蘋果也可以實現夢想。

19. 狼牙蜜

他是一位養蜂人，名叫高登科。

顯然，山裡的深秋天氣有些寒涼了。他穿一件芝麻花色粗布衫，外面套了一件馬甲。有意思的是，馬甲外面又套了一件馬甲。四粒扣子，扣實了三粒，虛著一粒。但是，看得出，馬甲外面套的這件馬甲，實用功能大於保暖。因為，它的上面綴滿了兜兜。數一數，有七八個之多呢。兜兜裡鼓鼓囊囊，塞滿了東西，都塞了什麼呢？這話不好問，也不便問。

再打量他穿的褲子，也是粗布的，灰黑色，褲腳處掛了一些灌木刺和草屑。鞋呢，是一雙草鞋。鞋帶呢，是灰色的布條，繫得寬鬆適度，經緯分明。站立時，大腳趾一下一下地蠕動著。

這是一個勤於勞作的人。每天早晨，蜜蜂還在夢中，他就起床了，開始了一天的忙碌。

高登科是隴南兩當縣楊店村土峰村村民，六十六歲。家裡還有妻子王花，兒子高賢，兒媳吳亞紅，孫子高興瑞，孫女高興怡。兒子和兒媳都在城裡打工，孫子和孫女都在讀書。平時，山裡的老房子裡，只住著他和妻子。雖然，屋子裡略顯冷清，但家裡養的活物不少，院子裡雞鳴狗叫，此起彼伏，小日子過得殷實，安穩，如意。

高登科臉膛黝黑，雙目炯炯。我見到他時，他正在一片核桃林裡捕捉馬蜂。核桃林間一片草地上放置了好多蜂箱，蜜蜂在空中飛舞，來往於花朵與花朵之間，忙著採蜜。馬蜂是蜜蜂的天敵，常常偷襲蜜蜂，有時甚至給蜜蜂群造成毀滅性的殺傷。

高登科說：「馬蜂這東西賊頭賊腦的，精明得很！」

我問：「馬蜂採蜜嗎？」

他說：「不採蜜。但馬蜂的蛋和蛹燒熟後是美味，高蛋白呢！」

「聽說，每年山裡都發生馬蜂傷人事件？」

「是的，我們村裡就有人被蜇過，但都無大礙。」高登科說，「其實，馬蜂從不主動攻擊人。它之所以蜇人，一定是人招惹了它，或者毀了它的巢，它才拼命的。」

「嗯。」

「觀察馬蜂的巢可以知天氣情況。」

「怎麼觀察？」

「一般來說，馬蜂在樹上掛包築巢，就說明冬季氣溫偏暖。若是它在土裡打洞築巢，就說明冬季偏冷，甚至有霜凍災害要發生了。」

「馬蜂也不光是幹壞事嘛！」

「除了吃蜜蜂惹人恨，其他方面都挺好的。」

「光說馬蜂了，還沒問你蜜蜂的情況呢。」

於是，我們坐在蜂箱旁邊的石頭上，聊起了蜜蜂。高登科告訴我，他總共養了八十七箱蜜蜂。蜜蜂採的蜜主要是狼牙蜜。狼牙蜜品質好，一斤能賣上七十元，一箱蜂一年能收入一千元左右。八十七箱能收入多少呢？算一算，就清楚了。

兩當縣自然資源局局長成仁才告訴我，狼牙蜜來自一種野生灌木——狼牙刺開的花。狼牙刺生長在隴南山區，恣意橫生，無規則，無邏輯。它根系發達，萌生能力強，是護坡護堤護堰的好樹種。枝幹枝條有什麼用途呢？枝幹枝條用火燒烤後，可彎曲可捲縮，撐巴撐巴用於做耙子，是耙田壟耙田泥的傳統農具。

然而，狼牙刺卻毫無地位，也沒有名分。官方統計森林覆蓋率時，它不在其內；統計林木資源總量時，也沒有它。人工造林選擇樹種時，更沒人種它了。它全靠自己，自己萌生，自己繁衍種群。可以說，在隴南山區，所有的狼牙刺都是天然生長的。它分佈面積有多少呢？不清楚。因為從來就沒有人把它當回事。

狼牙刺，以粗鄙卑微之軀，創造了最甜蜜的美物。

狼牙蜜呈琥珀色，迎光觀之，稍帶綠色。在常態下，狼牙蜜表現為或者透明或者半透明的黏稠液狀，口感甜潤，瀰漫一種狼牙刺花朵

特有的淡淡芳香。不過，氣溫在十四攝氏度以下時，狼牙蜜就開始結晶了，結晶顆粒細膩，如雪般乳白，滑潤若脂膏，甚是奇妙。

《本草綱目》云：「蜂蜜生則性涼，故能清熱；熟則性溫，故能補中；柔則濡澤，故能潤燥；緩可去急，故能止痛；和能致中，故能調和百藥，而與甘草同功。」蜂蜜是好東西，狼牙蜜是好東西中的好東西呀。成仁才介紹，兩當縣山區共養蜜蜂五萬六千箱，每年產狼牙蜜十五萬斤。在網店上，狼牙蜜的銷售情況相當好。

每年清明之後，狼牙刺就開花了，花期可達兩個月。花朵呈白黃色，花瓣如狼牙，故名狼牙刺。狼牙刺花盛開之時，蜜蜂雲集而來，追花啄蜜，好不熱鬧。

狼牙刺生命週期可達二十年，在進入衰老狀態後，就漸漸無刺了。早年間，乾枯的狼牙刺往往被山民砍下來，捆成捆扛回家，當薪柴。狼牙刺餵灶口，火焰硬朗，堅挺，勁兒足，做出的農家飯菜好吃可口。在高登科家的院落裡，就堆著一捆一捆乾枯的狼牙刺。

走進高登科家院落時，其妻正在往石板上撒米餵雞。

咕咕咕！咕咕咕！咕咕咕！四散林間的雞，聽到呼喚，便嗖嗖嗖迅疾聚攏，撅著屁股，爭而食之。

那些雞個個彪悍，野性十足，敢跟黃鼬對抗，敢跟老鷹叫板。傍晚，經常飛到樹上，棲在枝頭夜宿。

除了養蜜蜂和養雞外，高登科家裡還養了二十頭豬、七隻鴨、九隻鵝，還有兩隻貓，一隻黑貓，一隻黃貓。還有三隻狗，一隻比較兇狠，面目猙獰，始終用鐵鍊拴著，看家護院；另外兩隻，都是小狗，乖順頑皮。我們聊天時，它們就在我們身邊搖尾巴。

高登科家總共有二十畝坡耕地，原來種包穀，種紅薯，種黃豆，結果土壤越耕越薄，造成嚴重的水土流失。十年前便索性退耕還林了，種了十畝核桃，十畝花椒。現在核桃和花椒都進入了果子盛產期，效益很好。

瞥一眼曬場，一邊曬著剛剛打下來的核桃，黑褐色的，滾圓滾圓；一邊曬著花椒，是名字喚作「大紅袍」的花椒，空氣裡瀰漫著花

椒香。

「爲啥不留幾畝地種糧食作物呢？」

「山裡野豬多得成災，種糧食作物太操心，防野豬拱食就費盡腦筋，弄不好顆粒無收，全讓野豬禍害了。」

高登科最高興的一件事，就是孫子考上了大學。拿到錄取通知書那天，宰雞宰鴨，還取下梁上掛著的臘肉，辦了一桌酒席。罈子裡泡了多年的狼牙蜜蠟和蜂蛹的老酒，那天除去壇口糊著的泥巴，開封了。高登科喝了不少，一仰脖，一杯子，一仰脖，一杯子。微醺中，還跟鄉親們說了一些揚眉吐氣的話。痛快！

孫子有畫畫的天賦，人物肖像畫得栩栩如生。上大學臨走之前，畫了爺爺、奶奶、爸爸、媽媽四幅肖像畫，至今貼在老屋的牆上。

我看到那四幅畫後，豎起大拇指。

「考上的是美術學院嗎？」

「不，是蘭州財經大學。」高登科的臉上充溢著自豪，說，「剛一入學，孫子就被選爲班長呢！」

高登科的家庭收入來源，主要還是林特產品和家裡養的活物：其一，狼牙蜜；其二，核桃和花椒；其三，生豬和雞鴨鵝之類。前些年，他新蓋了一排五間房子，買了摩托車，又買了四輪農用車。

有人建議他，可以考慮在兩當縣城買樓房。他想了想，沒有買。他說，攢錢主要是供孫子上大學，等孫子大學畢業後有了工作，娶了媳婦再說吧。他還說，無論怎樣，農民不能離開土地，離開了土地就失去了根本。

「恐怕你家早是小康之家了吧！」

「比上不足，比下有餘吧！小康之家啥標準啊？」高登科擺擺手，笑了。

嗡嗡嗡！嗡嗡嗡！說話時，蜜蜂在我們的頭上不停地飛舞。

──嗡嗡嗡！

20. 首草有約

深山無閒草，閒草也是藥。

何謂藥？與草有約，謂之藥。

——採訪簡記

一

古代量器，從小到大，依次爲：龠、合、升、斗、斛。

怎麼計量呢？二龠一合，十合一升，十升一斗，十斗一斛。斛，乃最大的量器了。

在古人看來，人的身體就是一個容器。身體羸弱即是容器空虛了，需要補之、填之、充之，使其滿盈，繼而強健。用什麼補？用什麼填？用什麼充？還用問嗎？當然是用規格最大的量器了。

石斛，不過是自然界的一種草，古人卻用最大的量器來命名，可見此草在古人心裡的地位了。那意思是少於十斗米不換的草，一斛相當於十斗嘛！相當珍貴呢！事實上也確實珍貴。石斛這種東西往往生長在深山懸崖峭壁上，要得到它，可不那麼簡單。採藥人攀爬過程中稍有不愼，就有跌入萬丈深淵的危險。

黔西南山區，鬼魅般的喀斯特地貌，變幻莫測的氣象，加之豐沛的雨水，瀰漫的霧氣，使得喬木、灌木、竹藤等植物在這裡瘋長。在這裡，石斛是某些人的重要經濟來源。

崖壁上晃動一個人的身影，他叫貢嘎，背著背簍正在那裡採草藥。他今天的運氣不錯，採到了一叢黑節草。貢嘎有些興奮，心怦怦跳——因爲一叢黑節草，就等於是一疊厚厚的鈔票。

貢嘎的兒子高考剛剛結束，聽老師的口風，兒子被民族師範學院錄取應該不成問題。雖說師範學院費用低，但總還是需要一些費用的。怎麼說也得給兒子買件新衣服，還有臉盆、牙具之類的生活用品。他得迅速賺來兒子上大學的費用。攀爬崖壁採草藥是很危險的，寨子裡已有多人爲此喪生。不過，在貢嘎看來，自己的這次冒險還是值得的。

　　下到崖底，貢嘎取下背簍，用一團苔蘚小心翼翼地把那叢黑節草包好，輕輕按了按，又重新放回背簍裡。他不經意地覷了一眼崖壁，心裡忽然又生出一種悵然的感覺——黑節草越來越少了。

　　貢嘎是個黑臉膛的布依族漢子，識字不多。貢嘎說，他從九歲就跟阿爸攀崖壁採黑節草，今年再有兩個月就滿五十歲了，採藥採了四十多年，採到的黑節草彙集到一起，能堆成一座山了吧。他嘻嘻笑了。貢嘎說：「小時候，阿爸就跟我講，採黑節草不能挖絕，要挖一半留一半，留著過些年再來採。人不能把事做絕，弄絕了，下一代採什麼呢？」

　　有人告訴貢嘎，黑節草是國家法律保護的珍稀植物，禁止挖採了，非法挖採要蹲局子的呢。

　　什麼？蹲局子？貢嘎的腿突地抖了一下，瞪大驚愕的眼睛。

二

　　黔地民間，把鐵皮石斛稱作黑節草。

　　儘管鐵皮石斛屬於稀有之物，身價不菲，但它從來都很低調，不張揚，無鋒無芒，悄無聲息地蟄伏在背陰的潮濕之地，守望著承諾和信念，與其相伴的是石礫、枯木、落葉、露珠和嘶嘶蟲鳴，還有苔蘚、雜草、薄霧和滿天星星。

　　從生物學角度來說，石斛的生長具有附生性和氣生性，也就是說，它不是獨立存在的，而是附著在石頭或者樹體上，通過根系吸收空氣中的養分及自身的光合作用，來維持生長。石斛的生命力極強，

採回的鮮條，在自然條件下，至少三個月以上的時間才能脫水。次年，石斛乾條只要喝飽了水，就會睜開眼睛，伸展經絡，舒展筋骨，昂揚飽滿地發芽開花，生長出新根。

石斛作爲藥用，最早見之於秦漢時期的《神農本草經》。屈指算算，距今有兩千年的歷史了。《千金翼方》中對石斛是這麼描述的：「味甘，平，無毒。主傷中，除痺，下氣，補五臟虛勞，羸瘦，強陰，益精，補內絕平胃氣，長肌肉，逐皮膚邪熱，痱氣，腳膝疼冷痺弱。久服濃腸胃，輕身延年，定志除驚。」此書用詞極講究，「中」爲何意？內臟也。能用一個字說清的，絕不用兩個字，該用兩個字才能表達準確的，絕不少一個字。寥寥數語，把石斛的功能和應用範圍說得清清楚楚。

再看看李時珍《本草綱目》是怎麼說的。

《本草綱目》載：「石斛叢生石上，其根糾結甚繁，乾則白軟，其莖葉生皆青色，乾則黃色，開紅花。節上自生根鬚，人其折下，以砂石栽之，或以物盛掛屋下，頻澆於水，經年不死，俗稱『千年潤』……氣味：甘，平，無毒。」

李時珍不惜筆墨，連怎麼栽植，掛在什麼地方，怎麼澆水都告訴後人了。儘管如此，李時珍還是沒有寫清楚，那石斛到底是什麼石斛呢？能入藥的石斛可有幾十種哩。不過，依照他的描述可以判定，他筆下的石斛應當是鐵皮石斛了。

據說，道家有一部典籍叫《道藏》，列出了「九大仙草」，排名爲：鐵皮石斛、天山雪蓮、三兩重人參、百二十年首烏、花甲茯苓、肉蓯蓉、深山靈芝、海底珍珠、冬蟲夏草。鐵皮石斛名列魁首，具有至尊的地位。鐵皮石斛，因表皮呈鐵青色而得名。莖叢生，圓柱形，肥壯飽滿。長莖著花時略彎垂。葉三至五枚，常互生，呈兩列，生於莖上部結節上，長圓披針形，先端鈍而略鉤轉，邊緣和中脈淡紫色。花序生於無葉的莖上部結節，有迴折狀彎曲，花瓣或淡黃色，或黃綠色，或白色。

石斛，蘭科植物中的一個大家族。它的種類很多，全世界有

一千五百多種，我國有七十六種。秦嶺以南諸省區都有分佈，尤以雲南、貴州、四川、廣西種類最多。生長在人跡罕至的懸崖峭壁間，常年飽受雲霧雨露滋潤，集天地之靈氣，吸日月之精華。

資料顯示，我國的石斛能夠入藥的有五十一種。《別醫名錄》曰：「七月、八月採莖，陰乾。」石斛以莖入藥。「三月茵陳四月蒿，五月砍來當柴燒」。這句話的意思是，採藥要按時節進行，不按時節採藥，那藥就跟柴火沒什麼兩樣了。採石斛的最佳時節是七月或者八月，入藥的是莖，而且要陰乾，不是曬乾。中藥材的哪個部位入藥很有講究，部位不同藥效不同。就說當歸吧，當歸頭止血，當歸身補血，當歸尾破血（催血）。一般來說，入藥的石斛，是專指生於岩石及其縫隙間的石斛。石斛石斛，生於「石」的斛，才是石斛嘛。而附生於樹木之上的石斛屬植物，稱之為木斛。石斛與木斛有什麼區別呢？李時珍曰：「石斛短而莖中實，木斛長而莖中虛。」一短，一長；一實，一虛。看來，二者還是很容易區別的。

木斛可不可以入藥呢？還是翻翻藥書典籍吧。

《本草圖經》曰：「惟生石上者勝。亦有生櫟木上者，名木斛，不堪用。」而《本草經集注》則曰：「生櫟木上者名木斛，其莖形長大而色淺……今始安亦出木斛，至虛長，不入丸散。惟可為酒漬，煮湯用爾。俗方最以補虛，療腳膝。」

一說不能入藥；一說不能搓藥丸子，但是泡酒喝、煮湯吃還是可以的。可是，用木斛泡的酒、用木斛煮的湯算不算藥呢？嚴格說，還不能算，只能說是藥酒和藥膳，至多算是滋補品吧。

道家有「吃鐵皮石斛成仙」的說法，按照此說，民間廣泛流傳的漢鍾離、張果老、韓湘子、鐵拐李、曹國舅、呂洞賓、藍采和及何仙姑，莫非都是吃了鐵皮石斛才得道成仙的嗎？然而，這畢竟都是神話傳說，不足為信的。但是，在民間，鐵皮石斛的確又有「還魂草」一說。有誰奄奄一息快不行了，然後吃了鐵皮石斛，就如何如何了，鐵皮石斛似乎確有一種無法說清的神力。

在黔地民間，小兒發燒，目赤腫痛，虛火牙痛，用鐵皮石斛退燒

止痛倒是很常見。特別是退燒的效果明顯，對各種原因引起的發熱，只要將鐵皮石斛搗碎，和水吞服，不消半個時辰就可起到退燒作用。

我沒試過，姑妄言之，姑妄聽之罷了。

三

「取莖捨花」——這是一個錯誤。

過去，受傳統藥典的影響，人們只盯著鐵皮石斛的莖了，而花，一度被藥學界忽略了。

花，正在歸位。

近年來，鐵皮石斛花的藥用功能也被人們逐漸認識。據說，鐵皮石斛花有解鬱的功效，能使人心情開朗，緩解精神壓力。某詩人和某雜文家，都是因抑鬱症無法解脫而自殺。他們生前沒找些鐵皮石斛吃吃嗎？不得而知。若常吃吃，或許不至於是那樣的結果吧？哎，可惜了他們堅實的文字和橫溢的才華。

我在黔西南走動時，吃過的一道菜，印象深刻。

那是一頓會議（推進中藥材產業發展會議）工作餐，當時，大家都吃得差不多了，服務員卻又端上來一道菜。大家一看不以為然，無非什麼東西炒雞蛋嘛！便沒有幾個人動筷子。我用筷子夾起，嘗了一口，又香又脆，口感和味道都很特別。我問服務員這是什麼炒雞蛋呀？服務員回答，鐵皮石斛花炒雞蛋。大家聞之，呼啦一下全都抄起筷子，一盤鐵皮石斛花炒雞蛋瞬間只剩下盤底的油珠珠了。

事實上，品嚐這道菜也是那次會議的內容之一。只不過，事先沒有告訴大家而已。

在場的一位藥學專家說，患有抑鬱症的人，長期食用鐵皮石斛花能夠減輕或消除抑鬱症狀。大家聽後都笑了，說為了不得抑鬱症，能不能再來一盤鐵皮石斛花炒雞蛋啊！服務員閃到身後只是笑，不語。

當然不語。有人說：「好傢伙，說得輕巧，你們吃得起，人家還做不起呢！知道一斤鐵皮石斛花幾多價格嗎？」

「幾多？」

「……」

「啊！」

四

每個女人都愛美。每個女人都有一個夢想。

傳說武則天是最把顏值當回事的女人，到處求秘方，求長生不老藥。當朝御醫葉法善精心研製出了一個由三味藥材配製的秘藥，武則天照方子日日服用，從不間斷，時間長達五十年之久。雖每日朝政千頭萬緒，但武則天依然精氣神十足，光彩不減。

秘密何在？

當然與那秘方不無關係。秘方後來解密，那三味藥分別為藏紅花、靈芝、鐵皮石斛。

「藥王藥王，身如星亮，穿山越谷，行走如常，食果飲露，尋找藥方。」這個藥王就是孫思邈。

孫思邈嘗百草，著作亦甚豐，以《備急千金要方》、《千金翼方》最為著名。他還注重養生，對鐵皮石斛偏愛有加，並以此作為自己的養生之本。據說，孫思邈還專門為武則天煉過仙丹。那仙丹裡的成分有沒有鐵皮石斛呢？「藥王」一生歷經多個朝代，一說活了一百零二歲，一說活了一百四十一歲。不知哪個說法準確，反正超過百歲是可以肯定的了。或許，孫思邈長壽的秘訣就是長期食用鐵皮石斛吧。生嚼，鮮的，吧唧吧唧吧唧。

史料記載，乾隆愛吃鐵皮石斛燉的湯，主要是鐵皮石斛燉的排骨湯。不說天天吃吧，但三天兩頭吃是言不為過的。朝廷為他八十歲的壽辰舉行慶祝活動，邀請兩千名超過百歲的長者出席國宴。乾隆高度重視此事，親自審定菜單，見菜單上沒有鐵皮石斛燉排骨湯時，斷然提筆加了上去——如此盛大的筵席，怎麼可以沒有鐵皮石斛燉排骨湯呢？

光緒二十二年（1896），李鴻章出使英國，時年已經七十四歲。當時的大清國處在內憂外患中，臨行前的李鴻章患有嚴重的哮喘病，咳喘連連，頭暈眼花。這怎麼行呢？怎麼說也是代表著大清國形象啊！慈禧把自己日日服用的秘方賜給李鴻章，說愛卿啊，你照方子把這六樣東西泡水煲湯，一路服用，到英國之前一準會好的。李鴻章照方子做了，果然有效果——咳喘止住不說，睡眠也好些了。李鴻章大贊其妙。

　　那方子上的六樣東西都是什麼呀？鐵皮石斛、阿膠、靈芝、燕窩、龍眼肉、茯苓。瞧瞧吧，又是鐵皮石斛列首位。

　　到英國後，李鴻章將隨身帶來的鐵皮石斛作為國禮送給伊莉莎白女王（當然，自己服用的得留夠）。女王服用後感覺也非常好，請李鴻章帶話對慈禧表達謝意！從此，鐵皮石斛成了英國王室的養生奢侈品。

　　隨後，英國的一些傳教士、植物學家、醫生來到中國，在西南山區以傳教或行醫為名，尋找採集鐵皮石斛，藍眼睛賊溜溜地可勁兒往那懸崖峭壁上瞄。「植物大盜」威爾遜在中國西南從事盜採活動長達十二年，盜採植物四千多種，漂洋過海，分批運回倫敦。其中不乏鐵皮石斛、珙桐、綠絨蒿等珍貴稀有植物。當然，盜採也是要付出代價的。在岷江河谷，威爾遜遭遇山體塌方，右腳被石塊砸斷。一個月後等他到上海醫治時，傷口嚴重感染，右腳落下終身殘疾。大自然總要給盜賊點顏色看看的。

　　還有頭髮捲曲、鼻孔挺闊的藥劑師出身的福里斯特，常年行走於怒江流域，一邊假意為山裡人接種天花疫苗，一邊收集、盜採珍稀植物。據說，光是杜鵑科植物就有上百種。自然，女王喜歡的寶貝東西——鐵皮石斛是萬萬不會漏掉的。

　　也許，與李鴻章那次帶鐵皮石斛出使英國不無關係，歐洲人比中國人自己似乎更能認識到鐵皮石斛的價值。二十世紀六七〇年代，一公斤鐵皮石斛可以從歐洲換回十二噸小麥。

　　十二噸小麥能養活多少人呢？算算就知道了。

五

為了尋訪鐵皮石斛，也為了探求鐵皮石斛與那片山林的特殊關係。猴年六月，我走進了大山深處那個童話般的山寨。

這是一個依山傍水的布依族村寨。全寨九十三戶四百一十二口人。房子是干欄式吊腳樓，稀稀落落，散佈在山坡翠竹叢中。吊腳樓全係木質結構，木料多為杉木或者楓香木。底層中空，上立屋架，兩頭搭偏廈，頂上蓋青瓦或陳年杉皮，三間五間不等。

「人須樓其上，牛羊犬畜樓其下」。也就是說，樓上住人，底層養牲畜、家禽，置農具，設舂碓、碾坊等。這種原生態的建築，既可防蛇防蟲防猛獸之害，又可避免潮濕，採光、通風也不錯。實用淳樸的格調中，透著布依族人生存的智慧。

寨口，有幾棵高大的古青岡樹撐起一片天，蓊蓊鬱鬱氣象萬千。樹枝上間或掛著紅布條，隨風搖曳。

近年，這個寨子因種植鐵皮石斛而聞名遐邇了。

山寨位於滇黔交界處的南盤江右岸，海拔在七百米至一千米之間，森林資源豐富。獨特的地理位置，使得這裡每年有六個月時間大霧瀰漫，空氣濕漉漉的，特別適合鐵皮石斛生長。

偏巧，我來的那天卻是晴天。站在山頂放眼望去，大片大片的森林覆蓋了山嶺，起起伏伏，鬱鬱蔥蔥。到林中仔細觀察發現，很多青岡樹上似乎纏著一圈一圈的東西。詢問之，答曰：那是種植的鐵皮石斛。原來這是鐵皮石斛一種仿野生的種植方式。

說話間，林中閃出一位背著背簍的布依族大眼睛女子，正往背簍裡採著什麼。只見她上身穿著藍色對襟長衫，下身穿百褶長裙，頭上包著青色頭巾，銀耳環叮噹作響。細看看，對襟長衫的領口、盤肩、袖口、衣角皆有織錦圖案。大眼睛女子叫蒙阿妹，往背簍裡採的東西就是鐵皮石斛。蒙阿妹原在深圳打工，兩年前的春節回家過年，就再也不去深圳了。因為一家石斛種植公司就在她的家門口，在家門口打工一個月也能賺三千多塊，不比去外面打工賺得少，何必還要去深圳

呢。

　　於是，蒙阿妹就給深圳那邊的姐妹打了個電話，把深圳宿舍裡自己的被褥、衣物打成一個包，快遞回來了。

　　「還是在家門口打工好，花費少，還能照顧家裡老人和孩子。」蒙阿妹一邊採著石斛鮮條，一邊抬頭對我說。

　　我問道：「這鮮條採回去怎麼處理呀？」

　　蒙阿妹說：「要先曬乾，然後炮製加工成斗。」

　　「什麼是楓斗啊？」

　　「就是螺旋形的小球球。」蒙阿妹用手指比畫著，咯咯笑了。

　　這時，石斛專家羅曉青聞訊趕來。羅曉青從事石斛研究已有很多年，發表過一些石斛生境及種植技術方面的論文。

　　我問羅曉青：「石斛為什麼要種在青岡樹上呢？」

　　羅曉青說：「並不是只有青岡樹上才生長石斛，杉木、楓香樹、黃角樹、油桐、槲櫟、樟樹、烏桕上都可以長，只不過在喀斯特地貌的山區青岡樹更適合罷了。」羅曉青取下挎著的相機，啪啪啪連拍了幾張石斛叢生的照片，接著說，「鐵皮石斛與青岡樹有一種天然的依存關係」。

　　「何解？」

　　羅曉青拍了拍身邊的一株老青岡樹說：「這種樹樹皮厚，營養豐富，含水多，裂紋深，透氣好，無雜菌，保濕。附生的鐵皮石斛種上去，發根旺。」羅曉青順手掰下一小塊樹皮說，「更主要的是，青岡樹喜歡生長於微鹼性或中性的石灰岩土壤上。」

　　「這跟鐵皮石斛有什麼關係？」我問。

　　「青岡樹吸收的營養成分，正好也是鐵皮石斛喜歡吸收的營養成分。不過，石斛不是從石灰岩土壤裡直接吸收，而是通過自己的根系從空氣、霧氣和水分中吸收。」

　　我聽得入了神，差點忘記掏出小本子記下羅曉青說的話。羅曉青興致頗濃，說：「青岡樹還能預報天氣情況呢！」

　　「怎麼預報啊？」我很好奇地問。

「正常天氣，青岡樹的樹葉呈綠色，但一旦突然變紅，就意味著此地一兩天內必要下一場大雨了。」羅曉青說。

「這是什麼原理呢？」

「青岡樹的樹葉葉片中所含的葉綠素和花青素是有一定比值的。長期乾旱，即將下大雨之前，強光悶熱的天氣，使得葉綠素合成受阻。而葉綠素和花青素是一種此消彼長的關係，在葉綠素弱勢的情況下，花青素就呈現出強勢狀態，體現在葉片上就是紅色。」

「長見識，長見識。」我說，「那就可以根據青岡樹的樹葉變化情況，打理種在樹上的鐵皮石斛呀！」

「是的，既要保濕、透氣、增加營養，也要防蟲防病防止爛根。」羅曉青用蓋子蓋上了長焦相機鏡頭說。

其實，在自然界裡，植物與植物之間，植物與動物之間，植物與微生物之間，甚至與細菌及其空氣之間，都存在一種微妙的聯繫。

羅曉青還告訴我，他在一個叫冷洞的懸崖峭壁上種植鐵皮石斛也取得了成功。我說，好啊，石斛石斛，石斛不能離開石頭呢！冷洞是黔西南一個村寨的名字，那裡是羅曉青的原生態鐵皮石斛回歸保育基地，光是懸崖峭壁上種植的鐵皮石斛就有一千多畝呢。

六

不能不提黃草壩。

因為黃草壩是地球上唯一以石斛命名的地名。此地，後來設縣。提出設縣建議的那個人，名氣很大。縱觀他的一生，他從未提出別處設縣的建議。僅此一次，僅此一處。

那個人叫徐霞客。

那個地方就是現在黔西南的興義。興義之前叫黃草壩，其名始於明代天啓年間，因此地盛產黃草而得名。黃草是什麼呢？就是石斛呀。黃草是布依族人的叫法。

興義出產石斛十六種以上，是當之無愧的石斛之鄉。就野生石斛

的產量和品質而言，當年，全國沒有哪個縣能超過興義的。早年間，興義每年收購的黃草都在三十五擔（每擔五十公斤）左右。一九五一年二十擔。一九六四年是最高的年份 —— 五十擔。之後，一直是每年二十擔，到二十世紀九〇年代初期，黃草越來越少，黑節草（鐵皮石斛）和金釵（金釵石斛）幾乎絕跡。

黃草壩的山以陡峭、高聳見奇。因之奇，徐霞客來了。

「透峽出，始見東小山南懸塢中，其上室廬累累，是為黃草壩。」顯然，徐霞客是乘木船渡過滇黔襟帶相接的界河 —— 黃泥河，而來到青山環抱、碧水穿流的黃草壩的。在這裡，徐霞客寫下了《黃草壩箚記》。

明代，黃草壩還是土司管轄下的一個小鎮。

徐霞客到此時正遇大雨，宿農家，「雖食無鹽，臥無草，甚樂也」。他在箚記中寫道：「其地田塍中闢，道路四達，人民頗集，可建一縣。」徐霞客為什麼提出建縣的建議？理由是什麼呢？在普安十二營中，「錢賦之數則推黃草壩」。那意思，黃草壩這地方很富，應該歸入朝廷體制內管理。可是，此地可以建縣，卻沒有建縣，長期屬於布雄土司勢力所轄是何原因？徐霞客寫道：「土司恐奪其權，州官恐分其利，莫為舉者。」老徐一語道破，兩個東西在作祟，其一為權，其二為利。可惜的是，徐霞客的建議並沒有引起當朝的重視，直到一百五十九年之後，也就是清代嘉慶二年（1797），才在黃草壩設興義縣。

然而，興義並沒有取代黃草壩。布依族老輩長者還是習慣把興義稱作黃草壩。是的，記憶中紮根了的東西，是無法輕易抹掉的。

黃草壩的地名至今還在沿用，興義縣城所在地就是黃草壩。

朋友說，趕圩的日子，黃草壩一條街上的中藥材市場相當興隆，蜿蜒數里。草藥都是新鮮的草藥，是採藥人起早從山上採回來的，還帶著露珠呢。

我問：「有野生鐵皮石斛嗎？」

答：「有還是有的，但很難遇到了，而且價格巨高。」

七

《千金要方》記述：「安身之本，必資於食；救疾之速，必憑於藥。」這段話的意思是告訴人怎樣治病，但更重要的是它提醒人怎樣不得病。現代養生理念提出，防病重於治病。提高人體免疫力，增強肌體抵禦病毒侵襲的能力，從而使身體健康才是養生追求的目標。

在一定意義上，與其說鐵皮石斛是治病的，倒不如說是防病的。明代《本草乘雅》載，服鐵皮石斛「補虛羸，暖五臟，填精髓，強筋骨，平胃氣」。

什麼樣的鐵皮石斛才是上品呢？

看似一根草，嚼時一粒糖。古代藥學家張壽頤說：「石斛必以皮色深綠，質地堅實，生嚼之脂膏黏舌，味道微甘者為上品，名鐵皮石斛。」

近代名醫張錫純說：「鐵皮石斛最耐久煎，應劈開先煎，得真味。」

但是，也有專家主張，由於鐵皮石斛最主要的成分是石斛多糖和石斛城，水煎並不能保證多糖和石斛城全部溶於水，因此，服用時應該把石斛也嚼細吞下。真正的鐵皮石斛嚼後沒有粗渣，也沒有雜七雜八的怪味，只有微甘的黏稠感。甚好。

當然，用鮮鐵皮石斛煲湯更是鮮美無比了（史料記載，這是乾隆的最愛）。這也沒什麼秘密，就是將鐵皮石斛切成段，放在湯裡，或者與雞，或者與鴨，或者與鵝，或者與排骨，或者與腔骨等同時燉上一兩個時辰即可。吃肉喝湯，美。不過，可別忘了鍋裡的鐵皮石斛，要把它吃了，好東西才算沒有浪費。

然而這世界變化得實在太快，古代量器中的龠、合、升、斗、斛，先是淘汰了龠和合，後又以石代替了斛。直到今天，連斛的實物也沒幾個人認識了。

——綱目亂了，本草難找，那藥無論怎麼服用都不對。

問藥，問李時珍，鐵皮石斛還是首草嗎？

但無論怎樣，我都固執並且堅定地認為，最偉大的藥不是在醫生開具的處方上，它一定是深藏在大自然中。

21. 老號森鐵

一

冬天，意味著寒冷和冰雪。

嗚——森林的寧靜被一聲巨吼撞開了個大窟窿。疲憊的森林小火車吭哧吭哧喘著粗氣，然後，呲的一聲噴出一口白霧，停在了林區某個小站。白霧飄舞，徐徐不散，或掛在行人的睫毛上，或掛在凍僵的樹梢上，或掛在七扭八歪的木障子上，那場面很是有些喧囂和野性。

曲波的《林海雪原》中有一句話：「火車一響，黃金萬兩。」在「大木頭」年代，林區人是多麼牛氣和豪邁啊！森林小火車運木頭，一節車皮只能載三兩根。那傢伙！杠杠的，多了裝不下呀！一根木頭有多粗呢？這麼說吧，光是樹皮就有磚頭那麼厚啊！可以毫不誇張地說，早年間，林區吃的喝的用的都是小火車運木頭從山外換回來的。的確，當年林區的輝煌和榮耀，是與森林鐵路緊緊聯繫在一起的。

然而，此一時彼一時，今天東北林區實行大禁伐，對森林來說無疑是個福音，但對森鐵而言，卻是個致命的打擊。斧鋸入庫，森林休養生息了，沒有木頭了，森鐵運什麼？林區人吃什麼？喝什麼？

傳統意義的林區已經很難找到了。與世隔絕，封閉的林區只是電影或小說裡的事情了，到處是堆積如山的大木頭的林區已經不見蹤影。林區所特有的那種遙遙路途也已不復存在。如今，林區已大致成了靜態的地方，它在地理上已經定域，今非昔比。

告別伐木時代之後，林區的困惑和尷尬，只有林區人自己知道。無奈，有的林區乾脆就把利用率低的森鐵鐵軌拆了，鐵軌當廢鐵能賣幾個錢算幾個錢吧，總比在那裡閒置著風吹雨淋地生銹爛掉變成土

強。

然而，事情並不那麼簡單，森鐵的問題並非一拆了之。

在黑龍江林區樺南林業局，我走訪了森鐵司機任景山。他開的是一輛老式外燃蒸汽機車，車號是「森055」，需兩個司爐不停地往爐內填煤，蒸汽產生動力，機車才能行駛。開小火車是個很髒的活，任景山滿臉都是油漬和煤灰，只有張口說話時的牙齒是白的。任景山幹這個行當已有十餘年了，對小火車懷有深厚的感情。他說，這傢伙看起來很笨，但力氣大，裝上一座山也能拉走。他說開小火車不需要太多的技術，最重要的是瞭望，對路況的把握要準，到哪裡該加速，哪裡該減速，哪裡該拉笛，一打眼便知道才行。

任景山微微歎一口氣，說，早先森鐵兩邊的樹還很密，那時一年四季都在這條線路上跑，現在只有多季兩個月出出車，運運煤，幹著不過癮。我問他，沒想幹點別的嗎？他說，幹別的活，一下又很難適應。咱這森鐵工人，若是離了森鐵還真難活呢。說到這裡時，他的眼睛有些潮濕。

我趕緊把話題岔開了，說，咱們照張相吧。於是就喊當地的朋友傅剛為我們照相。唏嚓唏嚓，照了十幾張，背景就是「森055」號蒸汽機車。

這些照片，也許記錄的是中國最後的森鐵了。

二

清朝初年，因清廷視東北為其發祥地，實行封禁制度，即禁止採伐森林、禁止農墾、禁止漁獵、禁止採礦，通稱「四禁」。因而，東北林區基本沒有開發。直到一八九五年，清廷設木植公司，山林的寂靜才被打破。史料載，「黑龍江東部，山脈縱橫，林木茂密。其中最富之處，則為大青山，青翠彌望。光緒時訂稅章，由徵收局代收，作為國家正款，其辦法由木把頭領票入山採伐，木廠運銷按照賣價而徵其稅」。出於稅源的考慮，於是，清廷開始劃分林區，組織木植公司

開始採伐。

　　大雪封山之後，木植公司通過木把頭雇用伐木工人，用大斧砍伐，木材運輸採用牛拉扒犁和河水流送的方式。光緒年間，清政府派員外郎魏震赴長白山考察林業。魏震在日記中寫道：「木稅爲奉省入款第一大宗。」好傢伙，那意思就是說，奉天省最大宗的稅收來源就是木頭。魏震是個心細的官員，他在考察時把伐木人怎麼伐木，怎麼運輸，政府在哪裡徵稅都搞清楚了。他寫道：「伐木把頭每於冬初貸款攜糧入山砍木，山雪封凍後道路溜滑如鏡，馬牛由山巔拉運而下，堆存山溝。四月間，雪消水漲，奔流自山溝而下。乃穿成木排，編成字型大小運之入江，直達安東縣大東溝，俗稱南海。南北木商在此定購，奉局在此徵稅。」魏震在日記中對臨江還特意多寫了幾筆，「據云，臨江自二道溝以上至二十二道溝，均在長白山之陽。山溝深處，叢林茂密，雖砍伐數十年不能盡，每年砍木把頭約三萬人」。可見，當時的採伐規模之大，人數之眾了。

　　然而，無論怎樣，這都是中國自己的事情。清朝末年，中東鐵路的修築，掀開了沙俄掠奪中國森林資源的歷史──此可視爲中國森林史上慘痛的一頁。

　　一八九八年八月，中東鐵路開始動工，以哈爾濱爲中心，分東、西、南部三線，由多處同時相向施工。北部幹線（滿洲里至綏芬河）和南滿支線（寬城子至旅順），全長約兩千五百公里，幹支線相連，呈「T」字形，分佈中國東北廣大地區。中東鐵路修到哪裡，哪裡的森林就遭到毀滅性的破壞。著名林學家陳嶸痛心地寫道：「沿鐵路兩側五十里內之森林，均已採伐淨盡。」

　　一個強盜尚未歇手，另一個強盜又掄起斧頭。

　　一九〇四年，日俄戰爭爆發。這場在中國國土上進行的兩個列強間的戰爭，雙方心照不宣爭奪的肥肉，竟然就是長白山鴨綠江流域的森林資源。沙俄戰敗後，日本無視中國主權，獨家控制了這一地區森林採伐權，強行沒收了中國木商存放於大東溝的原木，蠻橫掠奪了鴨綠江上的一切漂流木。

在強盜的眼裡，中國東北的森林，可謂「遙望其狀，蒼蒼鬱鬱，若黑雲橫天，際數十里，不見涯涘，近入林中，數千里古樹老樹，若巨蛇橫溪，白日猶暗，虎狼跳樑，麇鹿騰躍，菁叢深邃，幽溪潺湲，疑在太古之世」。

一九○八年九月一日，日本在安東（丹東）成立鴨綠江采木公司，進行更大規模的森林採伐。所採木材，除了在鴨綠江水上流送，還在臨江十三道溝鋪設森林鐵軌，用森林小火車運輸。

——嗚嗚！——嗚嗚嗚！

從此，東北林區就有了森林小火車噴雲吐霧的身影。

一九三一年，日寇侵佔東北後，開始以「拔大毛」的方式盜伐紅松、魚鱗松、落葉松、水曲柳、黃鳳梨、蒙古櫟等珍貴木材。無數良材美幹用森林小火車運出山外，再從安東（丹東）用輪船運往日本本土或沉於日本海域，等用時撈出。

日寇侵華時，總共從中國東北掠奪了多少木材，現在無任何資料可以查閱了，但有一個事實或許能說明一些問題。日本投降後，東北林區的森林小火車光是運輸日寇遺留下來的「困山材」（伐倒來不及運走的木材），就整整運了兩年。

森林，疲憊不堪；森林，傷痕累累。

三

早年間，森鐵牽引機車一般是自重二十八噸的蒸汽機車，最高時速達三十五公里，常速二十五公里。所謂蒸汽機車，就是以原煤做燃料，以爐火燒開的蒸汽做動力的機車。

機車內一般有正副司機各一人，司爐兩人。司機叫「大車」，副司機叫「大副」，司爐叫「小燒」。一年四季，「大車」、「大副」和「小燒」都穿著油漬麻花且烏黑發亮的衣服，俗稱「油包」。「油包」一般都是戰利品，許多都是蘇聯紅軍留下的，用的飯盒和水壺都是日本的。

林區生活並非傳說中的頓頓都是大塊肉大碗酒。同伐木人一樣，森鐵人吃的是高粱米和窩窩頭。菜呢，多半是鹹菜疙瘩和鹽豆。如果獵到一頭野豬，吃頓紅燒野豬肉，就算解饞了。當然，森鐵人也還是喜歡喝白酒的。白酒一碗疏筋血嘛。在東北林區，白酒屬於勞動保護用品。某森鐵司機出車回來，在一家小酒館喝了不少酒。半夜回家，卻找不到自家院門了，便跳木障子進院，不想，腰間皮帶被木障子掛住了，醉意襲來，那老兄便被掛在木障子上呼呼睡去。次日凌晨醒來睜眼一看，自己被小咬和蚊子叮得周身都是紅眼包，木障子底下卻醉死一層小咬和蚊子。早年間，森鐵時常發生事故，事故原因多與司機飲酒誤事不能及時瞭望有關。

往台車上裝木頭是個力氣活，體力消耗非常大。任景山告訴我，往小火車上裝木材用的是卡鉤。八八的，六六的，那時的木頭那個粗那個大呀，現在見不著了。八八的就是左邊八個人，右邊八個人才能抬起來的木頭。現在呢，現在的木頭一個人扛起來就走。那會兒的木頭都是上等的水曲柳和紅松，大部分都是軍需用材，做槍托、炮彈箱、枕木和坑木什麼的。

那時候，森鐵通信設施也很落後，每個車站值班室只有一台老式手搖電話，通到森鐵的調度室。在運行過程中，小火車上的司機與車站的聯絡方式非常原始，通過的車輛進站時，值班人員手裡舉著一個直徑八十公分左右的鐵圈，鐵圈上掛有一個很小的皮包。值班人員把調度傳來的指令寫在紙條上裝進皮包裡。紙條上的內容，諸如，在哪裡停，在哪裡會車，某某岔路往左還是往右，哪一站要加掛「摩斯嘎」，等等。「大副」站在右車門的踏板上，左手抓著扶手，右臂前伸，呼嘯間，小火車通過時，鐵圈已經套在他的右臂上了。

那個年代，能在森林小火車上工作是很風光的事情了。因為森鐵人畢竟是掙工資的，還有勞保待遇。地方上人都願意跟森鐵人攀親戚，姑娘找對象也願意找森鐵人。

中華人民共和國成立之初，東北林區上繳國家的利稅曾名列全國前三位。東北林區的木材生產是新中國的第一大產業。從抗美援朝，

到國民經濟恢復以至第一個五年計劃的實施，幾乎都是由大木頭支撐起來的。那個時期的「林老大」可不得了，打個噴嚏全社會都得當回事。林業工人馬永順十四次進京，受到毛澤東主席的接見，毛澤東和周恩來都親切地稱他為小馬。作為第一代伐木工人，馬永順曾創造了全國林區手工伐木產量最高紀錄。在當伐木工人的三十四年裡，共砍伐林木三萬六千棵。那是何等的榮耀啊！

一九五九年，「國慶十大工程」（人民大會堂、革命歷史博物館、軍事博物館、釣魚臺國賓館、農業展覽館、北京火車站、中國美術館、北京展覽館、工人體育場、民族文化宮）相繼竣工落成。全國人民歡欣鼓舞，奔相走告。著名建築設計師張開濟回憶說，人民大會堂的柱子是圓的，歷史博物館的柱子是方的，所用木料均是從東北林區調運來的。

一九七六年七月，唐山發生強烈地震。中央向小興安嶺的伊春林區下達了緊急調撥救災木材的任務，不到一個月的時間，從伊春林區發往地震災區的木材就有六十二車皮，計十萬立方米。同年，建設毛主席紀念堂所需木材也是從伊春林區調運的。光是紅松和水曲柳木材就有三萬立方米。據記載，從一九四九年至一九九八年，國家從伊春林區調運出的木材達兩萬兩千萬立方米。

這個數字，堆起來就是一座山，放倒了就是一片海。

——嗚嗚！——嗚嗚嗚！

吃苦耐勞的森林小火車，每日吭哧吭哧地跑著，不停地把採伐下來的木材運出山外，為國家建設立下了汗馬功勞。

與乘務組人員相比，地面上的巡道工也許是單調寂寞的。或許，世界上最孤獨的工種，就是森鐵的巡道工了。肩扛一把鐵錘，斜背一個工具袋，不論嚴寒酷暑，還是風雪瀰漫，他們都堅持巡道。孤獨的身影在兩根鐵軌之間，默默走著，時而掄起鐵錘，敲幾下鬆動的鐵釘。沒有人和他們說話，也沒有人與他們為伴。

森鐵是窄軌鐵路，比通常鐵路的鐵軌窄許多。鐵軌寬七百六十二毫米，每根鐵軌長十米，每公里有兩百根鐵軌，每米有三根枕木。巡

道工寂寞時，就數枕木，一、二、三、四、五、六、七……數著數著，突然有一隻狍子橫穿鐵路而過，一閃，就在森林裡消失了。數到哪兒啦？亂了，自己也不知道數到哪裡了，便哈哈一樂，重新數。一、二、三、四、五、六、七……數著數著，日頭就壓樹梢了，接著，啪嗒一聲就墜到林子裡了。

森林裡便一片火紅了。很快，又漆黑一片了。

漸漸地，巡道工的身影也被黑暗吞噬了。

四

因功能和用途不同，森林小火車分幾種，有運輸木材的台車，有森鐵人員出工時乘坐的「摩斯嘎」，還有綠皮的森鐵客車。

那時的林區，綠皮的森鐵客車是連接山裡山外的主要交通工具。

二十世紀八〇年代末，我做記者時去林區採訪，常坐綠皮森林小火車。綠皮的森鐵客車沒有臥鋪，一律是硬板座，坐起來顛顛簸簸，不是很舒服。但是，窗外的景致卻極美。濃郁凝重，無邊無際的綠，洶湧澎湃地湧過來，呼地一閃，又洶湧澎湃地湧過去了。

一九六一年，著名作家葉聖陶先生來大興安嶺林區，曾坐過森林小火車。他在《林區二日記》裡寫道：「早餐過後，我們上了小火車。小鐵路是林業管理局所修，主要為運木材，也便利工人上班下班。我們所乘坐的小火車，構造與大小與哈爾濱兒童鐵路的客車相仿，雙人座椅坐兩個人，左右四個人，中間走道挺寬舒。車開得相當慢，慢卻好，使眷戀兩旁景色的人感到心滿意足。」

森林小火車上有列車長、乘警、廣播員、檢車員、列車員。當然，最神氣的是列車長。他的腋下總是夾著兩面旗，一紅一綠。他一揮綠旗，車就開了。他一揮紅旗，車就停了。有時，車長將一個帆布袋子交給車站上的人，那是郵袋。裡面裝著山外寄來的報紙雜誌、信件、包裹。林場的人，一聽見小火車的吼聲，就往車站跑，看看有沒有自己盼望的親人的來信。

當然，列車員都是漂亮的女生，眼睛忽閃忽閃，臉白白的，手綿綿的。從身邊走過，撲鼻的雪花膏香味，真好聞呀。

　　張淑傑，四十年前的森鐵廣播員，現已退休在家，居住在伊春雙豐林區。她與我的朋友傅剛是小學同學，我知悉她有過一段森鐵經歷後，特意找到她進行了探訪。那天張淑傑穿一件青花旗袍，笑聲朗朗，風采不減當年。當我同她談起森鐵，談起當年的事情，她的眼神裡閃爍出興奮的光芒。

　　我問：「當年做森鐵廣播員一定很風光吧？」

　　張淑傑說：「嗯，當時年齡小，也就十六七歲吧，原來是林業局文藝宣傳隊的骨幹，當報幕員。後來被森鐵站選調到客運小火車上當了廣播員。」

　　我問：「小火車是蒸汽機車還是內燃機車？」

　　張淑傑說：「就是燒煤的那種蒸汽機車。車廂有三四節，有時後面掛幾個大悶罐車，裝好多貨物的那種車廂。」

　　我問：「嗯，跑哪段線路呀？」

　　張淑傑說：「始發站是雙豐（以前叫田升），一、三、五跑愛林林場，二、四、六跑保林河林場。運行區間的車站有小站、十七公里、橫太、三十一（也叫農場）、茂林、衛林、五十二、燕安、拉林、青林、曙光、愛林、保林河。保林河是最遠的站了。其實，站名都是林場的名字。乘客都是林區人或來林區探親的人。林區人都很樸實，一到網站，就像趕集似的，全是人。」

　　我問：「廣播有稿嗎？還是即興廣播？你都廣播什麼呀？」

　　張淑傑說：「有個簡單的廣播稿。主要是報站名，還有提醒旅客注意的事項。比如，各位旅客請注意：列車馬上要發車啦！請大家在自己的座位上坐好！不要把頭和手伸出車窗外面！注意安全！一到春天的防火期，就一遍一遍地廣播防火的內容。比如，旅客們，林區大事，防火第一！上山不帶火，野外不吸菸！」

　　我說：「嗯，你的聲音真有特點，難怪被選中當廣播員。」

　　張淑傑說：「森鐵客車的票價很便宜，即便如此，那個年代塊兒

八毛的能買好多東西，所以逃票是司空見慣的現象。男人逃票我認為可恥沒志氣，女人逃票就可憐了。列車長查票時，我就把我認為最可憐的逃票女人，塞進我的小廣播室藏起來。有時候，裡邊藏四五個人，大氣不敢出，唯恐被列車長發現了。」

我說：「你是同情弱者啊！」

張淑傑說：「後來她們都成了我的好朋友，經常給我捎來一些山貨，像臭李子，吃起來甜甜的，能把嘴唇染得黑黑的。還有松子、乾蘑菇、木耳什麼的。」

我問：「森林小火車停運後，你有什麼感受？」

張淑傑沉默了一會兒，說：「就像一個正常的人，一覺醒來，卻突然發現自己沒了雙腿！」

她的眼睛裡噙著淚花。

五

終於來到長白山林區樺樹小鎮。要瞭解森鐵的歷史和現狀，不能不到樺樹小鎮。這裡曾創造了森鐵當年的輝煌，這裡曾留下了一代森鐵人抹不掉的記憶。

樺樹小鎮，實際上是臨江林業局所屬的一個林場的所在地，因此地森林裡白樺樹居多而得名。白樺，本身就是一個富有詩意的樹種，具有浪漫的氣息，能帶給人無限的遐想。普希金在自己的詩中，把白樺樹比喻成俄羅斯的新娘。早年間，樺樹是臨江森鐵處所在地，房子以「木刻楞」和「泥拉哈」為主。那會兒的樺樹林子還很密，在林子裡光聽到喊聲，人就是轉不出來。林子裡有黑瞎子和狼。晚上人躺在「木刻楞」、「泥拉哈」裡睡覺，經常聽到林子裡的狼嚎，黑瞎子也常來扒門，一鬧騰就是半宿。當時的森鐵處直屬遼東省林務局，管轄著臨江境內二道溝、五道溝、三岔子、大羊岔四條森鐵線路。首任森鐵處主任是陳光庭。

後來，隨著居民的不斷增多，森鐵處有了商店，有了醫院，有了

托兒所，有了學校，有了森鐵工人俱樂部，也有了森鐵招待所。到二十世紀七〇年代，樺樹森鐵處蓋起兩層小樓，改造了森鐵工人俱樂部。俱樂部裡可以開大會，有一千多個座位呢，蠻排場的。

森鐵線路以樺樹小鎮為中心，向山裡各個林場延伸。二道溝、五道溝、大沙河、樺皮河、秃尾巴河、漫江、高麗河、黑河口、小營子、向陽、金山、酒廠、煙筒砬子，等等，都有了森鐵線。沿線有二十四個車站，森鐵處職工由最初的兩百餘人，增加到兩千餘人。至一九九〇年，臨江林區共計已有森鐵線路九百五十七公里，形成了主線、支線、側線、岔線、裝歸線全線貫通的森鐵網路。在那個年代，這可能是世界上最長的、較為完備的森鐵線路了。

那時，森鐵的枕木都是木製枕木，雖然經過油浸處理，但腐爛情況還是很嚴重，每年光是更換的枕木就達十三萬根。據記載，從一九四九年至一九九〇年的四十一年間，臨江森鐵共運輸木材一千七百多萬立方米，客運量達到十萬人次。

小鎮街道兩邊的屋簷下，長著黑漆流光的冰溜子。酒幌子懸在半空隨風搖曳，空氣裡瀰漫著腥臭的酒味。一入冬，操著各種口音的全國各地的木材採購人員或木商，雲集樺樹小鎮洽談生意。飯店、小酒館、烤串屋裡的生意火爆。「五魁首啊！」、「三星兆啊！」、「六六順啊！」嗚嗷亂叫的猜拳聲此起彼伏。常有邋遢的狗，在街邊角落舔食醉酒人製造的穢物。

樺樹小鎮，一度是長白山林區一處繁華的所在，被譽為「林區小莫斯科」。

我到樺樹小鎮的那天，天空中下著綿綿秋雨，當地的朋友送上一把傘，被我拒絕了。我說：「這可能是二〇一六年的最後一場雨了。淋淋秋雨好，這樣可以清醒。」我們來到森鐵處的老月臺，看東看西，看得十分仔細。儘管到處鏽跡斑斑，破爛不堪，濕濕漉漉；儘管一片殘局，光榮消歇，荒草連天。

窄軌鐵路上，幾節台車靜靜地淋著雨。我看完火車頭看守車，心情複雜，無以言表。雙手撫摸著看守車車尾濕涼的門把手，分明感覺

到了歲月的無情。

台車上裝著兩根粗大的原木，雨中的樹皮泛著幽幽的光。我敢說，如今，在東北森林裡再也見不到這樣粗大的樹了。恐怕，這樣的畫面已經成為絕版了。可到了近前，我隱隱感覺有點問題。這是木頭嗎？我問。當地朋友笑了，說，水泥製作的仿品，假的。我無語，心，立時悲涼了。

森林小火車，已經退出了歷史舞臺。當年的森林小火車定格在林區人的記憶中，即便能看到它的身影，要麼只剩下一堆廢鐵殘骸被遺棄在角落裡，被荒草蒿蒿覆蓋，要麼孤獨尷尬地被陳列在廣場或者公園裡，供好奇的遊客或者孩子們照相、攀爬、觀賞、憑弔。

林區人已經漸漸習慣了森鐵淡出視野的生活，日常的話題中也很少提及森鐵了。

今天，樺樹小鎮給人一種簡約散漫的印象，鎮上的人把日子過成詩了。一位在門口曬太陽的老伯跟我說：「我只管開心地活著，其他的命運自有安排。」我在小鎮上漫步，遠處是若隱若現的長白山，秋風已經潛入樺樹林，無邊的紅葉隨風晃動，紛紛揚揚，滿地都是來不及拾起的故事。

唉，昔日森鐵的故事也不能拾起了嗎？

六

興隆也許是個特例。據說，興隆的森鐵不僅沒拆，而且還要發展。興隆擁有森鐵線路近四百公里。

若干年前，我專門來到興隆探訪了森鐵。

這條窄軌鐵路，環繞小興安嶺南麓，橫跨巴彥、木蘭、通河三縣，途經二十四個網站，九個林場所，七十二個村屯，不僅在林區經濟發展建設中具有舉足輕重的作用，而且是巴、木、通三縣城鄉溝通的重要交通工具。森鐵是興隆林業經濟發展的命脈。在二十世紀七〇年代乃至九〇年代初期，僅商品材運輸每年就達三十萬立方米，自

一九五三年以來，興隆森鐵已累計運輸優質木材兩千餘萬立方米。然而，無論怎樣，隨著林區大禁伐的一聲令下，森鐵無材可運正在成為不爭的事實。

興隆林業局有見識的人並未消極，而是以變應變，很早便提出了利用森鐵開發興隆森林旅遊的構想。我問：「森鐵幹線兩邊景觀如何？」

「你看看就知道了。」說著，那位局長掏出手機，電話打到森鐵處，哇啦哇啦說了半天。末了，轉過身來對我說：「我安排了一輛森鐵專列，明天請你到深山老林裡轉轉，我們這裡到底有沒有旅遊開發價值，你看看就知道了。」

次日早晨七點半，我們登上了森鐵專列。從興隆出發到二合營林場，專列整整運行了四個小時，沿途景觀頗具北方林區特色，林海雪原，風光著實迷人。而對我來說，乘坐森林小火車進山探訪，這本身就是件極有詩意的事情。

興隆森鐵線路兩邊的旅遊資源十分豐富，如尚未開發的原始林群落，穿冰冬釣的香磨山水庫，東北虎出沒的八砬子，終年積雪的小興安嶺最高山峰平頂山……一個一個的風景區既是相對獨立的，又因森鐵線路而有機地連在了一起。

可惜，後來我聽說，由於種種原因，興隆的森鐵旅遊終究還是沒搞起來。如今，僅剩下興隆林業局至東興站一段的森鐵在運營，每天對發兩班車。我聞之，久久地沉默。

吉林的朋友尹善普知悉我在關注老號森鐵的事情，便建議我來長白山林區看看。在長白山林區，我遇到的臨江林業局局長陳志倒是信心滿滿。長期在林區工作的陳志，對森鐵懷著深厚的感情。他告訴我，風景是一種邊際文化信息，而旅遊則是尋找邊際信息的過程，森鐵則恰恰保留了這種邊際信息。大口大口噴著蒸汽白霧的森林小火車就是這種邊際信息的載體。他說，臨江林業局將要恢復一段五公里的森鐵線路開展森林旅遊。

在臨江北山公園，我看到一輛破舊的老式蒸汽機車上，正有幾個

工人在上面塗漆。相信，用不了多久，它就會噴雲吐霧地重新運行了。

在日益商業化的今天，即將消失的東西往往會越具有價值。人與人之間的情緒是不能流通的，但它可以瀰漫，引起共鳴，付諸行動便成為一種時尚。對今天的青年和中年人來說，「舊」恰恰是「新」，是未曾經歷過、感受過的全新的人生情感和視覺形象。

懷舊是一種情緒。時代的變化越大，懷舊的情感也愈快捷、愈濃烈。在東北林區，噴著蒸汽白霧，吭哧吭哧喘著粗氣的森林小火車日趨稀少了。實際上，這正昭示著輝煌的伐木時代的終結，代之的是一個全新的資源培育時代的開始。

林區的城鎮均是在開發者的腳步和伐木人的號子聲中誕生，並隨著森林小火車鐵軌的不斷延伸而發展起來的。橫道河子、興隆、鐵力、朗鄉、雙豐、樺南、綏稜、柴河、二道白河、大石頭、臨江、樺樹、鬧枝子……這些早先只有獵人和皮貨商們才知曉的名字，誰能說它們現在不是以城鎮的意義而存在呢？有人說，這些城鎮都是用森林小火車運來的。仔細想想，也不無道理呢。

我相信，那些關於森鐵的記憶，將成為林區人生命中最溫暖、最津津樂道的部分。

我離開長白山林區的那天早晨，天空飄落下頭一場雪，紛紛揚揚。空氣中瀰漫著雪野的鮮味，走在積雪覆蓋的森鐵軌道上，深一腳，淺一腳，咯吱咯吱的響聲，富有韻感。

想起一首詩：「每一場雪，都覆蓋了過去。失去希望的人可以獲得啟示和重新生活的勇氣。每一場雪，鋪展開的都是未來。」未來在哪裡？未來不在遠方，而在腳下。因為腳下即是走向未來的起點。是的，林區人追尋快樂和幸福的腳步從未停歇。

此刻，在森林的上空，在我的耳畔，彷彿迴蕩著小火車的汽笛聲。由遠及近，又由近及遠了。

——嗚嗚！——嗚嗚嗚！

22. 太行山林區筆記

　　在整個文明的進程中，人類將自己的價值等級強加給大地的自然格局——耕地、牧場和森林是按照一種逐步降低的等級來評定的。長期以來，正是這樣一種價值觀，才導致森林被牧場和一成不變的耕作系統所取代。

　　如果我們試圖理解一樣看似獨立存在的東西，那麼我們將會發現，其實，獨立的東西並不存在，一切事物都是有聯繫的。土地的利用方式決定著森林等自然生態系統的存亡。

　　種植業的發展和農牧區的擴大，必然導致森林和荒野的不斷減少。如果說戰爭、掠奪建設對森林所造成的破壞還僅是指林木的話，那麼，開墾對於森林的破壞就是毀滅性的了。因為，開墾不但毀掉了林木，更主要的是毀掉了林地。對於森林來說，失去了林地，就意味著失去了一切。

　　林地沒有了，森林自我恢復的機會也就沒有了。

　　毀林開墾最直接的原因是人口增加，人多地少了，糧食和食物匱乏。地少了怎麼辦？糧食和食物不夠怎麼辦？於是，饑餓的目光投向森林——毀林開墾。明清時期，中國人口大增，毀林開墾尤甚。有道是：「山上開一線，山下沖一片」，「開荒到頂，人窮絕頂」。歷史，就這樣陷入了越開墾越糟糕的怪圈。

　　毀林開墾帶來了嚴重的生態問題——水土流失。二十世紀末，我國水土流失面積達到三百六十萬平方公里，沙化土地面積一百七十四萬平方公里，占國土面積近兩成。這些地方大部分集中在西部，西部每年往黃河、長江流入的泥沙達二十多億噸，導致黃河和長江中下游的江河河床及湖庫不斷淤積抬高，甚至讓黃河成了「懸河」。

　　在四川採訪期間，四川省林草局巡視員王玉琳，回憶退耕還林啓

動始末時說，在她的人生記憶中，曾經歷了兩次大的長江洪澇災害。「一次是一九八一年夏季，四川暴發洪災，瞬間成都市區天府廣場的洪水淹到人的腰部，安順橋衝垮後，淹死了幾十人。另一次就是一九九八年六月中旬至八月中旬，長江發生百年罕見特大洪災，許多房屋、建築、農田、莊稼被沖毀，很多人在洪水中喪命，給沿江經濟和社會及生命財產造成了上千億元的損失。」王玉琳語調沉重地說，「目睹當時的災害現場，真是慘痛啊！」

四川是山區省份，山地占九成。

一九九九年之前，在四川山區「大字報地」（陡坡森林裡「開天窗」的耕地）、「掛坡地」（陡坡耕地）、「三跑地」（跑土、跑水、跑肥）隨處可見。「開荒開到山頂頂，種糧種到河邊邊」。王玉琳告訴我，當時，甚至七八十度陡坡地，也被開墾了。由於坡度太陡，耕作時頻頻發生耕牛用力過猛，從陡坡上摔下致死的現象。

四川的情況並非個案。全國許多山區的生態系統到了瀕臨崩潰的邊緣。恢復退化的生態系統，防止水土流失，應對氣候危機，加強糧食生產安全，保障供水和保護生物多樣性，是人類共同的責任。生態系統是人類可持續發展的基礎。地球上約有三十二億人的生活，正遭受土地退化、河水污染和生態系統瀕臨崩潰的威脅。據聯合國提供的有關資料，全球約20%的植被呈現出生產力下降的趨勢。至二〇五〇年，生態系統的問題和氣候變化，將可能使全球糧食作物減產10%，某些地區甚至可能減產50%。

地球正面臨著兩個可怕的危機——其一，氣候危機；其二，生態危機。

怎樣才能避免危機呢？其實，改善了生態，也就改善了氣候。也許，光靠技術手段無法解決氣候變化問題，何況，一個問題解決之後，另一個問題又會產生。森林是生態的主體，森林及其各種生物之間產生的關係，支撐著生態鏈。所以，最可靠的方法，就是保護和恢復森林。退耕還林是恢復森林的有效手段。退耕還林不是回到過去，而是把自然還給自然。

金錢豹

施耐庵爲何把林沖喚作豹子頭呢？因爲他是東京八十萬禁軍教頭嗎？還是另有原因？不得而知。

在太行山林區，沒法不談論豹子。

豹子頭，小而圓，耳短，耳背黑色，耳尖黃色，基部也是黃色，並有稀疏的小黑點。背部的圖案，就像古代的銅錢，故名金錢豹。

在古代，金錢豹也被喚作「程」。程就是節制、克制的意思。古詩中有「餓狼食不足，餓豹食有餘」的句子，說的就是豹子有節制、不貪食的屬性。即便在食物充足的情況下，豹子也只吃七分飽，避免自己因飽食而昏迷倦慵，從而保持舒展的體形和迅疾的奔跑速度。

金錢豹奔跑速度極快，豹尾剛勁靈活，是捕獵時的武器，也是奔跑時的轉向舵和控制器，從而平衡身體，不至於因奔跑速度太快，而導致側翻或者摔倒。

金錢豹時刻處在警覺狀態中，行蹤極具隱蔽性，慢走時腳步輕柔，腳爪像樹葉在地上摩挲。它常在交叉的路口兜圈子，布下迷陣，讓追蹤者不知它的去向。

金錢豹造型珠寶擺件，也被珠寶界所推崇。因爲金錢豹既是力量的化身，也是財富的象徵。北京朝陽區大屯附近有一地名——豹房。我從所住的社區去亞運村圖書城必經這裡的公交站牌。後來，我翻閱古書才知曉，明代時北京確有馴養豹子的場所，曰之豹房，養豹子的軍士配有「豹牌」。「豹牌」正面鑄有豹圖，背面鑄有二十七字：隨駕養豹官軍勇士，懸帶此牌。無牌者依律論罪，借者及借與者罪同。我還無意中看到古書中一幅《狩獵出行圖》——在一匹馬上的騎手身後，蹲伏著一隻警惕張望的豹子，似乎一有動靜，它就從馬上一躍而下，雷霆出擊。

畫《最後的晚餐》的達·文西對豹子的眼睛有一段描述，他說，豹子在獵食時常用自己的美來吸引獵物，而將凜冽的目光嫵媚地低垂，使對方由於喜悅而忘記被捕殺的危險。如此看來，豹皮的斑點斑

紋不光是爲了隱蔽，可能更是爲了示美。

世界上每一隻金錢豹都有自己獨特的斑點斑紋圖案，就像人的指紋各不相同一樣。

金錢豹的爬樹本領超強，欻欻欻，攀爬大樹如履平地。擒獲獵物後，便把獵物拖到樹上，卡在樹枝上，懸掛著，悠蕩悠蕩的。那棵樹就成了它的食物儲藏室。獵不到獵物的時候，就回來享用。金錢豹是生態系統穩定的標誌性動物。在一定程度上，它代表著生態的品質。

太行山是金錢豹的主要分佈區，而太行山裡的和順縣是金錢豹的核心分佈區。這裡的樹種主要有油松、落葉松、白樺樹、山桃、山杏、錦雞兒等。登臨山巔，極目遠眺，茫茫林海無邊無際。和順，風調雨順，萬事順遂之意。和順眞是個好地方，不旱不澇，不寒不熱，年平均氣溫不超過七攝氏度，無霜期一百二十天，無蚊蟲滋擾，無惡風侵害。以保護金錢豹爲主要對象的鐵橋山自然保護區，也主要在和順境內。和順雖然是貧困縣，但和順人對自然卻懷有敬畏之心，鮮有盜獵情況發生。

從生態學的角度來說，中國的廣大地域都應該有金錢豹的棲息活動，可爲何獨獨太行山的鐵橋山保護區及其和順縣的山林，成了金錢豹最理想的棲息地呢？就此問題，我曾專門向山西省林草局副局長尹福建討教。

尹福建語氣緩緩地說：「無非三個方面的原因吧。」我瞪大眼睛聽著，他望著太行山起伏的山影，繼續說道，「其一，保護區有廣袤的森林，方圓上百平方公里範圍內少有人爲活動。保護區盡職盡責，管護員巡山到位，有效清理了毀林開礦、毀林開墾現象。其二，天然林保護成效顯現，生態系統穩定，狍子、野豬、山羊、野兔等野生動物日漸增多，金錢豹食物充足。其三，很重要的一條，就是這裡幾十年來從未發生過森林火災，森林安寧，家園安全。」

是的，近些年，在保護區監測點，用紅外線相機拍攝到的金錢豹覓食照片，已經不是什麼新聞了。當然，金錢豹也常常幹出一些惹是生非的勾當。據保護區貓科動物專家樊德青說，金錢豹吃牛現象時有

發生，每年都有三十多頭小牛被金錢豹吃掉，吃人的案例倒是沒發生一起。金錢豹一般不主動傷害人，通常情況下，遠遠就避開人了。

「鐵橋山保護區裡有多少隻金錢豹？」

樊德青說：「十三隻。」

我說：「金錢豹的外形和斑點都差不多，怎麼區別呢？」

「主要通過看斑紋來識別。」原來，動物學家區別金錢豹的方法，也是識別斑紋。「我們給每隻金錢豹都編了號。九隻雄豹，四隻雌豹。豹王的特徵我們也掌握了。」

「豹王有什麼特徵？」

「它的體形較大，重量超過一百五十斤，耳朵上有撕裂的豁口。」

「好嘛！爭奪王位時的場面一定很慘烈。」

野豬

野豬的名聲不怎麼好。

這幾年，太行山區的野豬多得成災。野豬下山拱紅薯、拱玉米、拱黃豆是常有的事。起初，在太行山林區走動時，看到與森林邊緣相接的農田四周，都用紅布圍起來，我有些疑惑，便問：「用紅布把農田圍起來幹嗎？」

太行山林管局局長武玉斌告訴我：「那是防野豬危害的，野豬對紅顏色的東西敏感，輕易不敢接近。」

不過，野豬也並非一無是處。它在森林裡拱食的特性，客觀上為樹木鬆土透氣，改良了土壤，促進了樹木的生長。太行山林區有多少野豬尚無確切資料，但保護區護林員每天都有通過紅外線相機監測到的野豬活動情況。野豬的嗅覺相當好。苗圃裡剛剛播下的油松種子，在有月光的晚上生生被它一壟一壟地拱出來，咯吱咯吱，咀嚼殆盡。次日清晨，及至護林員趕來時，飽食後的三隻大野豬晃動著尾巴，帶領著四隻小野豬已經從容地消失在了山林裡。

野豬面相粗鄙，極其貪吃。野豬是一種雜食性動物，吃野果、吃樹根草根，也吃糧食，也吃蟲子。

為防野豬危害，保護區的專家們傷透了腦筋，嘗試了各種各樣的辦法，似乎都不太管用。他們還發明了一種太陽能警報器，用細線佈設在農田四周，只要野豬一觸碰，警報器就嗷嗷嗷地尖叫起來，嚇得野豬迅速逃竄。但這一辦法，也就管用二十天。野豬適應了警報器的叫聲後，照舊幹壞事。

野兔

在太行山林區，除了野豬外，另一個多得成災的動物就是野兔了，大白天就能看到它們噌噌跳躍的身影。當地朋友說，白天看到的是一隻，晚上就能見到一群。許多油松、檸條、山杏的幼樹都被兔子啃了。它們專門啃根部和根部以上的部位，經野兔啃過的幼樹就很難活了。

光是和順縣，遭野兔啃噬的幼樹就不是個小數目。

野兔一度令太行山林區人既喜且憂。喜的是，野兔多，說明生態正在恢復；憂的是，退耕還林的樹被野兔大量啃食，會導致新的生態失衡。

不僅僅是和順縣，兔災幾乎成了中國西部的共性問題。有報導說，寧夏、內蒙古、甘肅黃河兩岸及山區一帶野兔氾濫，不僅對新栽的樹苗和種的草帶來威脅，也對田裡的青苗帶來極大危害。

有專家已研製出了幾種藥劑，塗在樹根或根以上部位，用不了三天，兔子就會大批死亡。然而，這種藥劑會把其他野生動物也一同毒死的——這等於是解決了一個問題，又生出了另一個問題。再說，服毒後的野兔大批死亡，橫屍荒野，容易產生疫情。於是，又有人提出建議，應訓練一批細狗，或者引入獵隼，追捕野兔。

野兔，這個富有傳奇色彩的動物，以警覺和善於逃遁苟存於自然界，黃土高原的顏色就是它的顏色。野兔的繁殖能力是驚人的。

一八五九年，二十四隻野兔被一個農民從英格蘭帶到澳大利亞，但誰也沒有想到，這些野兔在此後竟給澳大利亞的農業帶來滅頂之災。野兔繁衍能力強，一生就是二十多隻，不到一百年的時間，這個澳洲的「客人」數量呈幾何級數增長，達到數億隻之巨。一時間，野兔的存在甚至影響了澳洲羊的生存。

某日，義大利米蘭機場展開了一項圍捕野兔的行動——原因是數量眾多的野兔咬壞了機場電纜，並在飛機跑道下面打洞，給機場的正常運營造成嚴重威脅。機場被迫於早上五點到八點關閉，十二趟航班延誤，六趟航班重新擬定起飛時間表。在為期三小時的捕獵行動中，兩百名志願者組成四公里的「人牆」，對機場內的野兔進行拉網式圍捕，並把它們安置到安全的地方。超過五十隻野兔被捕獲。據說，逃匿的野兔亦不在少數。

如今，在太行山林區新造林地裡，會看到幼樹樹幹都穿上了乳白色的「筒褲」，那是專門防止啃齧的塑膠製品，用來抵擋野兔的牙齒。我問了一下價錢，一個「筒褲」兩元左右。看來，野兔的牙齒無形中增加了造林的成本呢！尹福建說，其實，解決兔害最根本的方法，不是把野兔都殺死，而是增加生物多樣性，喬木灌木和草都長起來了，生物鏈建立起來了，豹子啊鷹啊狼啊狐狸啊也就多起來了，這樣，自然就會遏制野兔的繁殖，使其不再成災。

是呀，大自然的事情還是要靠大自然自己解決吧。

㞗

在太行山林區，識得一個字——㞗。估計很多人跟我一樣不識這個字。怎麼讀呢？誰都會查字典，就不用我說怎麼讀了吧。那天，在太行山林管局一個林場的走廊裡，牆上懸掛的一幅照片引起了我的注意——照片上的畫面是層層疊疊的古建築，給人一種鄉風渾厚、淳樸的感覺。細看照片說明，只有三個字：大㞗村。

當地朋友胡晉燾告訴我，大㞗村是建在一塊巨石山上的村莊，房

舍全是用石頭壘砌而成的。遠看，整個村莊群山環繞，圍合封閉，松柏罩頭，清泉繞村。一年四季，流水潺潺，鳥語啾啾。

村口有一棵大槐樹，樹幹三個人合抱不攏，樹齡至少五百年了。其實，汖字跟山跟水都有關係。太行山人把山上流下的水叫作汖，或曰三疊瀑布。想想看，如果這裡的生態糟糕的話，或許，現實中的汖早就消失了。近年，退耕還林改變了當地生態狀況，山美了，水旺了。當地人清楚，生態是大汖村的根本。

生態涵養了水源，也涵養了民風。

大汖村人用自己有滋有味的幸福生活，生動詮釋了綠水青山就是金山銀山的道理。隨著來村裡的遊客越來越多，大汖村聞名遐邇了。

我沒頭沒腦地問了一句：「金錢豹光顧過大汖村嗎？」

「這個──」

胡晉燾瞥了我一眼，沒有回答，卻笑了。

23. 烏鴉

一

烏鴉嶺在武當山上，嶺不高、坡不陡，樹不茂、草不稠。烏鴉呢？我站在高處向四周眺望，除了三三兩兩的遊客，未見烏鴉的影子。我來的不是時候，聽正在樹下小憩的挑夫說，待傍晚遊客下山之後，烏鴉才從四野歸來聚集嶺上，黑壓壓的，把整個山嶺都蓋住了。

在武當山，烏鴉被看作一種聖鳥，許多道教信徒歷經艱辛爬上武當山，就是為了給烏鴉拋撒一把食物。烏鴉在這裡是自由自在的，用不著擔心誰會傷害它們。烏鴉為什麼受到如此厚待呢？在山下的一個小鋪子裡，我翻看一本小書才搞清楚。原來，當年真武到武當山修行時遇妖，是烏鴉為他報禍，並叫來了救星紫元君，使真武脫險。真武修煉成神後，不忘烏鴉的報禍之恩，封了烏鴉「聖鳥」的雅號，並告誡信徒們要永世善待烏鴉。

真武是幸運的，因烏鴉幫助而性命得以保全。

烏鴉是幸運的，因真武，這個黑色的種群便越來越興旺了。

烏鴉嶺畢竟是一處可供遊人觀瞻的景致。就道教的整體情懷而言，烏鴉嶺不過是天人合一、思想物化了的存在。

道教是我國至今仍然流傳的宗教之一，與其他幾大宗教——佛教、基督教、伊斯蘭教、天主教不同的是，只有道教是我國本土孕育的宗教。道教把春秋時代的思想家老子尊奉為鼻祖，同時也把老子的著作《道德經》尊奉為道教之聖典。

其實，烏鴉即便是對真武沒有報禍之恩，武當人也不會找它們的麻煩。因為他們的教主老子早就說過：夫物芸芸，各復歸其根。歸根

曰靜，靜曰復命。復命曰常，知常曰明。不知常，妄作凶。

又曰：生而不有，為而不恃，長而不宰。

道法自然，自然就是自然法則。在這裡，人與烏鴉是皈依了道教，還是皈依了自然？

我是在一九九七年的深秋去武當山的，本是在谷城參加全國生態文學研討會的，上武當山是會議主辦單位另外一項安排。已是下午五時，就在大家轉身準備去停車場搭車下山的時候，空中卻傳來「呱呱」的叫聲。舉目向西望去，似乎有幾對黑色的翅膀從太陽裡飛出來，無疑，群鴉聚會武當山的盛況拉開了序幕。

二

在我的家鄉，把烏鴉稱作老鴰。聽老輩人說，烏鴉的肉是吃不得的，若吃了烏鴉肉，女的呢，就會滿臉生雀斑；男的呢，就會滿臉長麻子。從此我一遇見臉上有雀斑的女子和麻臉大漢，心裡就掛個問號：這妮子、這廝莫非吃過烏鴉肉？

野兔、野雞、鵪鶉之類是獵過一些的，獨獨不敢打烏鴉的主意。我隱隱覺得，那黑色的鳥與一種神秘的東西有著某種牽連。趙海田是村裡幾乎與張三炮齊名的獵手，他的槍口不放過任何鳥獸。有一年冬天，趙海田去北大壪行獵，轉了一天，毫無所獲，就在他沮喪地往家走的路上，遇到一群烏鴉。他摘下斜挎的獵槍，架在一個樹丫上勾動了扳機——「轟」一聲悶響，一隻烏鴉斃命，其餘幾隻逃之夭夭。而幾乎就在同時，趙海田「媽呀」一聲，手捂血糊糊的右眼撲倒在地——獵槍的槍管炸開了。

從此，趙海田失去了一隻眼睛。

從此，我們家鄉那一帶的獵手們再也沒有人碰過烏鴉。相反，每逢白雪封山的嚴冬時節來臨，獵手們便都要在場院裡撒一些苞米、穀粒、豆子或在高杆上掛些豬腸、豬肝等類的食物給烏鴉吃。

在那片貧瘠的土地上，烏鴉作為一種具有神秘感應能力的動物而

存在。鄉親們敬奉著它，又躲避著它。

三

《山海經》曰：湯谷上有扶木，一日方至，一日方出，皆載于烏。烏鴉與太陽同出一母，又稱「金烏」。太陽沒有翅膀便由烏鴉馱之。

既然烏鴉是馱日之鳥，就應當與凡鳥有別，所以古人索性便在烏鴉圖上給它添上一隻腳，號爲「三足烏」。

前些年，陝西華縣柳子鎮泉護村出土的新石器時期的彩陶上的烏鴉圖紋，就是「三足烏」。

凡鳥皆二足，三足者必不是鳥，那是神化了的鳥了。我真不明白，多出的一足用來幹嗎呢？是馱太陽時多一份支撐的力量，保持身體的平衡嗎？

不過，人間有一個太陽也就夠了，可烏鴉卻偏偏馱來十個太陽。

堯之時，十日並出，焦禾稼，殺草木，而民無所食……堯乃使羿上射，中其九日，日中九烏皆死，墮其羽翼。

看來，好事做過了頭，等待自己的就不一定是好事了。九烏之死，實在是悲壯的。

從此，烏鴉的聲威一蹶不振，貶斥之聲不絕於耳，用在成語中也盡是「烏合之眾」、「烏兔之族」、「烏七八糟」、「烏煙瘴氣」……

民諺：烏鴉叫，災禍到。烏鴉當頭過，無災必有禍。

民間何以對烏鴉有如此偏頗的認識呢？這可以從烏鴉的習性中得到說明，而不必歸結爲烏鴉的羽色或者叫聲。

在寫作此文之前，我曾就烏鴉的某些行爲，專門電話採訪了著名鳥類專家侯韻秋教授。侯教授學識廣博，從事鳥類研究已近二十年，她在野外調查和學術研究過程中發現，烏鴉的記憶力驚人，對曾傷害過它，或對它不夠友好的人，能過目不忘。除此，烏鴉還有強烈的復

仇意識。

侯教授說，有一次，她的同事蘇化龍爲了搞清烏鴉的生態習性，在野外投放了浸有麻醉劑的食物。烏鴉進食後麻醉劑很快就發生了作用，在那隻烏鴉未完全昏迷之前，蘇化龍把它捕住放進了籠中。那隻烏鴉狠狠地看了蘇一眼，就合上了眼睛。若干小時之後，烏鴉醒來，但不管蘇化龍投入什麼美味，它都一概拒食，眼裡充滿著怒火。

那隻烏鴉好生倔強，好生剛烈，至死也沒有吃一口蘇化龍給它的食物。

侯教授還告訴我，多年前，她在東北某林區的一個養貂場搞調查時，貂場常有烏鴉光顧，剛出生不久的幼貂屢被烏鴉叼走，防不勝防。無奈，貂場便派一名獵手持獵槍整日守衛，烏鴉嘗到了獵槍的厲害，再也不敢偷食幼貂了。然而，烏鴉並未就此作罷。當那名獵手一旦在貂場空手出現，群鴉即立時撲來，向他發起進攻。

攻擊的手段極具侮辱性——輪番從空中向獵手的頭上排泄糞便。

說到這兒，侯教授在電話裡爽朗地笑了。

烏鴉的嗅覺遠比獵犬的嗅覺靈敏，善於發現死屍和腐肉。

烏鴉是雜食性鳥類，特別嗜好吞食垃圾堆中腐臭的動物肢體，因此哪裡有了動物的屍體，哪裡就往往會有烏鴉的身影。慢慢地，烏鴉的形象就與爛屍腐肉聯繫在一起，倒因爲果，烏鴉實在有些冤枉。

其實，烏鴉也未必與不祥之事相關。民間的烏鴉報喜之說也多有流傳。

康熙年間某科鄉試，華亭董含應試後返里。一日，忽有群鴉數千隻，飛繞其居宅，曉夜屯宿，聲喳喳，驅之不去。家人咸以爲不祥，村夫輩且謂噪主凶徵之。如是者五日，及捷報至，鴉始散，人言亦息，群又言爲報喜也。

對烏鴉的認識，因地域不同，看法也不一樣。

李時珍一定是做過翔實的調查和考證的。他在《本草綱目》中寫道：「北人喜鴉惡鵲，南人喜鵲惡鴉。」

古代中國，南方以農業經濟爲主，烏鴉糟蹋莊稼的事情屢有發

生，所以南方人對烏鴉的感情是可以想像的。而北方是遊牧民族地區，烏鴉對遊牧經濟是不會造成任何危害的。相反，烏鴉啄食牲畜身上的虱蟲蚊蠅，清理草原上的爛屍腐肉，對遊牧經濟倒有極大的好處。

烏鴉就是烏鴉，萬千鳥類中的一族，種種是是非非、善惡美醜之說，都是人類強加給它的。

對於烏鴉來說，重要的不僅僅是活著，而是怎樣活得更快樂。

四

讀清史才知曉，烏鴉竟與大清王朝有著不解之緣。先講一段神話——

從前有三個仙女，大姐叫恩庫倫，二姐叫正庫倫，三姐叫佛庫倫。一天姐妹三人飄然下凡，在長白山下一個美麗、幽靜的湖泊裡沐浴，浴畢上岸時，一隻烏鴉將所銜的一顆朱果置於三女佛庫倫的衣服上。朱果鮮豔異常，佛庫倫愛不釋手，於是就把它含在口裡穿衣服，剛要穿上衣服的時候，不料朱果滾入腹中，佛庫倫即覺得自己已經懷孕，因而未能同二位姐姐一起飛上天去，不久就生了一個兒子。這個孩子生就能語，舉止奇異，相貌非凡，他就是滿族先人——愛新覺羅·布庫裡雍順。

歷經數世之後，布庫裡雍順的兒孫們過於暴虐導致部屬叛變，要殺盡他的子孫。其中有一個年幼的男孩叫樊察，脫身逃到曠野，正當樊察身後馬蹄聲聲、塵土飛揚之際，恰巧有幾隻烏鴉棲落在路旁的幼兒頭上，追兵疑為枯木，於是撥馬而回，這一故事被載入史冊。《滿洲實錄》不僅在文字上詳細記述了這段故事，而且配有《神鴉救樊察》的圖畫。清朝歷代皇帝為了不忘祖先創業之艱難，便以烏鴉為圖騰。

《滿洲實錄》還記載「群鴉路阻兀里堪」的故事，說的是：「九月內……九國兵馬會聚一處，分三路而來。太祖聞之，遣兀里堪出

探。行約百里至一山嶺，烏鴉群噪不肯前往，回時則散；再往，群鴉撲面。兀里堪遂回，備述前事。太祖曰：『從可紮喀向渾河探之。』及至，見渾河北岸，敵兵營火如星密……兀里堪回報太祖曰：『敵國大兵將至，時近五更矣！』太祖曰：『人言葉赫不日來兵，今果然也』……」

又據《武皇帝實錄》記載，滿族「俱以鴉爲祖」。據傳，清初每年二、八月間必在盛京故宮（現遼寧省瀋陽故宮）和北京故宮的空地上撒穀飼鴉，並設專人看護「聖鴉」。前人在《清稗類鈔》中曾記述過紫禁城的烏鴉：「每晨出城求食，薄暮始返，結陣如雲，不下千萬。」

然而，烏鴉可以救樊察，可以路阻兀里堪，但救不了一個腐敗沒落的王朝，更不能阻止歷史前進的腳步。

也許這件事，已摻雜進某種凶兆。《清宮二年記》記載：有一個太監，捉得一老鴉，繫鞭炮於鴉之尾，點燃放之，老鴉飛去，飛至慈禧太后宮院，藥燃爆裂，鴉遂焚身而死。

不久，恭親王代皇帝到太廟祭祀，發現烏鴉的數量大減，再也見不到當初那種結陣如雲、不下千萬的盛況了。

這位大清帝國的親王，老淚縱橫，因爲他已預感到清朝正在一步一步走向衰亡。

五

別國的烏鴉與中國的烏鴉大概沒什麼兩樣。

「東京也無非是這樣。上野的櫻花爛漫的時節，望去確也像緋紅的輕雲」。當年的魯迅在這裡留學時，也許只留意了櫻花和速成班的學生們頭頂上盤著的大辮子，而疏忽了那些呱呱亂噪的烏鴉。總之，魯迅關於東京的文字中，沒有寫到烏鴉。先生的課業太重，不必苛求了。

其實，除了櫻花之外，烏鴉也是東京的一景：大街小巷，烏鴉的

叫聲、烏鴉的影子隨處可聞，隨處可見。這些黑色的生靈，有的在垃圾堆旁覓食，有的在屋頂或電線上小憩。

烏鴉多得簡直成災，屢屢發生的「烏鴉事件」，終於令日本人恐慌了。那些黑色的翅膀光顧的地方和惹出的麻煩，當然不僅僅局限於東京。

據報導，最大的事件要數烏鴉往鐵軌上放石塊了。早在二十年前，北海道地區就曾多次發生烏鴉在鐵軌上放石塊，影響列車正常運行的怪事。半年前，橫濱附近東海道線、橫賀線等鐵路大動脈上，居然兩度因鐵軌上發現「可疑之物」而緊急停車，後經調查發現是烏鴉所為。

東京大學鳥類學教授菀口廣芳等人為了揭開烏鴉惡作劇的原因，曾對「作案」的烏鴉進行了長達一個星期的跟蹤，最終揭開了謎底。原來，在橫濱電車路段附近有一處養魚池，人們常把撕碎的麵包投入池內，而散落在池邊的麵包塊自然成了烏鴉的美食。烏鴉常把吃不了的面包藏到鐵路兩邊的基石下，以備斷糧時取用。這些麵包被水一泡，膨脹後粘在石頭上，烏鴉為食用方便，便將粘有麵包塊的石頭銜到鐵軌上面。

更玄的是，日本的烏鴉也記仇。據NHK報導，在東京，一位老人因討厭烏鴉而將烏鴉窩從樹上捅了下來。結果，憤怒的烏鴉不但記住了這位老人的長相，而且屢次襲擊他。只要這位老人一出門，埋伏在附近的烏鴉便撲向他，連連發起進攻。如此竟達一個月之久。

仙台附近的烏鴉，其聰明才智也令人吃驚。仙台地區盛產核桃，成熟落地的核桃便成了烏鴉的喜食之物。最初烏鴉是將核桃從高處拋下，摔碎再食。不知何時，仙台一所汽車教練場一帶的烏鴉「發明」了一種新辦法：將核桃放置於即將駛來的汽車車輪前，借車輪之力碾碎核桃，這個方法很快在仙台烏鴉中普及推廣。

日本的烏鴉聚居在城市裡，最大的問題是破壞環境。烏鴉為了覓食，常常將已經用塑膠袋包好的垃圾搞得一片狼藉，頗令環衛工人頭疼。為此，人們想出了許多辦法驅趕烏鴉。在北海道地區，人們發現

海鷗是烏鴉的天敵，於是便把海鷗的叫聲錄下來置於垃圾站旁以驅趕烏鴉。這個辦法起初還相當奏效，但不久烏鴉便發現其中有詐，這種方法隨之失靈。後來環保部門將收垃圾的時間由早晨七點提前到五點，部分地區還用尼龍網將垃圾罩起來，然而這些辦法要在垃圾較多的城市裡普及卻相當困難。看來，要對付天性聰明的烏鴉，日本人還需下些功夫。

無獨有偶，就在日本人為烏鴉大傷腦筋的時候，俄羅斯的鳥類專家們正在實施一項「驅鳥行動」。

克里姆林宮金色屋頂上整日盤旋、呱呱亂叫的烏鴉群，著實令俄羅斯總統頭痛不已，越來越多的莫斯科市民，對烏鴉的噪音和糞便污染也頗有微詞。《莫斯科時報》上接連發表文章，認為烏鴉的爪子破壞了克里姆林宮那些古建築的屋頂。

於是，根據鳥類學家的建議，莫斯科市政府作出決定：用放飛獵鷹和播放錄有模仿烏鴉痛苦掙扎聲音的磁帶驅趕烏鴉。

俄羅斯鳥類協會主席瓦勒里·伊利切夫說，採取「獵鷹－磁帶」行動後，這些烏鴉顯然處於驚恐狀態，不敢再落在克里姆林宮屋頂了。

伊利切夫說，莫斯科的烏鴉數量已有些失控，這個有八百多萬人口的都市，至少棲息著一百多萬隻烏鴉。

這次「驅鳥行動」的勝利會不會持久可能還是個問題，因為百萬之眾的烏鴉群是不會輕易消失的。

六

除了變化之外，世界上沒有任何事是永恆不變的。老子曰：「反者，道之動也。」

人與動物的關係如何，取決於人類用什麼樣的倫理準則對待動物。

寬容是一種美德，然而，超過某個限度之後，寬容便不再是美

德。

七

烏鴉之美，美在色彩。

古代先民崇尚黑色。擲骰子這種遊戲就是一個證明。擲骰子首先源於占卜，進而遊戲，最後才是賭博。「呼梟喝盧」就是一種尚黑心理，梟就不必說了，盧即是黑色。擲骰子出現了梟或者盧便是吉祥或勝利之彩了。

至今，我國的彝族、哈尼族、拉祜族、納西族的服飾文化中，仍然崇尚黑色。

起初，烏鴉與太陽是同樣的色彩，後來烏鴉的羽色為何變成了黑色呢？

相傳，遠古時大地有過一場洪荒之災。洪災之前，烏鴉向人間告知了這個不幸的消息，人們便躲避起來，未能滅絕。然而，洪荒卻奪走了人間的火種。沒有火，人類怎樣生活？人類請烏鴉幫忙到天神那裡取火。天神不願將火種傳播給人類，便派左右痛打烏鴉，烏鴉無處可躲，就鑽到鍋底下，所以染得一身黑色。烏鴉的行為感動了天神的女兒，她便偷偷把擊石起火的秘密告訴了烏鴉。

烏鴉飛回到人間，人類又重新有了火種。

看來，烏鴉是做了不少善事的。

烏鴉還是一種崇尚孝道之鳥。此種文字在古籍史料中多有所見。《說文》曰：「烏，孝鳥也。」《小爾雅》：「純黑而反哺者，謂之烏。」李密在《陳情表》中把侍養長親的情懷叫作「烏烏私情」。《後周書》載：「宗凜為廣晉縣令，遭母憂去職，哭嘔血，兩旬之內，絕而復蘇者三。每旦有群烏數千集於廬舍，候哭而來，哭止而去。」

真乃人鳥相通，孝情交感，悲悲切切。

侯韻秋教授說：「迄今為止，烏鴉是唯一有史料記載的具有反哺

行為的鳥類，目前尚未發現其他鳥類有這種行為。儘管烏鴉的反哺原因還不甚明瞭，有待從更多的方面加以考證和研究，但可以肯定的是，其倫理意義要比生態意義大得多。」

在一定意義上，說烏鴉是富有仁愛之心、忠孝之心的鳥，總不為過吧。

然而，烏鴉就是烏鴉，叫起來呱呱呱，音調不怎麼動聽，舉止也不怎麼高雅，它就是一種實實在在的鳥，而鳳凰呢，則是一個根本不存在的虛擬動物了。

古代文獻中，文人們對鳳凰有十分誇張的描述：鴻前麟後──龍紋龜身──飲食自然，自歌自舞。同這種莫須有的東西相比，烏鴉的地位要低賤、卑微得多。如「鳳棲梧桐」、「鴉噪枯枝」，從這兩個詞語中便可見兩者在人們心中的地位。

隨著鳳凰這個虛構的東西在古代文化中的出現，烏鴉的形象不僅不能保持原有的美感，反而漸漸失色了。而鳳凰卻在文人們的筆下多姿多彩，其神性和靈性甚至被抽象到了美的極致。其典雅、其遠奧、其精幻、其壯麗，無與倫比。

而烏鴉雖然做了那麼多的善事，但烏鴉還是烏鴉。這實在是太不公平了。在這裡，我要為烏鴉說句公道話。

烏鴉之不幸在於它走近了人類。由於相距太近，也就熟視無睹了。它的羽色、它的叫聲、它的體態，人們太熟悉了。

誰見過鳳凰？也許，越是虛無的東西，越容易得到推崇。

據說，烏鴉的兩隻眼睛，一只能看見光明，一只能看見黑暗。若真是這樣的話，我想，人間的黑暗，人間的虛假，一定早被它看穿了吧。

天文學家說，最近幾年，太陽黑子逐漸增多，且活動頻繁，有群聚的趨勢。

那黑子極像烏鴉。難道烏鴉看穿了人世間的一切後，便飛到太陽裡去了嗎？

24. 猛禽

或許，猛禽的某些品格，正是人類自身所缺少的。

我們這個時代，多一點威猛和剛烈的東西，沒有什麼壞處。別讓理智毀滅了激情。

有的時候，有的場合，人還不如鳥。

一

正是北方的深秋季節。

一個黑點在高高的空中滑動。漸漸地，那黑點由模糊到清晰，由一個逗號變成了一朵雲。對於鳥們或者兔子來說，那朵雲便是恐怖的信號——鷹來啦！

誰家的雞也意識到了危險，拼命奔逃著，一頭紮進了附近的穀垛裡。直到危險消除，才敢小心謹慎地露出頭來。

鷹實在是太厲害了，它那雙大大的向前直視的眼睛和嚇人的鉤嘴，是它常常捕獵成功的秘密所在。鷹眼極其銳利，清晰度是人眼的八倍，所以即便在高空飛翔，地面上的一切也會盡收眼底。而那鉤嘴則只是在撕食獵物時發揮作用。

爪子是鷹捕獵時的重要工具。在湖面的上空，鷹如果發現水裡的魚，它便立刻俯衝下去，用它那副長爪把魚從水中提起抓走。

在故鄉的山谷裡、湖岸邊，我常常意外地拾到一些鷹剩，那些鷹剩有的是被鷹挖去眼睛的野兔，有的是肉被吃得光光的野雞骨架子，或是被掏空內臟的又肥又大的草魚。

鄉下的日子是拮据而清苦的，每有鷹剩提回家去，總是件令全家

人高興的事情。若是野兔，母親就用開水將毛褪得乾乾淨淨，然後用菜刀連肉帶骨頭一起剁成末子，再加進大量雪裡蕻鹹菜，入鍋鈔熟，盛到壇子裡，足夠我們吃一冬天的了。若是草魚呢，母親就用刀背把魚骨搗爛，然後入鍋用文火慢慢地熬，約小半天的時間，出鍋冷卻，水晶一樣的魚凍就算熬成了。

爹最愛吃媽熬的鷹剩魚凍，他說那是下酒的上等美味，於是就喚我去村東頭孫寡婦的小賣部打酒。有一次，我看見孫寡婦趁人不注意，往酒罈裡兌了一瓢涼水。我明明看見了，卻沒有給她說破。

我把酒提回家，說：「這酒裡可能有水。」爹說：「是嗎？我看看。」爹往碗裡倒了一些酒，然後用劃燃的火柴往酒裡一點，酒噗的一聲就燃出藍色的火苗，而碗邊卻滋滋地響個不停。

爹說：「不礙事，還是酒比水多。」

爹把媽端上來的魚凍用筷子夾給我一塊：「吃！噢！」我把魚凍含在嘴裡，不忍咀嚼，為的是能讓那美味在嘴裡多停留些時間。

在那困苦的歲月裡，因之鷹剩，我們的生活也多了一些盼頭。放學回家幫大人們忙完一天的農活，我就坐在山坡的高處，兩眼直盯住空中的蒼鷹，一見它向什麼地方俯衝，就提著籃子拼命向那裡狂奔，跑到跟前，把鷹趕走拾起鷹剩，然後用籃子罩住腦袋就往家跑。

爹說，鷹攻擊人時總是先抓眼睛。我怕鷹反撲搶它的食物，就想出這個辦法保護自己。爹看到我這個樣子哈哈大笑：「小子，有種！」

二

鷹擒兔的場面極其驚心動魄。那是個響晴的天，我正在山崖上尋找三天未歸的山羊，卻見一片雲影在眼前滑來滑去。抬頭一看，是隻覓食的鷹。頃刻，那隻鷹興奮得哇哇直叫，原來它發現了山崖下牧場上的一隻野兔。這時野兔也發現了空中的鷹，嚇得大耳直豎，兔子飛腿打個墊步，縱身就跑。

鷹哪裡肯放過就要到嘴的獵物？善然一聲，俯衝下來，撲哧一翅，就把兔子打個趔趄。兔子翻滾著爬起來，又拼命奔逃，鷹再次俯衝，咬住兔子的頭部，又是一翅，接連幾下就把兔子扇得暈頭轉向。鷹看時機已到，流星奔月般撲向兔子，一爪抓住兔子的後背，鋒利如鋼的爪子深深扣進兔子的皮肉。兔子略一扭頭，鷹便伸出鐵鉤似的嘴，啄瞎了兔子的雙眼，兔子哀鳴數聲，四腿亂蹬……

生命的目標是食物，吃或者被吃——這就是大自然的法則。

我被眼前的一切驚呆了，哪裡還顧得上拾鷹剩。

鷹雖驍勇，但遇上狡兔，鹿死誰手就很難說了。久經沙場的狡兔，面對驕橫的鷹常常表現得鎮定自若，在鷹撲來的一剎那，它就勢一滾，腹部朝天，四腿收縮，然後後腿猛力一蹬，就能把鷹的嗉子蹬裂。嗉子是鷹的食囊，鷹受到致命的一擊，疼痛難忍，慘叫一聲，帶著一股疾風，鑽上雲天，少頃，一個倒栽蔥——「噗」的一聲便摔死在地上。

兔子蹬鷹的故事不知被老輩子人講述多少遍了，不過，若是赤手空拳的人被猛禽啄住身體的某個部位該怎麼辦呢？若干年前，我曾讀過奧地利作家卡夫卡專門寫的一段有關猛禽的文字，原文找不到了，但大意我還記得——

一隻猛禽啄住了卡夫卡的雙腳，鞋子和襪子都被那隻猛禽啄破了。一位獵人從這裡經過，說：「你為什麼不把它趕走？」卡夫卡說：「這猛禽力氣太大，我趕不走它。」獵人說：「這好辦，只要一槍就能把它結果。」卡夫卡說：「求你幫幫忙。」獵人說：「我回家取槍，你再堅持一會兒。」等了半晌獵人也沒有來，情急之時，卡夫卡的腳上噴出一股鮮血把那隻猛禽嗆死了。

起初，我並沒有讀懂那段文字，後來終於弄明白了——鮮血是卡夫卡最後的武器，這是生命的強光中不可摧毀的東西。

再說鷹剩。

那次，我到山谷中拾鷹剩，結果鷹剩沒有拾到，倒是拾回一隻鷹。那鷹的雙翅折斷了，嗉子也被挑開了，渾身是血跡和泥巴。可

見，鷹一定是遇見了勁敵，經歷了一番鏖戰，不然就是另外一種結果了。

《龜兔賽跑》是大家熟悉的童話，可是，在生物圈的鏈條上，很難想像鷹與龜之間有什麼聯繫。一位湖南朋友卻告訴我，鷹與龜鬥法，十有八九被降服者是鷹。在湘南的大山深處，有一種白龜，個頭僅有五百克左右，殼硬如鐵，尾堅如鋸，一遇上危險情況，就把頭縮入殼內，一動不動。當鷹在山谷中飛翔覓食時，白龜即放出奇特的腥臊氣味，鷹一聞到這種氣味，便興奮不已，於是一頭沖下來，用利嘴向龜亂啄。當它啄到龜頭處，龜即用利嘴迅速鉗住鷹的堅喙，任憑鷹怎樣掙扎也抽不出來，無奈，只好帶著烏龜一起飛向天空。在空中，鷹邊飛邊甩，而龜則彎轉堅利的長尾向鷹腹猛刺，鷹受傷後越飛越低，最後，跌落地上。這時，龜便用長鋸尾把鷹的頭頸鋸斷，再把翅和腳爪鋸下，然後一塊一塊地吞進肚子裡。

鷹肉是龜的美味。而爹說：「鷹肉是不能吃的。」爹把我拾回的那隻鷹扔到柴火垛上說：「老鼠、蛇、蚯蚓，還有死人都是鷹的食物，誰知道這隻鷹吃沒吃過死人？」

「吃死人？」我的喉管裡像是有一隻蒼蠅在那兒蠕動，胃裡的東西直向上拱，終於還是沒有吐出來。

「走，把它埋掉。」爹拎著那隻鷹扛著鐵鍬頭裡走，我怯怯地跟在後面，腦子裡盡是些可怕的想法。從此，我再也不去山谷裡或湖岸邊拾鷹剩了。

次年春天，埋鷹的地方長出兩株挺拔的向日葵。遠遠望去，墨綠墨綠的葉子就像鷹的翅膀。

三

不拾鷹剩了，但「老鷹捉小雞」的遊戲還是常玩的。據說，這種遊戲是滿族兒童模擬老鷹捕捉小雞的各種動作編排的。

前些年，我回東北老家探親，見這種古老的遊戲仍在民間流傳。

場院裡一大群孩子在孩子頭的吆喝之下列成一隊，後者扯著前者的衣邊，排頭的扮成「大雞」，其餘的都扮成「小雞」。隊外那孩子頭扮成「老鷹」。遊戲開始，「老鷹」抖動雙臂，作振翅狀，然後「小雞」與「老鷹」相互問答。

小雞：大哥大哥你幹啥呀？

老鷹：找貓呢。

小雞：找貓幹啥呀？

老鷹：貓把鍋臺後的豬腿叼走啦！貓呢？

小雞：貓上樹啦！

老鷹：樹呢？

小雞：樹叫火燒了。

老鷹：火呢？

小雞：火叫水潑啦！

老鷹：水呢？

小雞：水叫牛喝了。

老鷹：牛呢？

小雞：牛上天啦！

老鷹：天呢？

小雞：天塌啦！

老鷹：好啊，那就抓你吧！

說到這兒，「老鷹」開始抓「小雞」，「大雞」便張臂阻攔保護「小雞」，「小雞」隨之躲閃，而狡猾的「老鷹」總是能尋找機會穿過阻攔的防線，抓住隊尾的「小雞」，捉住後作吃狀，然後再抓，如此這般，直至抓完吃到「大雞」為止。

這雖然是個遊戲，但從另一個側面反映出滿族文化中鷹崇拜的影子。

看著孩子們遊戲玩耍，我彷彿又回到天真爛漫的童年，終於也張

開雙臂加入孩子們的隊伍中去……

一方水土一方人。鷹的許多品質已融入北方民族的性格中——勇敢、強悍、剛烈、進擊、向上……對我們的孩子從小就培養這種品質，無疑具有積極的意義。

或許，現代社會的孩子們缺少的正是這些可貴的東西。

四

鷹是威猛的，而人所具有的不單單是威猛。

「八月松花凍，家家打角鷹。山邊張密網，樹底繫長繩」。「打鷹」即是捕鷹。每年八月開始，至十二月，是北方滿族人捕鷹的季節。我們村裡的張三炮不但槍打得準，捕鷹也是一把好手。他在距鷹經常棲息的大樹五六米的地方，掘一土坑，人潛伏在裡面。當月朗星稀之夜，樹上的鷹昏昏欲睡時，張三炮便將點燃的一支老旱煙，深深吸一口，抖動一下，鷹見火光，駭然驚醒，環眼暴睜，張三炮已將煙頭掴在手裡。鷹見沒有什麼動靜，就又進入夢鄉，未及睡熟，張三炮又抖動一下煙頭，鷹復驚醒，不能入睡。如此這般，把鷹攪擾得整夜不得安寧，萬分惱怒。

張三炮見東方天際已露出魚肚白，便把腿上繫著繩子的公雞撒將出去。怒火滿腔的鷹誤以為這一夜的好夢未能做成，都是這隻公雞攪擾的。它雙翅一抖，唰的一聲向雞撲去，哪知這一撲正中了張三炮的計——他早在那兒佈設了一張絲網。

當然，張三炮捕鷹並非為了食鷹肉，而是通過一系列過程把它馴化成獵鷹。大雪封山的日子，張三炮只要揮揮手，獵鷹就把下酒的野味頃刻間搞來了。

獵鷹又是飛機的衛士。機場跑道附近總是有許多飛鳥，它們對飛機的起降構成了嚴重威脅，因為它們很容易被飛機的發動機吸進去。早在一百多年前，人類就開始馴化獵鷹解決這個難題。獵鷹的攻擊性和威懾力量足以使其他鳥類遠離機場。

鷹能幹的事情可真不少。

五

鷹中之王當屬海東青。

《柳邊紀略》載：「海東青者，鷹品之最貴者也，純白爲上，白而雜他毛者次之，灰色者又次之。」

《三朝北盟會編》曰：「海東青者，出五國。五國之東接大海，自海東而來者謂之海東青。」這裡的五國，實際上就是俄羅斯遠東地區的哈巴羅夫斯克一帶。海東青雖然身小，但俊健，生性十分兇猛。《幽明錄》中記載著這樣一個神奇動聽的故事——

楚文王少時雅好田獵，盡收天下快狗名鷹。一日，有人獻海東青一隻。頃刻，雲際有一物，凝翔飄搖，呈現白色。海東青見之，即刻振翅高飛，直上雲霄。須臾，羽落如雪，血落如雨，一大鳥墮地。鳥翅展開達數十里，喙邊有黃。經博物君子辨認，爲大鵬之雛。

這個故事的本意說的並不是雛鵬之大，而是以反襯的手法讚美海東青搏擊長空的神功。

金代女眞貴族也視海東青爲珍貴之物，凡是流放到東北邊遠地區的犯人，誰能捕獵海東青不僅可以贖罪，還能獲得重金。清廷在寧古塔設鷹把式十八人專事捕鷹活動，所獵之鷹一律呈進朝廷。

《大清會典事例》記載，順治十八年（1661）議准，凡鷹戶投充新丁，有交海東青者，每架可折銀三十兩，另賞銀十兩，毛青布二十匹。而交普通鷹者，一等鷹每架折銀十五兩，二等鷹十兩，三等鷹五兩，四等鷹一兩。

遼東、黑龍江一帶是呈進海東青的主要產區，其他地方鷹戶捕海東青，皇帝也諭令照例賞賜。

每當秋高氣爽、禽獸肥美之時，康熙皇帝總要到木蘭行圍射獵。

在上萬人的狩獵隊伍中，鷹手們挽弓架鷹，威風凜凜，場面極爲壯觀。「歐呵呵——」八旗官兵齊聲吶喊，康熙皇帝引弓射獵，鷹隼

出去必有所擒。

康熙皇帝很有一手，實際上他是借圍獵來搞聲勢浩大的軍事演習。這樣，既可以震懾邊關的外敵，又可在體魄上和精神上強健大清帝國的八旗官兵。

然而，若干年後，木蘭圍場鮮見那種萬人圍獵的壯觀場面。荒草淒迷，月落鳥啼，康熙的子孫們漸漸冷落了威猛的海東青和那些強悍的鷹。因為，此時他們已被一種叫罌粟的東西整日弄得有氣無力，病懨懨了。

六

沙漠裡不長罌粟，沙漠裡有駱駝和石油。

不知從什麼時候起，世界各地的猛禽都在向中東的沙漠地區彙集。不是它們自己飛去的，而是被走私者用皮囊和背袋偷運到那裡的。

一九九四年十月至十二月間，北京機場海關就先後截獲八批九十二隻海東青。我去新疆採訪瞭解到，在南疆的一些旅館裡，幾乎有一半的旅客是巴基斯坦人。他們長住這裡，專幹一些非法收購鷹隼的勾當。當地不法分子同境外的走私者秘密勾結，捕獵走私活動達到相當猖獗的程度。

哈薩克也是鷹隼的重要產地，俄羅斯的黑手黨早在幾年前就盯上了那裡的猛禽。他們採用暴力手段，將哈薩克一個保護區的四百餘隻猛禽，一夜之間掠走一空。

中東地區擁有全世界最大的猛禽消費市場，僅在卡達從事鷹隼馴養和狩獵的人就不下五萬人。

週末或假日，卡達人去沙漠裡獵鷹成為一種時尚。石油巨豪們為了弄到一隻好的鷹隼是絕不吝惜金錢的，一旦到手的鷹隼精神不振、身體不爽，他們會放下手頭一切要緊的事情，包專機去海灣國家最好的醫院給那些寶貝醫治。

猛禽，幸耶？悲耶？

城市在一天一天地膨脹，鄉村在一步一步地向山野退去。擁擠的高樓把天空切割成碎片，柏油路上的嘈雜和喧嘩趕走了淳樸和寧靜。

「鷹來啦！鷹來啦！」

這樣的喊聲還能驚動那些屏弱的生命嗎？那天，我在京郊的荒野中徜徉，多麼祈盼能有那熟悉的翅膀滑進我的視野。

猛禽，你帶著搏擊長空的猛志潛隱山林了嗎？

一個聲音說——我不知道！我不知道！

25. 貢貂

一

皮裘之首，貂皮也。貂的不幸在於其皮毛的名貴。正應了一位詩人曾說過的一句話：美，從來都是面臨著災難。

貂皮色澤華美，柔軟輕暖，拂面如焰。

《長白匯徵錄》載：貂皮最能禦寒，遇風更暖，著雪即消，入水不濡。

沒有什麼裘皮能夠比貂皮更富貴氣十足了。貂皮的雍容和美麗，貂皮的實用和氣派，帶著嘲笑向那些所謂的高品味的追求眨著眼睛。

凡是流行的，都是短暫的，而貂皮卻以其永久的魅力而高居時代的頂峰，占盡風光，獨領風騷。面對貂皮，服裝設計師們不得不重新認識關於皮草和時裝的概念。擁有一件貂皮大衣是多少女人的夢，然而，當大街上穿貂皮大衣的女郎越來越多的時候，山林裡的貂就一日比一日減少了。

我這裡所說的貂當然是紫貂。《國家重點保護野生動物圖譜》中是這樣描述紫貂的：紫貂體軀細長，四肢短健如中型家貓，鼻面部尖，耳大，尾毛蓬鬆，四肢短，足五趾。體色棕褐色，稍摻有白色針毛，喉、胸略橙黃色。

紫貂生活在氣候寒冷、針葉林豐盛的亞寒帶針葉林和針闊混交林中，築窩於石堆或樹洞中。善於攀緣爬樹，行動敏捷，夜間活動為主。以齧齒動物、鳥類、松子、野果及蜂蜜為食，三歲可性成熟。國內分佈於黑龍江、吉林、遼寧的桓仁縣及新疆的阿爾泰山。

東北林業大學教授、紫貂專家徐利告訴我，紫貂是一種晝伏夜出

管涔山褐馬雞

沉默的山

的小動物，性膽小，人們很少能見到它們。

紫貂是森林隱士嗎？除了覓食以外，它的大部分時間都是深藏在樹洞裡或穴窩中，紫貂有自己的生活方式。

雖然紫貂生性膽小，但從不懼怕嚴寒和風雪。

東北三件寶：人參、貂皮、烏拉草。當然這是指從前的東北，如今，人參已稱不上什麼寶了，在小興安嶺、長白山隨便開墾一塊荒地，播下種子就能長出人參，就像種胡蘿蔔那樣容易。至於烏拉草，看看還有沒有人穿烏拉就知道它的命運如何了。

唯有貂皮依然名貴天下。

二

貂皮是東北地區向清王朝繳納的主要貢品。

貢道曲折而漫長，一頭連著風雪瀰漫的山林，一頭連著紅牆金瓦的紫禁城。

《黑龍江述略》載：「黑龍江土貢，以貂皮為重……五月納貂之期，各部大會於齊齊哈爾城。卓帳荒郊，皮張山積。」

早年間，齊齊哈爾又名卜魁，每年冰雪消融之前，捕貂人便走出森林，或馬馱或肩負或車載，將一個冬天的收穫運往這裡。卜魁城中商號店鋪林立，商賈雲集，貂皮帶來的商貿活動空前活躍。賭場、妓院也因貂皮貿易興盛起來。

貂皮在這裡晾乾分成等級，集中打包，結捆，然後用馬車成批成批運往京城。

上大學時，每年的寒暑假我都要從齊齊哈爾中轉火車，儘管車站工作人員那些糟糕透頂的舉止令我膽戰心寒，但多少年來，我從沒有意識到這座城市的性格和血脈，曾與貂皮有關。

貂皮還是滿族獵人與外界進行交易的主要產品。《柳邊紀略‧卷三》記載：「康熙初，易一鐵鍋，必隨鍋大小布貂於內，滿乃已。今且以一貂易兩鍋矣。易一馬必出數十貂，今不過十貂而已。」

在林區，貂皮幾乎成了滿族人對外交易的貨幣。日子過得是否豐實，看看其家擁有的貂皮就清楚了。

貂皮真是個好東西。

「秋挖棒槌冬打貂」，冬季貂的皮毛豐厚，而且雪季便於追蹤，所以冬季是獵貂的最好季節。氣候愈寒，貂毛色愈純，毛質愈佳。每年天寒雪降，河水結冰之後，獵民們駕著扒犁，裝載著帳篷及食物用品，攜帶獵犬入山林中捕貂，一直到十二月或第二年春天才能歸來。

捕獵活動是充滿危險的，這種危險不是來自貂，而是來自那些更大的猛獸和山林中的種種意外。

在長期的狩獵中，滿族人創造了獨特的捕貂文化。捕貂人把獵取的對象加以神化，貂神是它們捕貂活動的主宰。因此，在獵貂的前後，要舉行祭貂神和謝貂神的儀式。「貂達」（獵貂人的首領）充當薩滿，主持祭祀。薩滿祭祀貂神時，不繫腰鈴、不擊鼓、不拿貂套子，因貂神膽小，以免驚動，只以酒灑地，然後升香，供奉於貂神位前。升香時要看香煙的指向，如香煙飄往東面，則意味著東方有貂，可向東行狩獵；若香煙飄向南面，則是指示南方有貂，可南行狩獵。

捕貂不需要勇武，只需要計謀和智慧。清人方登峰的《打貂歌》寫道：

打貂須打生，
用網不用箭，
用箭傷皮毛，
用網繩如線，
犬逐貂，
貂上樹，
打貂人立樹邊。
搖樹莫驚貂，
貂落可生捕。

歸納起來，大致有四種捕貂方法。一曰悶穴。在寒冷的嚴冬，森林中每夜多降雪。貂晝眠夜出，挨搜洞竅中捕鼠，天明即伏樹竅之內。捕者於清晨負一背夔，內插板斧，外帶火具、硫磺線、風扇等物，於雪中踏驗夜間貂蹤。若是驗明有入跡而無出跡者，先以樹枝塞竅口，恐其出竄，再用爛木屑為火具，取硫磺線燃掩，使貂悶斃其中，然後以斧伐木取出。這種方法顯然是最殘忍的。

　　二曰網捕。《柳編紀略・卷三》記載網捕之法：「貂鼠……大抵穴松林中，或土穴，或樹孔。捕者以網布穴口，而煙熏之。貂出避，輒入網中。」同悶穴相比，此法還算人道。

　　三曰犬齧。以犬齧通常有兩種形式。一種是與熏穴相配合。熏貂穴時使犬守穴口，待貂竄出洞外時捕而齧之。另一種是使犬嗅其蹤，覓其穴，伺其出而齧之。《龍沙紀略》記載：「捕貂以犬，非犬則不得貂……犬前驅，停嗅深草間，即貂穴也。伏伺擒之。或驚竄樹末，則人、犬皆息以待其下。惜其毛，不傷以齒，貂亦不復跂動。搖落，入囊中。」

　　捕貂，生擒者，必是高手。

　　四曰碓捕。其法是將鐵條或木板製成的夾子、排子、關子和閻王碓等，安上機關，拴上誘餌，放在貂經常出沒的通路上。貂誤食誘餌，觸動機關，即會被捕獲。放碓一般是在寒露至霜降期間。此時，貂為捕捉灰鼠多在樹木上穿行，置碓於倒木，獲貂最多。不過大雪之後，貂便不登倒木覓食了，碓亦因冰凍凝滯不靈，獵人也就起碓改用他法了。

　　貂之精華在其皮毛。所以，出色的獵人捕貂時，從不用獵槍和弓箭。

　　貂極不易獵取，《盛京通志》載：捕貂者，秋去春始還，往往空手歸。

　　每一次出獵，都是一場人與自然的較量。每一張貂皮的背後，都有一段心酸的故事。

　　愈是珍貴的東西，愈是難以得到的；愈是難以得到的東西，愈是

彌足珍貴。

三

《清實錄》中有這樣的記載：

崇德二年四月，黑龍江索倫部落，博穆博果爾率八人來朝，貢貂
皮。

天聰八年十月，索倫部……巴爾達齊……等，率三十五人來朝貢
貂皮。

天聰九年四月，黑龍江索倫部頭目巴爾達齊，率二十二人來朝貢
貂皮等物。

貂就是貂，而一旦成為貢貂，那就是一種政治態度了。

博穆博果爾是黑龍江中游索倫庫爾喀部落的首領，以其文功武略
促使黑龍江上游索倫各部落形成統一的部落聯盟。

滿族各部統一後，成為東北最強大的勢力。為了同明朝爭奪天
下，清朝首先穩固後方，便大舉征討黑龍江流域索倫各部，使其歸附
並向朝廷貢貂。

然而，歸附也好，臣服也罷，這只是一種形式，畢竟山高皇帝
遠。博穆博果爾的索倫部落日益強大起來，「江南北各城屯俱附
之」。

清太宗聞之不悅，慮其勢盛不可制。

機會終於來了。

1637年十一月，博穆博果爾率噶凌阿索倫部落首領再次來朝貢奉
貂皮，同月，另一個索倫部落的首領巴爾達齊的弟弟薩哈連等五十一
人也來朝貢貂皮。

清廷使了一個小小的手腕，便給兩個部落之間播下了不和的種
子。

清廷對這兩批同是索倫、來自不同部落的朝貢使者，採取明顯的厚此薄彼的態度。

清廷先後三次賜給薩哈連等人蟒衣、鞋、帽、布匹等物，並多次宴請，留清都觀玩三月餘。而對博穆博果爾等人僅賜物一次，便不再理會。

一方面是盛情款待，一方面是冷冷落落，這不能不引起博穆博果爾對巴爾達齊、薩哈連的忌恨。從此博穆博果爾同巴爾達齊之間產生隔閡，並不斷加劇，後來發展成兩個敵對的部落。

而清廷卻利用這兩個部落之間的矛盾，從容地控制索倫部落乃至整個黑龍江流域。然而，當忌恨轉化成憤恨的時候，貢貂的漫漫長路上，便不再有博穆博果爾的身影。一六三八年，博穆博果爾憤然脫離清朝的統治。

背叛朝廷，那還了得？正要給你一點顏色看看，卻苦於師出無名，這回有了。清朝出師征討，用了不到兩年的時間，博穆博果爾及其部落便被剿滅。

貢貂竟與政治聯結得這樣緊密，此乃幸耶？悲耶？

四

不單單是索倫部落，當時被大清帝國武力征服的赫哲人，及在黑龍江下游、烏蘇里江一帶和庫頁島的費雅喀人和阿伊努人，每年都要向清政府貢貂，以示臣服。

赫哲族是頗有個性的民族，除了滿族之外，就是他們與貂事活動聯繫得最緊密了。

我是在郭頌唱的《烏蘇里船歌》中認識赫哲人的。一聽到這首歌，就把他們與冰雪、大麻哈魚、魚皮褲聯繫到一起。再後來讀一本寫因紐特人漁獵生活的書，掀過幾頁之後，視野裡一片冰雪世界，弄不清楚赫哲人該是什麼樣子，因紐特人又該是什麼樣子。

我對那種在特殊地域裡生存的民族，總是懷有極大的興趣。我曾

給一位在烏蘇里江下游的一個農場當宣傳部部長的朋友寫信，請他拍幾張能夠眞正反映赫哲人生活的照片，寄來讓我看看。

個把月餘，那老兄把照片寄來了。畫面是：一位西裝革履的青年，手裡拿著漁網，網裡有一條魚隱隱露出尾巴，而那位青年背後便是靜靜流淌著的烏蘇里江。

我一下失望了，赫哲人怎麼會是這個樣子呢？

那位朋友在電話中反問我：「赫哲人怎麼就不會是這個樣子？都什麼時代了，你腦子裡的赫哲人是哪個時代的赫哲人哩？」

哪個時代的赫哲人，我又瞭解多少呢？在靜靜的深夜，我一頭紮進那堆發黃的史料中。

在清政府征服赫哲人的初期，清政府強迫赫哲人定期貢獻方物，有貂皮、狐皮、水獺皮等各種珍貴皮毛。赫哲人納貢的最早記載是：「己亥，春正月，壬午朔（1599年一月27日）東海渥集部之虎爾哈路長王格、張格率百人朝謁。」如果逾期不貢獻方物，則被視爲對清政府統治的反抗，清政府往往要派兵加以征討。天聰八年（1634），皇太極曾對黑龍江地區來歸的頭目羌圖里、嘛江幹說：「虎爾哈慢不朝貢，將發大兵往征，爾等勿混與往來，恐致誤殺。從征士卒，有相識者，可往見之。此次出師，不似從前兵少，必集大眾以行。」

皇太極以這種不客氣的方式，表達了清政府強硬的態度。

根據清政府的規定，凡是被編戶的赫哲人，每戶每年都必須向清政府貢納一張體大、毛厚、色勻的優質貂皮（以黑色貂皮爲上品），這就是「貢貂」制度。只有在貢貂之後，赫哲人所帶來的其餘毛皮，才可在市場上進行交易。

清初在寧古塔設點接收貢貂。離寧古塔遠的，如居住在黑龍江下游的赫哲人，則於每年夏季去普祿鄉（今俄羅斯波卡羅夫卡附近）貢貂，清政府屆時前往收受貢貂，康熙五十三年（1714），始設三姓協領衙門，負責黑龍江中下游、烏蘇里江流域及庫頁島一帶赫哲人、費雅喀人、庫頁人的貢貂事宜。雍正十年，三姓協領衙門改爲三姓副都統衙門，還在黑龍江下游奇集（今俄羅斯奇集湖附近）、德楞（今俄

羅斯特林一帶）設立行署，就近辦理貢貂事宜。

按規定，赫哲人應每年貢貂一次。如因故於當年未能前來貢貂，可於來年補貢。對這種情況，清政府在乾隆十五年（1750）做過如下規定：「……惟此等人之往地距寧古塔、三姓甚遠，或受阻於途而未能於約定之月份前來，或因有疫病而不能前來。如當年事出有因而於下年補貢者竟停止補貢，恐與聖上撫受遠民之意不符。緣此，赫哲、費雅喀人等應貢貂皮，如事出有因短欠一年補貢者，除照舊例補給應賞之物外，如有短欠二年以上者，應停止進貢短欠之貂皮，亦停止補貢，惟收取當年應貢之貂皮並照例頒賞之……」

清政府也有另一手。

對於前來貢貂者給予回賜，回賜之物，除了錦緞衣服之外，還有靴、帽、襪之類物品。這些物品對於當時的各少數民族來說，也是些平素很難得到的日用必需品，因此也是很珍貴的。

賞賜是分等級的，賞給姓長、鄉長、薩爾罕錐的是官服，賞給子弟和白丁的是常服。同是官服，姓長朝衣的面料是蟒緞，鄉長朝衣的面料是彭緞；同是常服，子弟是緞袍，白丁則是布袍。

賞賜有一定儀式，酒宴是要擺的，但並不鋪張，也不奢華。

《吉林通志》記載了賜宴的場面：賜宴用木几，長排兩行，每人燒酒一壺，鹽豆一器，以示懷遠之思。其人叩頭起立，飲畢，歡呼，再叩頭謝恩，始各散去。

除賜宴之外，赫哲人貢貂時路途上的口糧和貢貂時逗留期間的口糧（清政府規定，赫哲人貢貂時最多可逗留五日）均由清政府負擔，這筆費用卻是相當大的。對此，三姓副都統衙門乾隆八年檔案中有這樣的記載：「耨德、雅丹二姓七十五人，十五日路途用米，每人每日以合三勺算，給過口米九十一石二斗一升七合；餑餑粘米四十五石六斗八合五勺，酒一千三百三十五瓶……」

如果將貢貂解往京城的押運費、賜宴費、貢貂人路上和貢貂期間的口糧費等幾項費用加在一起，我們將發現，清政府每得到一張貂皮，在經濟上所付出的代價是很大的。清代的曹廷傑在光緒年間曾算

過一筆賬：「約得貂皮一張，須費銀十餘兩。」據檔案資料記載，光緒年間，一名赫哲隊兵一個月的餉銀是三兩。照此看來，以十餘兩銀子換得一張貂皮，不謂不貴。

然而，經濟是一筆賬，政治卻是又一筆賬。

五

紫禁城好胃口，吞納方物從不嫌多。

清王朝接受那麼多的貢貂，幹嗎用呢？在寫作此文的過程中，筆者翻閱了有關服飾方面的雜書，才略知一鱗半爪。努爾哈赤建國之後，為了使貴賤尊卑昭然不紊，以維護其統治秩序，逐步對衣冠的形式、紋飾、顏色、質料都作了具體規定。

尊卑貴賤，瞥一眼服飾就知道個大概了。

皇太極諭禮部：「凡諸貝勒大臣等，染貂裘為襖，緣闊。披領及帽裝菊花頂者，概行禁止，若不遵而服用，則罰之。衣服許緣出鋒毛，或白氈帽則可用。」此外，又明文規定了貝勒以上諸臣及其家眷穿著衣冠的時間與場合。如「八固山諸貝勒，在城中行走，冬夏俱服朝服，出外方許服便服。冬月上朝，許戴尖纓貂帽，夏日許戴纓涼帽。素緞各隨其便，不得擅服黃緞及五爪龍等服，若係上賜，不在此例。」

服飾是一種社會符號，這是一種權力的炫耀，還是一種奢靡之風呢？

或許可以說，清代的上流社會就是展示貂皮華美的社會。因為貂皮襖、貂皮大帽、尖纓貂帽、貂鼠團帽等與貂皮有關的衣冠，只有高級官員才有資格受用，而且冬夏有別，上朝居家禁例分明。

當然，貢貂絕不僅僅是為了清朝高級官員的服飾需要。仁撫遠民，穩定邊關才是貢貂制度的根本所在。

六

林海雪原，赫哲人捕貂忙。

清朝初期和中期，赫哲人的捕貂熱情空前高漲。那時，深山老林裡的紫貂尚多。

同齊齊哈爾附近的滿族獵戶相比，朝廷規定的每戶每年貢貂一張，對於赫哲人來說還算不上什麼負擔。貢貂之後，赫哲人除了能得到當時在赫哲地區很難得到的日用必需品，如錦袍、布衣、靴帽、襪、帶之類，還可以獲得由官方提供的進行毛皮交易的機會，在經濟上是很實惠的。所以，當時赫哲人把貢貂稱之為「穿官」。

在一定意義上，貢貂啟蒙了赫哲人的商品經濟意識。

三姓副都統衙門乾隆四十二年檔案載：「進貢貂皮之耨德、都瓦哈、雅丹、綽敏、陶五姓姓長五名，每人賞給無扇肩朝衣折合之蟒緞一匹、白鍛四丈五尺、妝緞一尺八寸、紅絹二尺五寸、家機布三尺一寸……鄉長十六名，每人賞給朝衣折合之彭緞二丈三尺五寸、白絹四丈五尺、妝緞一尺八寸、紅絹二尺五寸、家機布二尺一寸……子弟二名，每人賞給緞袍所用彭緞二丈、白絹四丈、妝緞一尺三寸、紅絹二尺五寸……白丁八十七名，每人賞給袍子折合之藍毛青布二匹、細家機布三丈五尺、妝緞一尺三寸、紅絹二尺五寸。」

這筆「穿官」帳目真是琳琅滿目，五彩繽紛。

「穿官」不但不是一種負擔，反倒成了一種誘惑。

從清初直至乾隆年間，赫哲人貢貂人數逐年增多，以至清政府不得不限定貢貂名額了。乾隆十五年，大學士傅恒在奏摺中稱：「……所有赫哲費雅喀人等貢貂，皇上重重頒賞者，雖係仁撫遠民之至恩，然此等人貢貂時如不規定戶數，隨其意願准其進貢，則必視皇上隆恩為定例，陸續增加，天長地久，反致不如皇上隆恩矣！」

這位大學士是做過一番調查研究的。「奴才等查得，康熙十五年赫哲費雅喀貢貂之人一千二百零九戶，自十五年至六十一年陸續增加七百零一戶，共計一千九百十戶。自雍正元年至乾隆十五年，又增加

三百四十戶。現有赫哲費雅喀人二千二百五十戶……然此等人進貢貂皮年久，如裁去增加之戶數，則與聖上撫遠之意不符，理合將現今貢貂之赫哲費雅喀一百四十八戶作為定額，不再增加之處，均照依該將軍卓鼎之請……」

事實上，這位大學士已感覺到貢貂制度有點走調，皇恩浩蕩也不是無邊無沿的。

沒有永久的興隆，沒有永久的鼎盛。

當外國列強的堅船利炮打開中國的大門之後，大清帝國開始走向衰落。割地賠款，國內動亂不止，再加上皇族的揮霍無度，各級官員的腐敗，清政府的財政日益拮据起來，很難再拿出大筆款子撫遠貢貂各族了，甚至出現打白條的現象。

官府打白條，赫哲人也打白條，赫哲人開始拖延貢貂。今年拖明年，明年拖後年。

清政府非常惱火。咸豐元年（1851），朝廷嚴令駐防卡倫官員：務將赫哲費雅喀人等何故至今未來城中貢貂緣由查明，本月二十日前火速詳報。

實際上，也用不著詳查，原因就兩條：一則清政府不能兌現賞賜，赫哲人再無捕貂積極性；二則由於多年捕獵，林中紫貂確實所剩不多了。

壓力最大的是地方官員。

三姓副都統衙門為了交差，滿足清皇室對貂皮的需要，不得不借助商人和商號四處購買貂皮。三姓副都統衙門檔案中有載：衙門例應進貢貂皮，現因本地出產無多，是以派出商民湯培基、王世昌等隨帶工人二名，前往下江伯力一帶購貂皮。

又載：本衙門當即差派五品官常貴並皮商溫宜清等，前往盛京等處購買貂皮，以資進貢之需。

再又：缺進額數甚巨，故托與和成利與伯老櫃去信，代為購買……

光緒二十六年（1900）以後，三姓副都統衙門檔案中再無赫哲人

貢貂記載。這時清王朝似乎感興趣的是鴉片，而不再是貂皮了。

過去車馬轔轔的貢道，已被荒草殘蒿深深地覆蓋了。

七

歷史把貢貂制度壓沒在厚厚的典籍中，而紫貂還在山林裡生活著，並且延續著後代。

為了弄清它們的一切，科學家們正在苦苦尋找著它們的蹤影。

在紫貂研究領域中，徐利先生是國內外知名的專家，他曾帶領一個課題組深入大興安嶺腹地，對紫貂的生態習性進行了整整三年的野外跟蹤研究。利用先進的全球定位系統和無線電遙測技術，首次較準確地掌握了紫貂晝夜活動的節律特徵。

紫貂生性膽小，機敏靈巧，它的本領不是進攻，而是逃避。所以，若想同紫貂打交道，必須經歷重重艱辛，付出極大代價。

徐利說，紫貂在我國的分佈是整個紫貂分佈區的南緣。俄羅斯的遠東地區是紫貂的主要分佈區，每年紫貂皮張生產達一百萬張以上。

目前，我國野外紫貂的數量很難估計，尚待進一步野外調查。

徐利在發來的一份傳真上寫道：紫貂資源減少的原因很多，從程度上看，首先偷獵是影響紫貂分佈區減少和種群數量降低的直接和最主要的原因。其次是亂砍濫伐導致紫貂棲息地原始林大面積地減少，紫貂失去了自然庇護，難有安寧立身之地。其分佈區內人類各種經濟活動也抑制了紫貂種群的發展。

由於自然環境的變化，紫貂的求食極其困難，特別是在漫長的冬季裡，紫貂幾乎每日都處於饑腸轆轆中。

此外，林區噴灑的鼠藥，既滅了老鼠，也殃及了紫貂。

紫貂人工養殖被視為養殖技術的尖端。目前，國內成功的例子鮮見報導。

吉林省左家特產動物研究所早在二十世紀五〇年代就攻克這一難題，取得人工養殖紫貂的成功，人工繁殖數量最多時達五百隻。然

而，由於野外紫貂數量劇減，經營上不能形成規模，失去了產業價值，特別是《野生動物保護法》頒佈後，紫貂被國家列為一級保護動物，嚴禁出售活體及其產品，這就無形中給紫貂養殖判了死刑。所以，左家除保留幾隻種貂外，未再發展。

畢竟這不是長久之計，若一夜之間那幾隻紫貂被狼啊狗啊叼去，那麼，中國的紫貂人工養殖史不就嗚呼哀哉了嗎？

損失的是種群，斷代的是科學，是該想想辦法了。

紫貂種群是否有望恢復？在一個細雨濛濛的深夜，我撥通了我的老朋友張永明先生家的電話。永明兄曾任黑龍江省林業廳野生動物管理處副處長，工作之餘，練得一身武功，七節鋼鞭，舞起來呼呼生風，三五個大漢也不能近前。永明介紹說，拯救紫貂，人工養殖不是根本辦法，重要的是怎樣復興野外種群。這幾年通過嚴厲的保護手段，黑龍江省的部分林區紫貂資源有恢復的趨勢，如大興安嶺林區，紫貂活動蹤跡逐漸增多。張永明說，紫貂屬林棲動物，保護紫貂的前提是首先保護好森林群落。

對於森林來說，那些倒木、朽木及林下的灌木漿果，也許是多餘的，但對於紫貂來說，沒有那些東西就意味著饑餓和災難。

無為無不為。保護紫貂的最好辦法就是什麼也不要去做，讓它們按照自己的方式在深山老林裡棲息繁衍。千萬別去打擾它們，哪怕是善意的關愛。

貢貂時代離我們越來越遠了，今天的話題中不會有貢貂這樣的詞彙了，我把貢貂翻騰出來，也許是不合時宜的。不是為了某種歷史的憑弔或某種傷感的懷念，我的本意是提醒人們思考一些問題。

千百年來，貂皮，作為皮裘之首的地位一點也沒有動搖，皮草商們為了弄到野生貂皮幾乎用盡了一切手段。走私、倒賣……黑市裡交易依然火爆。

就地理緯度而言，裘皮在新加坡是不會有市場的，因為這裡與寒冷和風雪相距太遠，幾乎四季酷暑，大熱天，誰會穿著裘皮大衣招搖過市呢？然而，寫《馬橋詞典》的韓少功去新加坡考察卻發現了一種

奇特的現象：這裡的貂皮女裝行情頗佳。有的女士甚至家藏貂皮盛裝十幾件，還頻頻在商店裡的貂皮前流連忘返。

開始，作家百思不得其解，後來終於明白了。貂皮的使用價值對於新加坡女郎來說已經毫無意義了，但她們壓抑不住對貂皮的佔有欲望。貂皮能夠帶來的愉悅非使用本身所能比的。經常把貂皮拿出來示人或示己，心裡就格外地踏實和舒暢：張太太有這東西，我也有。

當那些時髦的女郎在市場上用挑剔的目光選購貂皮大衣的時候，是不會關心林子裡還有幾隻貂的。

26. 老鷹谷

之前，我從未見過上萬隻鷹群聚的壯觀場面。

那座山谷裡的鷹多為蒼鷹，黑褐色，白羽尖，胸部密佈灰褐與黑白相間的橫紋。飛行時，雙翅寬闊，翼展蓬勃。細觀之，翅下灰白色，並間雜黑褐色橫帶。好威武的鷹啊！

那座山谷，在大西北天山腳下。早先，這座山谷沒有名字，當地人說起它時就叫「那塊地」。我去後認為不妥，這麼有故事的山谷，怎麼可以沒有名字呢？應該有個名字呀，便曰之「老鷹谷」。當地村民都很贊同這個名字。於是，「老鷹谷」取代了「那塊地」，就被叫開了。

老鷹谷自西向東走向，兩邊是起伏的懸崖峭壁，裸岩猙獰。山谷是陡然沉下來的，沉到最底處，便是一條河了，蜿蜒曲折，河水靜靜地流著，滋潤著兩岸的萬物。胡楊，一副忍辱負重的樣子，倔強地生長著。數不清的鷹棲在樹枝上，遠看如同樹上掛滿了黑褐色布條。紅柳，雖然個體纖細柔弱，但個體組成的群落卻密密實實，以絕對多的數量，佔據著山谷裡最惹眼的位置。它們在河水反襯下，泛著幽幽的暗紅色的光。紅柳叢中，跳躍著生命。野兔、野雞、沙斑雞、田鼠、刺蝟、旱獺、草蛇出沒其間。鷹，在高處盤旋，時而靜止不動，時而滑翔翻轉，一圈，一圈，又一圈，尋找抓捕時機。

老鷹谷的鷹可不好惹。它們性格暴烈，彪悍。

鷹的嘴和爪子如鐵一般，強勁有力，抓取獵物時，猶如疾風掃落葉般兇猛。鷹的身軀壯健而厚實，肌肉緊實，羽毛堅硬。它的姿態是軒昂而英挺的。在浩茫的天宇間，動作疾驟，快如閃電。在所有鳥類中，鷹是飛得最高的。

清晨，當第一縷陽光照亮老鷹谷的時候，也照亮了這片斧削般的

峭壁。黑褐色的羽毛微微動了動，鷹便睜開了眼睛。

「丟——溜——溜——」

長長的唳嘯，喚醒了沉睡的山谷——新的一天開始了。

鷹巢築在懸崖峭壁上，這已經不是什麼秘密。牧羊人陳老爹知道，村民也知道。但是，沒有人把這當回事。

鷹巢像是一個平底筐，用橫七豎八的木棍枯枝樹條，就那麼毫無規則、毫無邏輯搭建而成。不是凹下去的，而是雜亂無章胡亂堆起來的。「平底筐」往往建在兩塊岩石之間（那裡乾燥安靜，少有干擾），簡陋，粗鄙。看起來似乎並無多少道理，也沒有多少美感。但是，錯了——如果我們都那麼認為，說明我們是多麼的愚蠢。其實，「平底筐」恰恰透著鷹的大智慧——穩固、牢靠、避風、避險、耐用。

從生存學的角度來看，也許「平底筐」的實用價值遠大於美學價值。不過，「平底筐」的縫隙裡也間或夾雜著一些羽毛，是為了裝飾？還是為了舒服？大概只有鷹自己知道吧。

老鷹谷的鷹，雖說不是作惡多端的壞東西，但有時它們也會惹是生非，令人討厭。

這天，陳老爹趕巴紮回來，手裡拿著一個鍋蓋大的饢，邊走邊吃，不覺間就進了老鷹谷。一不留神，陳老爹手裡的饢卻丟了。他回頭尋找，路上沒有，旁邊灌木叢沒有。饢哪裡去了呢？難道饢長了翅膀嗎？對了——饢真的長了翅膀。陳老爹抬頭向上看，原來，空中一隻老鷹叼著他的饢，正忽閃忽閃抖動翅膀嘲笑他呢。陳老爹很是生氣，撿起一塊石頭拋向空中，老鷹一驚，嘴巴一鬆，饢從空中滴溜溜落下來。陳老爹奮力去接，可還是沒有接住，饢落在了一個沙坑裡。騰的一下，沙坑裡躥出一個黃色的影子惶惶然逃進紅柳叢中。是野兔吧？也可能不是。

陳老爹拾起饢，用嘴吹了吹沙，接著，狠狠咬了一口，往下嚥，卻噎住了，噎得直翻白眼。他挺了挺脖子，罵了一句。

「丟——溜——溜——」空中的鷹，排出幾粒屎，陳老爹躲閃不

及，屎落在他脖頸上。臭！

鷹是在故意羞辱陳老爹。還沒完呢。

次日，陳老爹家雞窩裡的雞蛋被什麼賊偷吃了，光剩下空蛋殼。次日的次日，正在下蛋的蘆花老母雞又不見了。陳老爹忍著，沒言語，照舊在老鷹谷牧羊。可是，於崖壁的底端，陳老爹卻發現了一堆蘆花雞的羽毛，一片狼藉。

陳老爹怒火滿腔了。

陳老爹打算給老鷹點顏色看看。某日，在老鷹谷裡牧羊的陳老爹一眼瞥見了崖壁上的老鷹巢，便舉起牧羊的杆子要把它毀了。忽然，卻聽到「溜溜溜」一聲喚。細觀之，崖壁上趴著一隻老鷹，掙扎著動了幾下，就又安靜了。

原來，那隻鷹的翅膀斷了。鷹的眼神裡沒了戾氣，卻滿是恐懼、無奈和哀傷。陳老爹心軟了。

陳老爹爬上崖壁，把衣服脫下來罩住了受傷鷹的頭，抱回家。找出接骨木葉子，搗成糊糊，塗在鷹翅傷口處，再用繃帶小心翼翼地纏上。多日之後，在陳老爹的細心照料下，老鷹翅膀上的傷口漸漸癒合了。然而，在陳老爹看來，那隻鷹還相當虛弱，元氣和體力恢復尚需時日。陳老爹三天兩日，從鎮上屠宰場弄回一隻雞架子餵鷹。後來，雞架子漲價了，陳老爹的開銷有些吃緊，就去田裡下夾子夾老鼠，給老鷹吃。傷筋動骨一百天，老鷹的傷終於養好了，元氣和體力也恢復了，翅膀一抖動呼呼生風。陳老爹知道，老鷹又可以把雲和風踩在腳下，重返藍天了。

選了個晴朗的日子，陳老爹便把它放飛了。

陳老爹看著鷹徜徉於老鷹谷，心裡空落落的，悵然若失。

這是多年以前的事情了。

因之鷹，老鷹谷裡的草木，從沒有遭受過鼠害蟲害。老鷹谷麥田裡的麥穗粒粒飽滿，年年豐收。

頭一場春雨過後，老鷹谷沉浸在超乎想像的寧靜裡。頭頂晴空水洗過一般，瓦藍瓦藍。那些胡楊，那些紅柳，又長出新葉，欣欣向

榮。風彷彿是甜的，微微拂動著樹梢。

然而，想不到的事情發生了。嘭！陳老爹在追趕一隻走散的羊羔時不慎墜崖。從此，老鷹谷裡不見了陳老爹的身影。

「丟──溜──溜──」

老鷹谷，不時傳來一聲聲淒涼的嗥嘯。陳老爹並沒有摔死，而是摔斷了脊椎，再也不能健步如飛地行走，再也不能揮動著桿子牧羊了。在陳老爹養傷的日子裡，家人清早開門的時候就會發現，門口總是有人隔三岔五地丟下一隻野兔。

會是誰呢？

抬頭望天，一隻鷹在陳老爹家房子的上空盤旋著。一圈，一圈，又一圈，久久不肯離去。

後來，每年四月間，老鷹谷就會出現上萬隻鷹群聚的現象。

「丟──溜──溜──」

老鷹谷充滿喧囂。鷹鷹鷹鷹鷹。空中是鷹，胡楊枝頭是鷹，紅柳叢中是鷹，地上是鷹，河邊是鷹，麥田裡是鷹。鷹鷹鷹鷹鷹。如此多的鷹聚在一起，出現在這裡，到底是什麼原因呢？連鳥類專家也無法解釋。

我出差恰巧來老鷹谷看退耕還林，卻偏偏看到群聚的鷹，不禁吃驚地瞪大了眼睛。

生態需要空間的分佈，也需要時間的積累。修復了自然，也就治癒了自然。我隱隱感覺到，隨著生態系統的逐漸恢復和穩定，老鷹谷裡，所有的美好，都會如期而至。

27. 老號駱駝

每當困惑或茫然的時候，我常常想起駱駝。

除了駱駝仍在固守著自己的精神和靈魂之外，在這個浮躁的時代，有多少人還會把精神和靈魂當回事呢？透過城市的喧囂、偽善的假面和種種誘惑，我隱隱感到，在西部悠悠的駝鈴聲中，美麗的餘韻，似乎負載著過多的血淚和辛酸。

駱駝，耐渴的駱駝。

駱駝，幹大活走遠路的駱駝。

一

我要去尋訪駱駝，一種力量驅動著我，一種精神激勵著我。

我撥通了甘肅省野生動物管理局局長的電話，他在電話裡說：「你來吧！我們全力支持你的採訪。你可先到武威的瀕危動物繁育中心看看，那兒有幾峰野駱駝呢。」

說來就來了，同機飛到蘭州的還有相聲演員姜昆。不過，姜昆來蘭州不是為了駱駝。

次日清晨，我們就上路了。汽車經過五個多小時的顛簸，終於到了武威東沙窩──甘肅瀕危動物繁育中心。繁育中心位於騰格里沙漠的南緣，流動的沙丘一寸一寸向繁育中心厚厚的院牆逼近。

若不是用綠色築起一道屏障，流沙吞噬繁育中心只是遲早的事情。

繁育中心擁有金絲猴、野馬、白唇鹿等一百二十九隻珍稀動物，其中包括野駱駝七峰。

這個數字看起來並不大，但這兒卻是圈養野駱駝數量最多的地

方。在國內，除了北京動物園圈養了一隻野駱駝外，其他動物園中的駱駝均非野駱駝。

目前，我國野外擁有野駱駝一千餘峰，主要分佈在甘肅、青海、新疆等省區的荒漠或半荒漠地區。野駱駝屬國家一級保護動物，種群數量處在極端瀕危狀態，野外已經很難覓到它們的蹤跡了。

甘肅瀕危動物繁育中心的專家們正在積極尋求辦法，對野駱駝的種群習性、生理特性及生態學意義進行多方面研究，希望能夠創造一個適宜的棲息環境，為野駱駝的人工繁育及擴大種群找到更多的理論依據。

然而，這一課題的研究過程是極其艱難的。繁育中心現有幹部和科研人員五十人，不要說還要養活一百二十九隻珍稀動物，就是這些幹部和科研人員的吃飯都是個問題，日子過得緊巴巴的。

為了最大限度地節約開支，這個中心的頭頭張國祺幾乎想盡辦法。他帶領幹部職工們種了五百畝苜蓿、兩百畝穀子，每年能生產一百萬公斤草，光是這一項就能節約開支十餘萬元。此外，也種莊稼和果樹，還養了三百餘隻羊。張國祺開玩笑說：「我們沒有錢，但有的是力氣。」

張國祺和他的同事們大都穿著解放鞋，個個臉膛如炭，身上老有抖不盡的黃沙，到外地出差專找小街巷裡的地下室旅館住宿。初來一看，根本搞不清他們到底是專家還是農民。

然而，我們沒有任何理由忽略他們所從事的一切，因為他們的每一天，都是與野駱駝及其他瀕危動物的命運和未來連在一起的。

二

少年時代，我曾在科爾沁沙地的南緣生活過一段不短的時間。那個叫那木嘎土的村莊，常有出入沙地的牧人、商人經過，我第一次看見駱駝，就是在村頭那口老井旁邊。牧人從我家借去一個木桶，提水給駱駝喝。我躲在矮牆的後面，遠遠地看見那駱駝，高高大大的體

軀，渾身疙疙瘩瘩的，一副忍辱負重的樣子，心想，這眞是個奇怪的動物。

也許是作爲一種回報吧，還木桶時，牧人讓我騎一騎駱駝，我卻怎麼也不敢，提起木桶，扭頭就跑回家去了。因爲在這之前，我聽爹爹說，駱駝一發怒，就打噴嚏，那噴嚏噴到誰的臉上，誰的臉上就會長瘡，一片一片的，難看極了。所以，我不敢騎駱駝，不是怕駱駝，而是怕駱駝打噴嚏。

駱駝，古人稱之爲「橐駝」。橐，囊也。駝，負荷也。駱駝在動物分類學上屬於哺乳綱，偶蹄目，駱駝科，是一種反芻動物。駱駝的體態高大且善於負重。《爾雅》曰：「駝，國外之奇畜，皆有兩峰如鞍。其足三節，其色蒼褐，負物至千斤，凡有負載，輒先屈足受之。」

駱駝有三類，一類是單峰駝，另一類是雙峰駝，第三類是無峰駝。單峰駝生長於非洲北部和阿拉伯地區，雙峰駝分佈於亞洲的乾旱地區，無峰駝呢？我不知道，只在書中見過記載，也許就是羊駝吧。

晉人郭璞曾寫道：「駝爲奇畜，肉鞍是背。」李時珍在《本草綱目》中則稱其「長項垂耳，腳有三節，背有兩肉峰，如鞍形」。江南人初次見到駱駝時，則以爲這高聳著肉峰的龐然大物，是因爲背部受傷而腫脹的馬。

當然，駱駝的奇特，還是它的長相。

「駝狀如馬，其頭似羊」。這樣的描述還僅僅是個輪廓。如果我們再仔細觀察一下，就會發現它還有著兔子的嘴唇、老鼠的眼睛、牛的蹄子、馬的長鬃⋯⋯

駱駝的步履從來都是堅定的。駱駝總是昂首挺胸，闊步前進。駱駝在乾旱少雨的茫茫沙漠裡，有善於負艱載重、長途跋涉的本領，遠非其他動物所能及。

駱駝的四肢細長，蹄子大而扁平，這就可以使它在滾滾的流沙上行走，不致陷落。而這恰恰是馬、驢等動物比不上的。

駱駝胃口好。它從來沒有挑剔食物的壞毛病，駱駝刺、苦艾、沙

蒿、沙蔥、沙柳等植物都是駱駝的可口食物。

駱駝的耳朵能夠隨風就勢，靈活轉動，掩蔽風沙。駱駝眼瞼為重瞼，在荒漠裡，遇到「嗚沙射人石噴雨」的風暴是常有的事，但它依然可以辨明方向，悠然前進。

公駝於春季發情期間，口吐白沫在荒漠裡狂奔，尋找母駝。這就是聽說的犯潮現象。駱駝壽命一般在三十年至五十年。母駝的懷孕時間比一般動物要長，懷孕期十二個月至十四個月，一胎只能生一個駝羔。母駝生小駝時不讓人看，躲到大沙漠深處去生，生下來好多天才把小駝領回來。

在艱難的環境中，它還鍛煉出了可以預報大風的本領。據《北史》記載：「且末西北有流沙數百里，夏日有熱風，為行旅之患。風之所至，惟老駝預知之，即嗔而聚立，埋其口鼻於沙中。人每以為候，亦即將氈擁蔽鼻口，其風迅快，斯須過盡，若不防者，必至危斃。」

且末位於塔克拉瑪干沙漠的南部，生態環境極其惡劣。我曾於一九九三年到這裡採訪過。縣長孫建新告訴我，且末的老百姓須臾離不開駱駝，在沙漠中生活，若是沒有駱駝，那簡直是不可思議的。

青年學者吳景山徒步考察絲綢之路時，曾發現一石碑上記載著一則這樣的故事。

「磁縣山中有竹林寺，五百羅漢所居。齊天保末，使人取經，使者辭以不知，文宣曰：『取我駱駝乘之，則自至矣。』使者入山，數僧相謂曰：『高洋駱駝來也。』使者曰：『帝命於寺東廊從北第一房取經函及尺八黃帕等。』僧命取與之。」在沒有任何標識的戈壁瀚海中旅行，卻可以不迷失方向，這無疑可以說是駱駝的又一獨特本領。

對付乾旱，駱駝自有自己的辦法。盛夏的沙漠中，當氣溫升至五十攝氏度左右時，直接曝曬的沙石，輻射的溫度可以高達七十攝氏度至八十攝氏度。在這樣的條件下，人體中若蒸發掉占體重5%的汗水，就會喪失正常判斷事物的能力。失水量占體重10%時，人將變聾，感到全身疼痛而失去理智。在比較涼爽的地方，人無水尚可應付

很長時間，失水量達20％時，人就難免罹難。處於同樣條件下的駱駝，沒有水堅持的時間比人長十倍，比另一種沙漠中的動物野驢長三倍。

曾有兩位美國學者在非洲撒哈拉大沙漠的貝尼阿巴斯綠洲，進行過這樣一項「殘忍」的實驗。他們先對幾頭駱駝進行了稱重、血液分析、體溫測量，然後將駱駝拴在太陽下曬了一周且不給水喝。結果駱駝失重達一百公斤，大約相當於體重的22％。經過這樣的折磨之後，駱駝一個個變得骨瘦如柴，肋條裸露，凹腹深陷，肌肉萎縮。即使這樣，駱駝還是以驚人的毅力堅持挺立在太陽底下……

駱駝實在是太頑強了。

當人們中斷實驗，給了駱駝一定量的水之後，它們的體力很快就恢復了。

一九八四年，非洲發生嚴重乾旱，幾乎有一半牛羊被活活渴死，而駱駝卻全都安然無恙。

駱駝為何在失水如此之多的情況下依然安然無恙呢？一般來說，人與駱駝的血液中，含水量幾乎相同：約占身體含水總量的十二分之一。由於汗水蒸發，駱駝失重占體重的四分之一時，血液中的水分僅失去十分之一，血液循環依然暢通無阻。而人處於類似的情況下，血液中的水分將失去三分之一，此時血液變稠，無法在微細血管中暢流。這樣血液無法把積存在體內的熱量傳送到體表並使之散發，從而導致體溫很快升高，當達到一定程度時，人就會被活活熱死。

駱駝不怕炎熱，耐乾渴，當然還有許多別的原因。駱駝全身都是細密而柔軟的絨毛，它既可保溫，又可防暑。儘管駱駝每年夏季脫毛，但在背部依然保留了亂蓬蓬的毛層。它們就像一層蓬鬆的毛氈，擋住了陽光的直接曝曬。

駱駝總是在改變著自己，努力適應外部的一切。

駱駝的體溫上下波動幅度大，夜間降至三十四攝氏度，日間可升至四十攝氏度，不需要排汗降低體溫。

駱駝耐乾渴，這與它本身消耗水分較少也有一定的關係。為了儘

量避免水分的蒸發和浪費，一般情況下駱駝絕不輕易開口，甚至在最熱的天氣裡，每分鐘呼吸也僅僅只有十六次，比較涼爽的時候呼吸僅有八次。此外，駱駝的糞便形如核桃大小的球，與牛糞等相比，所含水分要少得多。駱駝從方方面面注意節約每一點水。

對於駱駝來說，水比油要重要得多。

駱駝本身豐富的脂肪，也增加了它自身的造水功能，因為動物的機體均由蛋白質、脂肪和碳水化合物組成，它們與空氣中的氧化合產生熱量，同時也產生水分。

駱駝除了自身消耗水分較少，可以自身造水之外，還可以將多達一百升的水一次暢飲而盡，以備慢慢受用，而且它對戈壁沙漠中苦澀的鹹水也毫不在意。一些驅趕駱駝的人在進行長途跋涉之前，往往要給駱駝多吃一些鹽，這樣就使它們可以喝到更多的水，從而也就增加了它們耐渴的程度。駱駝喝下去的水，不僅積存在機體內，而且紅細胞也充滿了水分。

沙漠中最缺乏的是水，沒有哪一種動物像駱駝那樣能夠真正理解水的意義。

駱駝對水的感應能力極強，如果附近有一條河流、一股泉水，行進中的駱駝會驟然停住腳步，高高地昂起頭顱，或者深情地傾聽，或者貪婪地翕動著鼻孔，然後大步向有水的地方奔去。正是靠駱駝這種特殊感應能力，人類才在沙漠中找到了許多水源。

《博物志》記載：敦煌西涉流沙，往外國，沙石千餘里，中無水，時則有沃流處，人莫能知。橐駝知水脈，過其處輒停不肯行，以足踏地，人於所踏處掘之，輒得水。

不知在大漠深處找水多年的李國安給水團中有沒有駱駝，若是沒有，那實在是李國安不小的疏忽。

最近，一個國際專家組提出一個有趣的問題：駱駝能夠制止土壤荒漠化嗎？

這個專家組受聯合國教科文組織的委託，在肯亞北部進行了歷時三年的試驗研究後得出了肯定的結論。

專家們認為，同牛羊相比，駱駝與沙漠地區的生態系統更為協調。駱駝偏愛樹葉和灌木叢，較少去傷害地面上柔弱的植物，而牛羊卻首先要吃地面上的青草——這會加速荒漠化。所以，專家們呼籲在乾旱地區應當限制牛羊的數量，最好改養牛羊為駱駝，這樣就能有望恢復荒漠地區的綠色植被，遏止荒漠化的進程。

看來，駱駝還要擔起防沙治沙的重要使命。

去年冬季的某一天，妻子下班後給我帶回一件毛衣，說是駝絨的，我疑是假貨，便沒有在意。不過，穿這件毛衣去寒冷的北方出差回來後，我相信了，那的確是一件純正的駝絨毛衣。

拉駝人對駱駝帶來的溫暖感受更直接。

「沙漠雪盛，令駝迭其身，終夜不動，用斷梗架片氈其上，而寢處於下，暖勝肉屏。」

夜晚，拉駝人往往把走了一天的駱駝一個接一個地圍成圓圈，然後把毛氈覆於其上，這無疑就是把駱駝的血肉之軀築成了暖牆的毛氈帳房。

在大漠中，有了駱駝就能同一切進行抗爭。

三

除了人之外，在沙漠中或者草原上，駱駝的天敵只有狼。狼的兇殘和惡毒就不必說了，用牙齒作武器來征戰厮殺，駱駝肯定不是狼的對手。

不過，駱駝卻有另一手——它的生存手段不是進攻，而是逃跑。

每逢駱駝與狼相遇，狼總是急切地發起進攻，企圖速戰速決。而駱駝卻從不倉促應戰，常常是吼叫一聲，便撒開四蹄狂奔起來。

狼哪裡肯放棄就要到嘴的美味？就追將起來，這一追就正好中了駱駝的計，此狼必死無疑。

最初的奔跑速度駱駝當然不如狼，但跑著跑著，狼就慢下來了。駱駝見之就主動放慢速度，給狼一點鼓勵，一點希望。狼就繼續用力

追趕，駱駝就繼續逃跑，一副慘兮兮筋疲力盡的樣子，實際上真正筋疲力盡的是狼。

駱駝一直把狼引向大漠的深處，引向無水無食無生命的大漠深處，狼用完最後一點力氣，四肢發軟，口吐白沫，便嗚呼斃命了。而駱駝的力氣還足著呢。

駱駝不是把狼打垮的，而是用耐力和智慧把狼拖垮的。

狼貪婪的本性把自己害了。

駱駝利用狼貪婪的本性把自己救了。

四

五里不同風，十里不同俗。

有什麼樣的自然環境，就有什麼樣的生活方式。

我國西北的甘肅、青海、寧夏、內蒙古、新疆等省、自治區，多戈壁沙漠，傳統的牛拉馬馱在這裡根本無法施行。

風沙主宰了這裡的一切。

自古以來，維繫大西北交通運輸的唯一工具就是駱駝。張家口、呼和浩特兩城多有養駝人家，人們習慣稱這些養駝人家為駝戶。駝戶有回漢兩族人，他們中養駝多的有上千峰。

拉駱駝的人稱為駝把式，富有的駝戶是不拉駱駝的，駝把式多為貧寒的壯丁。駝把式分幾等，各司其職，有領房子、騎馬先生、鍋頭、水頭、拉列子之分。一支駝隊一般有五六列，每列有駝二十峰左右，一支駝隊的駱駝數一般在一百三十峰至一百五十峰之間。領房子是駝隊中的首領，總管駝隊的一切事務，就像船隊的船長，路途中探尋道路、尋找水草、瞭解駱駝的病傷情況等，一切事宜他都要過問拿主張。領房子並不拉駱駝，旅途中他騎在馬上，走在隊伍中間，前後照料著駝隊。白天行走，領房子可以放鬆，偷閒片刻，一到晚上，就得倍加警覺，一是怕駱駝走失，提防發生意外；二來茫茫沙漠中，古道難辨，百里一井，若有恍忽錯過，又需行百里，往往造成重大損

失，丟貨甚至喪命。通常領房子爲駝戶聘雇的信得過、能放心的人，領房子的聘金也高。有些駱駝少的駝戶，不雇領房子，自己親自上路，充當領房子。

騎馬先生的地位在駝隊中，僅次於領房子，充當的是領房子助手的角色。行途中迷失了道路，找不到水源，驚跑了駱駝等，騎馬先生就縱馬四處探尋，直到駝隊恢復正常。騎馬先生路上騎馬，也有的騎駱駝，不負責拉駱駝。

鍋頭，也叫「大頭」，負責牽拉駝隊的第一列駱駝，途中休息、宿營，由他負責生火炊飯事宜。鍋頭是整個駝隊的先鋒，又掌管著整個駝隊的飲食，所以一般選體格健壯、熟悉道路的駝把式充當。

水頭，也叫「二頭」，在駝隊中牽拉第二列駱駝。另外還要負責提水、炊茶等雜事。

拉列子，是駝隊中普通的駝把式。不僅負責拉駱駝，還要負責拾糞、砍柴、值夜、放牧駱駝諸事，成天忙上忙下，少有空閒。

駱駝雖體大，卻膽小。駝把式一副籠頭、一根牽繩就能牽制它。

駝把式終年在沙漠戈壁上奔走，夏冒酷熱，冬蹈霜雪，不分春夏秋冬，都一身皮襖皮褲，腳上穿一雙奇大無比的皮鞋，鞋內塞滿草，外用繩子捆紮，身上污垢斑斑，蝨子列隊，吃的是麵糊炒米。若遇上風暴沙暴，或是迷失道路，找不到水源，還有喪命的危險。

民諺：「吃糞喝尿，皮褲裡睡覺。」或許，這就是對駝把式生活的眞實寫照。

如今，已經很難找到那些拉駱駝的駝把式了，他們或者已經故去，或者早被歷史遺忘了。不過，經過一番曲折的探訪，在民勤縣重興鄉紮子溝村，我還是見到了一位老駝把式，他叫趙大才，八十歲。

這是一位飽經滄桑的老人，走路已經很不靈便，只能靠兩根木棍撐著，一步一步向前挪動。誰能想到，當年他竟是拉著駱駝去過北平，到過綏遠、包頭、哈密的棒小夥呢。

民勤話很難聽懂，當地林業局的老葉爲我翻譯，當老葉說，我要了解他過去拉駱駝的經歷時，老人臉上漾著興奮的光。

老葉遞給他一支菸，並點燃，老人心滿意足地吸了一口，許久才將煙霧吐出來，他塵封已久的話匣子打開了——

　　「我跑長道（拉駱駝）跑了十四年。西路東路都跑過，東路跑過包頭、綏遠、漢中、張家口、北平，西路跑張掖、哈密。去時一般馱的是鹽，回來時一般馱的是紙張、水菸、乾果、茶、瓷器，還有一些我們不知道的東西，老闆也不許問。

　　「我那時跑長道是為了躲抓壯丁，在外不敢回家。幹什麼？就拉駱駝吧。每年的農曆八月起場上路，從武威到綏遠要走三十三天，到北平要走八十三天。走西路最辛苦，吃住都在野外，走東路一過黃河，就有店可住了。領房子一般吃小灶，我們拉駱駝的就用銅鍋自己做麵疙瘩，菜是黃豆芽和土豆，領房子心疼盤纏從不給肉吃，住店也就是睡地鋪。

　　「工錢按月給，一個月掙八塊大洋，那時八塊大洋能買四百斤糧食。

　　「領房子把沿途的土匪頭都買通了，馱貴重的東西，便有土匪的馬隊護送，一般不會有什麼閃失。也被流匪劫過一次，把領房子捆起來了，我們也被捆起來。土匪頭子說，沒我們什麼事，叫我們別害怕，照看好駱駝。他們把領房子身上的盤纏銀兩全部劫去了。

　　「新中國成立後，就不再跑長道。用積攢的大洋買了六峰駱駝自己養，後來搞合作化時，都入社歸公了。」

　　我說，能不能把當年拉駱駝用的駝具找出來看看。老人說，都沒了，就剩一件駝毛褥子了。老人示意老伴找出來，老伴便顛著小腳到倉房裡叮叮咣咣地翻了起來，終於找到了。她把駝毛褥子拿到院子當中，用一根棍子抽打起來，塵土在陽光下瀰漫，我趁機拿起相機抓拍了幾張照片。我想，這也許是中國現存的舊時代的拉駝人僅有的物件了。

　　老人指著駝毛褥子說，那是個好東西，防寒隔潮，雪地、濕地、草地都能用。

　　不知怎麼，他的老伴卻在一旁不斷抹起眼淚。她說，老頭子的腿

就是拉駱駝拉壞的，垛子太重，上垛時就用膝蓋往上頂，有一次沒頂住，垛子就滑下來，把腿骨砸斷了。

她說，她跟著老頭子受了一輩子苦。說完，又是抹眼淚。抹完眼淚，就張羅著要做飯。我說，您歇著吧，一會兒我們還得趕路。趙大才老人兩眼看著駝毛褥子沉默不語，老人的內心中一定有許多苦難和辛酸。此時，也許他的思緒又回到過去的歲月。

多少世紀以來，駝隊就是這樣生存和奔走在茫茫的大漠戈壁上。駝隊裡的人是完全特殊的一群人，是憑藉古老的規章、傳統和習慣結成的兄弟關係，誰要膽敢觸犯這些規章、傳統和習慣，誰就會永遠聲名狼藉。

駝隊的每一個駝把式都有著一種難以察覺的幽默感。他們的生活可能總是充滿艱辛、困頓，然而他們卻又從來都是快樂而滿足的。他們收入很低，令人不可思議。他們牽著駱駝韁繩，要走無窮無盡的路。他們的耐心和堅韌是無與倫比的。

在冬天，他們常常在夜間行走，因為駱駝需要借白天的光亮尋找又硬又乾的駱駝刺充饑。

一位到過中國西部的外國作家是這樣描述中國西部駝隊的：

駱駝被一串串牽過來，一眨眼工夫，貨物便全都從臥在地上的駱駝馱鞍上卸了下來。然後，駱駝被牽出去在白天的光亮下去尋找草吃，吃完便牽到井邊飲水。水是用柳條筐汲上來的，再倒在木盆裡或木槽裡供飲用。忙完這一切，駝隊的人都聚到帳篷中，鍋裡的水在沸騰，茶壺在冒蒸氣。有一種長長的旱菸筒，菸窩是用白色金屬做的，一旦他們點燃並抽起來，頓時便對生活心滿意足。他們喝著茶，抽著菸，聊著天，講講故事，談談每天的見聞。接著一個個鋪開羊皮襖，倒在帳篷的地上，呼呼入睡，任憑蝨子在他們身上大開血宴。

日落西天，分手出發的時候到了。這些睡眼惺忪、衣衫邋遢、常年不洗澡的過路客，站起身來，到草場牽回駱駝，熟練敏捷地把它們趕往行李旁，使勁一拽韁繩，駱駝立時跪下，臥倒在地，這時人們用

力把貨物抬到馱鞍上，再用繩扣捆牢。

　　這對一個初來乍到的西方人來說，擁有幾百峰駱駝的駝隊整裝待發的過程，如此神速，眞如魔法一般。幾分鐘工夫，帳篷也收起捲好，搭到了駱駝背上，連同營地的全部用品都由駱駝來馱。一隊隊駱駝出發了，荒漠上又響起了陣陣鈴聲。彎彎曲曲的、長長的行列向荒寂的、歷經風霜雨雪的大漠深處走去。

五

　　張騫出使西域時騎的一定是駱駝。

　　百餘人的使團隨著長長的駝隊，在大漠上艱難地行走。

　　當時河套地區的匈奴是中原大漢帝國最危險的敵人。漢武帝之所以派張騫率團出使西域，是爲了尋求同月氏的合作，共同對付匈奴。張騫歷盡艱辛，卻未能圓滿完成其外交使命，在行至河西走廊時他落入匈奴之手，被囚禁十年之久。然而，軀體是可以囚禁的，智慧和勇氣卻是無法囚禁的。待他尋機逃出重返故里後，向漢武帝提交了一份內容極爲豐富的出使見聞報告。

　　張騫的這次出使，前後歷時十三年，出發時曾有百餘人的隊伍，返回時只有兩人生還。

　　這位陝西城固人不僅向漢武帝陳述了新疆所在地諸綠洲和百姓情況，而且稟報皇帝哪些線路可以通向西域諸國、印度、波斯和一直延伸至里海的廣袤地域，還介紹了那些具有高度文明的各族和豐富的物產資源情況。

　　漢武帝萬分高興。因爲他心裡清楚，這些情況對於中國貿易的發展和向西擴張勢力，具有何等重要的意義。

　　此後，漢武帝發動兩次遠征，衛青和霍去病動用了三萬峰駱駝，六萬步兵，六千騎兵，兩路夾擊，大獲全勝，終於把強悍的匈奴趕出河套。

　　一條與西域各國相連的交通大動脈形成了。中國內地沿這條皇家

驛道出口的商品，無論在數量或地位上，都沒有哪一樣能與華美的絲綢相媲美。二千年前，中國絲綢是世界貿易中最受崇尚、最受歡迎的商品。

從此，中國的西部便有了著名的絲綢之路。西元前一一九年，漢武帝派張騫第二次出使西域，使團共有三百人，五百餘峰駱駝，馱著大量金帛財物，與西域大部分國家溝通往來，對西域各國的山川景物、民俗風情有了直接瞭解，使當時的漢朝對西域有了一個正確的認識。

由於「絲綢之路」的正式開道，中國與西域的文化交流有了極大的發展。中國的絲綢、冶金技術和穿井技術傳入西域和中亞廣大地區，同時，西域的石榴、葡萄、苜蓿、香料等物產也源源傳入內地。

文化滲透是雙方面的。內地的「井渠法」傳入西域後，成為當時汲水灌田的重要手段，並逐漸擴大，演進為今天仍很著名的「坎兒井」。而漢代的畫像和織錦，已開始出現帶有西域特點的動植物圖形。四川新都出土的畫像磚上有雙峰駱駝，駝峰上設有建鼓，兩側有鼓手用力擊鼓的圖案。在甘肅敦煌佛爺廟出土的漢代畫像磚上，則出現了胡人牽駱駝的形象。

「絲綢之路」這一名稱不是在中國的文獻中首先使用的。這一名稱首見於法國地理學家李希霍芬教授。

不過，在我看來，與其叫絲綢之路，倒不如叫駱駝之路更準確。有能夠行走的絲綢嗎？

沒有駱駝，就沒有絲綢之路。

一位歷史學家說，絲綢之路是穿越整個舊世界的最長的路。二千年前，在西安和洛陽等各大商業都市裡的商人們永遠不會知道，那些駝隊往西運送的無數大捆的絲綢，到何處才是旅程的終結？對於他們來說，重要的也許是從第一個轉手商那裡拿到貨款。

事實上只有地中海沿岸的腓尼基水手才清楚，羅馬是絲綢貿易最重要的市場。

漫長的絲綢之路上，駱駝不再是駱駝，而是一種不可替代的沙漠

交通運輸工具。

六

不能不提斯文‧赫定。

二十世紀初，瑞典人斯文‧赫定踏上西行之路時，也是以駱駝作為交通工具的，當時他的駱駝隊有近四百峰駱駝，每次宿營，營地幾乎成了一座駱駝城。

不過，沒有人記得那些駱駝。

隨著絲綢之路上的神秘古城──樓蘭被重新發現，斯文‧赫定成了名揚世界的探險家。

一九三三年，斯文‧赫定率領車隊，沿古絲綢之路又進行了一次艱苦卓絕的探險考察。

赫定是中國西部的最後一位古典式探險家，又是第一位具有現代意義的探險家。當他的福特卡車駛上西行征途時，被稱為瀚海之舟的駱駝，就成了一個時代行將結束、另一個新時代即將開始的象徵。

一提到駱駝，赫定總是帶有深深的懷舊情愫。

這時的赫定，已經近七十歲了。伴隨著駱駝產生的對青春歲月的回憶，往往浸潤著難以言狀的遲暮之感。

像那些飽經滄桑的駱駝一樣，赫定老矣！

探險車隊在額濟納河宿營的時候，一列專門馱運汽油的駝隊從營地前經過。湊巧這些駱駝都是一九二七年赫定前次探險時的老隊員，左頰的烙印「H」（赫定名字的頭一個字母）已淺淡難識了，其中一峰老駱駝一眼就認出了久違的赫定。它疾步離開佇列，向赫定走來，就像從前一樣，伸出毛茸茸的大腦袋。

當然，除了赫定，沒有人能知曉這一舉動意味著什麼。

老駱駝向他討麵包吃。赫定自然心領神會，立時將一個大大的麵包卷，扔進了它那垂涎欲滴的嘴裡，那情景就像老朋友久別重逢。

赫定老淚縱橫，深情地撫摸著老駱駝的大腦袋：「老夥計，你好

嗎？」

駝隊上路了，赫定目送著它們伴隨悠揚的鈴聲一步一步走向遠方。老先生回頭在日記本上寫道：「駝鈴是無韻的詩，我聆聽著，深深為這古老而又熟悉的鈴聲所打動，正是這千萬年來迴響在駝隊經過的古道上的特殊旋律，長伴著旅人商賈展開了一幅幅多姿多彩、震撼人心的沙漠生活圖景。」

駱駝，在赫定的記憶中已沒法抹去了。

旅人、商賈、探險家……不過是匆匆來往的過客，推動古道繁榮的絲綢並沒有留下興盛的痕跡。

歲月之鳥拍打著雙翼疾馳而過，如今，絲綢古道上到處是當年盛景衰敗的殘跡，昔日的浪漫風情已經所剩無幾了。

七

清代以來，在西北大漠上，最壯觀的駝隊場面出現過兩次。第一次是清代乾隆六年（1741），準噶爾駝隊前往肅州等地進行貿易，這次動用駱駝兩萬餘峰。第二次是二十世紀五〇年代初，青海省受命組織援藏運輸物資，一夜之間，就調集了四萬餘峰駱駝。

不過，駱駝的身影一旦在戰事中出現，註定就有悲劇發生了。

康熙二十九年（1690）八月，康熙皇帝派大將軍率十萬大軍征討叛賊噶爾丹，最嚴酷的決戰是在烏蘭布通打響的。

噶爾丹自知力弱敵不過清軍，便四處搶掠駱駝，佈陣於山崗。一萬餘峰四足被捆縛的駱駝橫臥於陣前，背上馱著箱垜，漬水的毛氈蓋在箱垜上。叛兵躲在箱垜後，或射箭或發槍或施鉤矛，抵禦清軍猛烈的進攻。

大將軍號令三軍，讓叛賊嘗嘗大炮的厲害。於是，帥旗一揮，眾炮齊發，聲震天地。硝煙中兩軍陣前駱駝被擊斃無數，鮮血染紅了山崗。

烏蘭布通一戰，一萬餘峰無辜的駱駝無一倖存。

這些駱駝死得實在是太悲壯了。人間的爭殺與駱駝何干？直到今天，當我重讀這段史料，仍禁不住淚流滿面。

八

駱駝是乖順的，鮮見生猛、兇悍的獸性的一面，即便野駱駝也是如此。然而，在野外目睹野駱駝的機會並不是每個人都有的。

野駱駝是國家一級保護野生動物。目前，我國除了西北局部地區尚有少量分佈外，野外已經很難覓到它們的蹤跡了。

一九九三年，我和林業部官員王偉在新疆一同考察吐拉獵場時，曾在阿爾金山的腹地見過野駱駝。當時，我們的越野車正在河川上急馳，透過車窗看到三峰野駱駝正在悠閒地吃著駱駝刺。三峰駱駝兩大一小，大概是一家三口吧。由於是冬天，看上去野駱駝身上的絨毛很厚，抵擋嚴寒和風雪的襲擊光有高大的體軀是不夠的。

司機把越野車停在一處隱蔽的地方，我們跳下車，拿起相機悄悄向野駱駝靠近，企圖拍些特寫。可野駱駝早已發現了我們，它們三步兩步翻過山梁，眨眼就消失在山谷中了。

拍的幾張照片都不夠理想，但我一點不覺得遺憾，因為，我畢竟親眼看見野駱駝了。

野駱駝帶給我的驚喜，比拍照本身要重要得多。

野駱駝被馴化成家駱駝最早始於何時，已無從查考了，但就駱駝的本性而言，馴化的過程一定不會過於複雜。

甘肅的民勤是著名的駝鄉，這裡明代時叫鎮番，家家有養駱駝的習俗。初冬，正是駱駝膘肥體壯之季，選其青壯、乖順者組隊，當地叫「起場」，然後行走於四方。被選入駝隊的駱駝也許直到老死也不得安歇。民勤地處西北內陸，到處都是廣袤的戈壁草灘，生長有大量的駱駝刺等駱駝喜食的牧草，特別利於駱駝的生殖與繁衍。明朝初年，民勤地方政府就採取了一系列的措施，鼓勵這裡的駝戶積極從事駱駝的牧養。

《鎮番遺事歷鑒》載：成祖永樂十一年（1413）癸巳，始定養駝例，每五丁養一駝，三年增倍。凡五丁養二駝者，免應差、地畝徵，糧減半；五丁養五駝者，徵糧皆免；一丁超養一駝者，按例獎賞。以故鎮番橐駝日有增加，不幾年，其數至十萬計。

一縣之地有如此眾多的駱駝，不僅可以為人們提供豐富的奶、肉、皮毛等日常生活用品，而且給當時絲綢之路上的貨物運輸帶來了便利。

早年間，民勤駝隊是活躍於絲綢之路上最具影響力的駝隊。民勤馬永盛駝隊光是白駝就有六百餘峰，他曾向朝廷一次進貢過六十峰白駝，頗得皇帝的賞識。馬永盛以民勤為發祥地，進而壟斷、操縱了河西走廊的市場，其商號陸續發展到北平、張家口、綏遠、包頭、南京、上海、杭州等各大商埠，往來於各地的駝隊，也許就是這個家族興旺發達的奧秘。

民勤歷史上曾有過賽駱駝的習俗。明朝代宗景泰三年（1452）重陽節，邑民於城北教場賽駱駝，紅柳崗牧民劉璣如奪得冠軍。

民勤人在與駱駝朝夕相伴的生活中，自然也就會對駱駝產生深厚的感情，無論是牧人還是駱駝客，無疑都希望能在緊張的奔波勞累之餘，驅趕著自己的駱駝參與競爭角逐，在一決勝負的激烈氣氛中，尋求一份安慰與樂趣。

民勤的賽駱駝習俗在清朝末期還依然存在，駝戶在歷年的賽事活動中也積累了豐富的比賽經驗。清道光九年（1829）九月十日在蘇武山進行賽駝，武舉唐灝國獲勝奪魁。其所役之駝膁清羸瘦，猶有重屌，詎意四蹄若翅，奔走如飛。有詢於灝國者，答曰：駝於馬同，競跑最忌飽食飽飲，意欲奪魁，擇健跑者，斷水草七八日，臨賽時間以精料雞卵可矣。同道者以為此乃賽駝經驗云。

民勤人，因之駱駝多了一些振奮，也多了一些盼頭。

九

高昌是駱駝馱來的城。

一位詩人面對絲綢之路上出土的駝俑，深情吟誦：雖然僅僅是駝隊的往來，卻也馱送過古老的文明和一代強盛。

高昌，是絲綢之路上的重鎮。元代以前，在差不多一千四百年的漫長歲月裡，西域大地上發生的任何政治、軍事事件，可以說都和高昌有著一定的關係。每年入夏，國內國外，有多少人，都因為懷有對古代西域文明的眷戀之情，懷著瞭解曾溝通過亞、歐古代文明絲綢之路的美好願望，奔向吐魯番盆地，躑躅在高昌故城，低首徘徊，尋覓一切可以得到的信息和歷史的烙印。

作為絲綢之路上的重要商業都會，古代西域的政治、軍事中心——高昌，在歷史上的確繁榮一時。東來西往的使節、商旅，亞歐各國的特色名產，都曾經在這裡集散、交易。那時的高昌城，真可以說是聲名寧赫、聞名遐邇。高達十二米的城牆上，人來馬往，旗幟飄揚。周圍達五公里多的方形城牆，每一面有兩到三座城門，分別冠以「玄德門」、「金福門」、「金章門」、「建陽門」、「武城門」等不同名號。城門外面，還有曲折的甕城。行人至此，遠遠就下了駱駝，接受檢查，辦理入城手續。占地達兩百二十萬平方米的古城內，街道縱橫，商肆駢列。熙熙攘攘的人流，有不同的膚色、髮式，各異的服裝、語言，真可以說是當之無愧的國際商業都會。

駱駝馱來的東西真是應有盡有。米麵、帛練、乾鮮果品、棉麻布、陶器、釜鐺以及靴鞋、皮毛、布衫、金屬工具、木炭、飼草、牛、鞍、轡、藥、糖、酒，等等。高昌城中，同一行業的店鋪，組織成了行幫。某一種商品價格，由「行」來規定，這就禁止了不同店鋪銷售同類商品的不正當競爭。每種商品，都按質論價，規定出上、中、下三種價格。

高昌絲綢織物的交易活動，更是引人注目。當年在高昌城裡供人選擇的絲織物，諸如綢絹、錦、綺、綾羅、刺繡、紗，等等，品類繁

多，每一種商品又有不同產地、不同檔次之分。這些絲織物有很大一部分來自中原地區的四川、江蘇、山東、河北、山西等地，也有的來自波斯等國。

駝隊越過天山，像流動的大小血脈，使高昌隨時隨地都能吸收到新的營養，也能把高昌得自長安、羅馬的新的物資、商品，隨時輸送到吐魯番綠洲中的大大小小村鎮或更遠的農民牧點，顯示了強大的生機和活力。

如今，這一切都早已消逝在歷史的煙雲之中了。高大的城牆雖仍然屹立，城中荒廢迷亂的途徑，也都可以隨便涉足，但它往昔的繁華、榮耀，卻難以尋覓了。

高昌沉睡了嗎？

趙大才老人告訴我，他拉駱駝跑長道時，每年都要進一次北京，前門那一帶他非常熟悉，前門火車站門口排著一大溜洋車，車夫穿有帶號碼的坎肩，爭先恐後地招攬乘客。他還坐過洋車呢，那感覺當然和拉駱駝不一樣。

駱駝曾有京華之舟的美稱，早在一千多年前，北京就用駱駝當交通工具了。據史書記載，天寶十四年（755），安祿山起兵范陽的時候，就是用駱駝運送糧草的。此後，京西磨石口、石景山、門頭溝和豐台的農村，就開始飼養駱駝了。為了駱駝出入方便，農戶的院門一般都很寬大，形如倒置的墨水瓶。傳說，北京城駱駝最多的年月，駱駝排成隊，能繞北京城三圈。

那時，京西星羅棋布的小煤窯產的煤，都是用駱駝運到北京城供給千家萬戶的。就連石景山發電廠的煤，最初也是靠駱駝運輸的。北京的城門是晚上關、早晨開。每當晨曦，阜成門、復興門和西便門、西直門外的駱駝就排起長蛇陣，等待進城，有時長達好幾里。城門一開，駱駝便魚貫入城。

北京牛街的回民駝戶還長途跋涉，用駱駝把布匹、百貨等穿過長城送到口外，又把口外產的皮毛、藥材等馱回北京。

一九二二年，牛街回民創辦了「駝行公會」。駝行，是駱駝行的簡稱，這一行業中的屠宰業是由回民經營的，也是牛街回民特有的行業。自清代至北京解放前，原來的糖房胡同、羊肉胡同以西的吳家橋、老君地一帶是駝行的老營盤。夏天，那裡高粱玉米遍地，秋後，莊稼收割了，駱駝便在那裡集中，等待交易或屠宰。

一個星期六的上午，我騎自行車特意到牛街轉了轉——在北京生活十五年了，這還是第一次來牛街。

一位正在賣羊雜碎湯的老掌櫃告訴我，早年間，牛街的駝行有三種經營內容：買賣駱駝；用駱駝搞運輸；屠宰破駱駝開「駱駝鍋房」（回民不能稱湯鍋，破駱駝就是淘汰下來的、不能幹活的老駱駝）。這三種內容可以兼營並舉。如駝行的某一家，買進一批駱駝，處理其中一批，或出售活體，或自行屠宰，要看怎樣合算，然後擇其優者搞運輸。駝肉的批發，與牛肉大致相同。

駝肉與牛肉近似，不是行家，很難分辨出來。有的說駝肉較牛肉老，肉纖維粗，脂肪呈白色；也有的說駝肉勝於牛肉。但當時駝肉在價格上比牛肉低得多，因而，常有人以獨輪車推著駝肉，冒充牛肉沿街叫賣。老掌櫃說，駝肉的熟肉製品，與醬牛肉無甚差別。過去酒館門前賣的「醬牛肉」，有的就是以駝肉冒充的。然而，駝蹄卻是高級美味，特別是駝蹄中的「蹄黃」更為名貴，駝蹄筋則可充鹿筋製成高檔菜肴。當然，一般駝戶是捨不得自己受用的。

駱駝為北京人的吃穿住行出了大力氣。

每年一入秋，秋風剛剛吹落第一片樹葉，駝把式拉駱駝跑城裡的就開始多起來，運煤、運石炭、運木頭或其他大宗貨物，走街串巷，駝鈴悅耳動聽。最忙的是冬季，一隊隊駱駝出入各城門，來來往往，有的將貨物運到集市上，有的將貨物直接送到客戶家裡……

一天的勞作之後，當駱駝在晚霞的餘暉中回眸紫禁城的那一刻，駱駝便和舊北京的一切融為一體了。

十一

探訪趙大才老人那天，在村口，我們遇到一個中年人正在修小四輪拖拉機。他戴著電影《青松嶺》裡錢廣戴的那種布帽子，帽檐已經打卷兒，滿身都是油漬，旁邊有兩個小孩子在看熱鬧。

我問他，家裡養駱駝了嗎？他說，前些年養了三十多峰，現在不養了，改成養這東西了，他指了指小四輪。我問，為什麼不養駱駝了呢？他說，現在世風糟糕得很，駱駝常被賊娃子盜走，看也看不住嘍。過去就不這樣，駱駝在山裡吃草，十天半月去照看一眼就行了。唉，都是錢把人鬧的。

據說，這個村子尚有六十多峰駱駝，可我們在村子裡轉了半天，也沒有發現一峰。陪我探訪的陶冶說，駱駝可能都被牽到田裡拉犁了，咱們去縣上吧。我說，也好，到畜牧局再瞭解一下全縣的駱駝情況。司機張錦華便調轉方向，向縣城駛去。

民勤縣畜牧局局長李松春是個很風趣的人，他說，你叫李青松，我叫李松春，咱倆就差一個字。我樂了，說那個「青」字，常被人寫成「春」字。他說，你這個人挺有意思，據我所知，專門到我們民勤探訪駱駝的記者，你可能是第一位。我說，別的記者專門找熱點，而我是專門找冷點的。我們彼此都樂了。接著我們言歸正傳。他說，民勤駱駝數量減少原因主要有這麼幾個。第一是成本高，養一峰駱駝相當於養兩頭牛。一九九三年，他當局長時，蘭州牛肉拉麵正風靡全國，牛肉價格一下漲上去了，駱駝便被大量屠宰，駱駝肉被當牛肉賣了。第二是生態環境惡化，荒漠植被大面積減少，草場品質嚴重退化，湖泊也都消失了，駱駝日日處於饑渴狀態中。第三是除了傳統的使用價值外，駱駝新的價值沒有被開發出來，就是下羔、抓毛、拉車、耕地，似乎沒有別的用途。

作為政府主管部門，他們當然不能坐視駱駝這一物種走向消亡。一九九五年，政府已經下發文件嚴禁宰殺駱駝，並已制定出駱駝普查本品選育方案，採取了一系列保護措施，從政策上、資金上、科技

上，對駱駝養殖給予鼓勵。現在，已經初步遏制了駱駝數量急劇減少的局面。前段時間，李松春去外地走了走，感到駱駝毛產品很有市場，他們想在這方面多做文章，用市場來驅動駱駝養殖。這或許是保護駱駝種群的根本辦法。

駱駝註定擁有越來越多的昨天，越來越少的明天。

李俊鋼是蘭州西北武勝驛鎮一家回族餐館的老闆，三十七歲。我是在他的餐館就餐時同他結識的。當他得知我是就駱駝問題來這裡採訪時，便主動告訴我，他的祖輩曾養過六十餘峰駱駝，不過，前些年大都宰了，剩下的兩峰，恰巧被途經這裡考察絲綢之路的幾個加拿大人以每峰三千元的價格買去，馱東西了。

我問他，你作為年輕的一代，對養駱駝感興趣嗎？李俊鋼坦率地說，他不感興趣。現在他家擁有兩輛卡車，搞運輸再也不用駱駝了。

絲綢之路沿線的蘭州、武威、金昌、張掖、酒泉等城市，均有他家開設的清真餐館。他說，每年的六月到十月是旅遊的旺季，餐館生意還算可以，收入也不薄。雖然很辛苦，但無論怎樣，做生意都比老輩人拉駱駝跑長道強多了。

時代畢竟不同了，夕陽殘照終歸不能久留。

火車、汽車、飛機等現代化的交通工具，取代古老的駱駝運輸方式是歷史的必然。

不得不承認，駱駝的步履已經很難適應市場經濟的腳步。

但是，我們不能忘記駱駝。

我們該向這位為中國西部的文明和發展作出貢獻的「老英雄」致敬。

從河西走廊返回蘭州後，我住進了中山賓館。

我的房間在賓館的五層，窗戶面對中山鐵橋，鐵橋下面就是日夜流淌的黃河，渾黃渾黃的，就像駱駝的毛色。

那天，當我憑窗眺望黃河和黃河岸邊景致的時候，竟真的意外發現了一峰駱駝，那駱駝披著彩帶，大紅大綠的，很是惹人注目。不時，有外地來的遊人騎上去，照相留影。

我走出賓館，找到了駱駝的主人曹永年老漢。他告訴我，他家有十畝地，拉犂播種都靠這峰駱駝。農閒的時候，他就拉駱駝進城，給旅遊的人當道具，騎一次收三元，一天下來，也能收入三十多元呢。

　　駱駝，你這位退役的「老英雄」又有了新的差事。而此刻，你面對的是城市的喧囂，林立的高樓，滾滾車流和人流，背景呢，卻是沉重而古老的黃河。

　　這是一個意味深長的畫面。

十二

　　老舍的《駱駝祥子》是家喻戶曉的名篇。

　　起初，我以爲祥子眞的是拉駱駝出身，後來便改拉洋車了。最近，看了一篇老舍談創作的文章，才知曉，實際上，駱駝與祥子根本沒有任何關係，只不過老舍正在動手創作這篇小說時，胡同裡被抓了丁的青年從口外逃回來了，還牽回三峰駱駝。老舍和鄰居們都去看，覺得這駱駝給胡同裡添了不少新內容。晚上，在燈下坐定，老舍順手便在祥子的前面加上兩個字：「駱駝」。

　　文人們多半喜歡駱駝。二十世紀三○年代，馮至和廢名就在北京創辦了一本刊物叫《駱駝草》，薄薄的，文字豎排，且是從後面往前面翻的。我是在東四附近一家老號書店裡看到這本刊物的。刊頭的「駱駝草」三個字是沈尹默先生手書的。

　　爲什麼取名《駱駝草》呢？馮至先生在一篇小文中寫道：「駱駝在沙漠中行走，任重道遠，有些人的工作也像駱駝一樣辛苦，我們力量薄弱，不能當駱駝，只能充作沙漠地區生長的駱駝草，給過路的駱駝提供一點飼料。」

　　在《駱駝草》上經常發表文章的作家有周作人、冰心、俞平伯、馮至、廢名。魯迅當時在上海，有人問他：「看到《駱駝草》了嗎？」

　　魯迅說：「看到了，以全體論，沒有《語絲》開始時那麼活

潑。」

原來，《駱駝草》的前身，便是《語絲》。難怪先生要拿它與《語絲》進行比較呢。

《駱駝草》是否起到了駱駝草的作用？那都是二十世紀三○年代的事了，時間久遠，不必論了。

不過，魯迅甘願做一頭牛，吃進去的是草，擠出來的是奶。先生喜歡牛是可以肯定的了。

魯迅對《駱駝草》的評價不高，並不意味著先生厭惡駱駝和駱駝草。

法國作家布封筆下的動物極具感情色彩。他說，在所有的動物中間，馬是身材高大而身體各部分又都配合得最勻稱、最優美的。當然，布封也提到駱駝，可惜只有一句：駱駝是畸形的。

布封一定沒有去過沙漠，一定沒看見過馬隨駝隊一同行進的情景。負重的總是駱駝，即使馬的草料和水也要由駱駝馱著。

馬太矯情了，一日不可缺吃少喝。草料和水，總要備得足足的才能上路。這一切，駱駝都看在眼裡，但從不計較，只顧一步一步地走著，忍饑忍渴，任勞任怨，一直向前。

同那些矯情的馬們相比，駱駝無疑是吃了大虧的。

吃虧不是一種美德，儘管鄭板橋先生說，吃虧是福。駱駝也不是生來就喜歡吃虧。只不過，駱駝不在意吃虧罷了。

駱駝最敏感的部位是鼻子。

駱駝最致命的弱點在於鼻子的敏感，掌握了駱駝的鼻子，就掌握了駱駝的一切。一根細細的麻繩穿過它的鼻孔，再輕輕那麼一拉，駱駝就可以跟你走遍天下了。

人恰恰利用了駱駝的這一點，做成了許多大事情。

在一些人的眼裡，駱駝是愚蠢的，笨重的，醜陋的，也缺乏激情，被人利用了還全然不知。其實，駱駝什麼都知道，在茫茫無際的沙漠中，能夠幫助迷途的人走出困境的駱駝，怎麼能不知道呢？

駱駝就是駱駝，它不在意吃虧，當然也就不在意閒言碎語和人的

那些伎倆了。不過，如果你在大啖生猛海鮮、狂飲人頭馬之後，最好別對剛剛負重上路的駱駝說三道四，不然，駱駝一時不慎打個噴嚏，而那噴嚏又恰巧噴在你的舌頭上，那就活該你倒楣了。

　　駱駝，駱駝，了不起的駱駝。駱駝，駱駝，了不起的具有駱駝精神的人。

28. 遙遠的虎嘯

虎跡虎訊

寧靜在瞬間斷了。

「唔——」空谷裡，迴蕩著長長的嘯聲。在武功山神秘的腹地，那嘯聲如狂風裏挾著碎石和草屑，一陣陣，搖撼著沟湧的林濤。

正在覓食的錦雞、野兔，還有愛佔便宜的赤狐，蜷縮在樹叢中瑟瑟地亂抖。

「唔——」森林彷彿降臨了災難。

終於，懵懂多日的蘆溪人從懵懂中醒過神來：莫非老虎又回來啦？

是回來了。

那虎即到西澗，卻立住了腳步，眼睛映著月亮，灼亮灼亮，並不朝著驢子看，卻對著這幾個人，又嗚的一聲，將身子一縮，撲過來。這時候，山裡本來無風，卻聽得樹梢上呼呼地響，樹葉簌簌地落，人面上冷氣棱棱地割。那幾個人早已魂飛魄散了。

這是晚清小說家劉鶚先生在《老殘遊記》中對老虎的一段描述。

在中國古代文化中，作爲一種權力和威嚴的象徵，虎是僅次於龍的第二位「神物」。龍作爲帝王的象徵，其實是根本不存在的東西，而活生生的虎則是統帥、大將軍的標誌。它存在於軍旗、徽章之上，也存在於匾額、鎮物之中。手持虎符就意味著有指揮調動千軍萬馬的大權，坐上虎皮交椅，就意味著身居權貴，八面威風，甚至江湖匪

盜、草寇俠客也興這一套。看過《智取威虎山》嗎？座山雕屁股底下那把交椅上披的就是虎皮……

「唔——」久違了！老虎。

然而，對於這樣的消息，蘆溪的山民們可不像老虎專家那樣興奮。

老虎的出現，攪亂了山村的寧靜。

最先遭殃的是狗。據《萍鄉日報》報導，僅一九九〇年上半年，蘆溪鎮至少就有七隻狗被野獸吃掉了。高樓村村民沈世芳反映，一天，他帶著狗進入懵懂沖打柴，突然聽到密林裡一陣極端恐懼的嚎叫，回頭看時，狗已不知去向。當他正在愣神的時候，遠處傳來一聲長嘯，他嚇得要命，轉身拼命奔跑。同沈世芳一樣，住在玉女峰下新攏村的老劉，一天下午也忽聞不同尋常的狗叫聲，他衝出屋門，已不見狗的蹤影，但地上卻清晰地留下了老虎的腳印。

另有報導，一九九一年十一月八日，蘆溪縣東陽村一村民路遇一老虎，並清晰看見虎身上的扁擔花。一九九一年十一月十日，蘆溪林業分場場長黃新明巡山至玉女峰山腰時，猛見一隻老虎橫閃而過。

此外，奉新、靖安、武寧、樂安、吉安、廣昌、全南等地也相繼發現虎跡。

這是一些可喜的信號。

自然環境無時無刻不在影響著人類的生產和生活，而人類的活動也在不斷地改變著自然界。

虎跡的重現，遠遠超出了老虎本身的意義：歷史仍在山嶺密林中活著。

人類可以毀壞自然，但是，自然卻是不會屈服的。

自然界也有自己的秩序。只要給它時間，它就會按照自己的法則休養生息，孕育生命，並創造出許許多多的奇蹟。

頻頻傳來的虎訊，引起野生動物保護部門的注意。

江西省林業廳迅速組織專家草擬《華南虎及棲息地調查計畫》，並上報國家林業部。隨後，華南虎考察隊成立。江西省自然保護區管

理辦公室主任王寶金任隊長，老虎專家、高級工程師劉智勇任副隊長。

考察隊外業調查分兩個階段。第一個階段調查路線爲：

南昌→吉安→永新→蓮花→寧岡→井岡山→贛州→全南→安遠→尋烏→會昌→瑞金→宜黃→撫州→南昌。

第二階段調查路線爲：

南昌→九江→瑞昌→武寧→修水→萬載→蓮花→吉安→永豐→樂安→宜黃→撫州→南昌。

一輛越野車在山路上疾馳。

是日，劉智勇率領華南虎考察隊抵萍鄉。在兩位山民的帶領下，考察隊棄車爬山，於上埠鎮九州村附近一座高山上，發現一處老虎腳印，在山頂，考察隊還搜尋到老虎「掛爪」（老虎抓撓留下的痕跡）若干。隊員們或驚或喜，疲勞頓消。

中午，考察隊來到另一個山村，獲悉村民何家明最近拾得一個動物骨架。考察隊走訪了何家明，老何從屋內牆角拿出幾隻黑蹄。考察隊員通過分析，認定是水鹿的蹄子。水鹿是草食動物，也是華南虎的佳餚之一。

在自然界中，植物是動物的食料，草食動物又是肉食動物的食料，而所有動植物的遺體殘骸被微生物分解之後，再提供給植物吸收。生態系統中的生產者、消費者和分解者之間，不斷地進行著這種能量轉移和物質循環。

一個達到動態平衡的生態系統，動物、植物及其他生物不僅在數量上保持相對穩定，而且具有典型的食物鏈關係和符合物質與能量流動規律的金字塔形結構。

生命的織錦環環相扣，以致如果有一根生命線不幸斷掉，生命的

織錦就可能一根一根地脫落，甚至導致整個生態系統的解體。

水鹿與老虎之間的關係就是這麼奇妙。

聽說有個叫彭章生的村民，於兩個月前在莊稼地邊放置鐵夾子，本意捕殺野豬，孰料卻夾住了一隻十二公斤重的貓科動物，打死後美餐一頓。近日得知考察隊進山尋虎，嚇得彭章生躲進後山竹林，不敢露面。其妻見到考察隊時眼圈發紅，聲音顫抖。經動員說服才將彭章生喚回，交出一隻獸牙和兩根小骨……

考察隊採取投餌（山羊、大狗等）招引的方法和收集足印、掛爪、糞便、殘餌、臥跡等實物資料證實，萍鄉玉女峰山區現存華南虎至少三隻，其中母老兩隻、幼虎一隻。

巍巍玉女峰，你那茂密的森林裡還藏著什麼？

一封電報引出的新聞人物

在考察隊回南昌休整期間，筆者採訪了劉智勇先生。

劉智勇說：「通過我們的考察認為，華南虎在江西境內的活動主要集中於井岡山、吉安和蘆溪的山區，活動最頻繁的是蘆溪山區的羅霄山脈。」

同其他貓科動物一樣，華南虎喜歡單獨棲居，占山為王。

動物的集群和獨居是一種奇特的現象。非洲的塞倫格提草原牛羚遷徙的場面，被稱為「地球上偉大的奇景」之一。

春天，五千六百平方公里的塞倫格提草原顯得過於狹小，不足容納這支五十萬隻向前推進的有蹄類大軍。遠遠看去，它們擠得那樣緊，以至於形成了自己的雲霧。

如果說這些看起來有些愚蠢的動物聚集起來，是一種生存的需要的話，那麼分離和獨居則是更高等的動物無可比擬的智慧了。

華南虎的壽命一般在二十年左右，一生要捕食動物三萬至五萬公斤。一條水鹿約重五十二公斤，虎一生要吃掉一千兩百至兩千隻水鹿一樣的哺乳動物。

這個巨大的胃口常常是難以滿足的。於是，山民的狗和牛等家禽便成了老虎的補充食物。

「你們發現活體了嗎？」

「考察隊尚未發現活體，但看到活體的老百姓有二十餘人。」老劉展開一本相冊，指著相冊上的照片說，「看到活體是相當困難的。今年春夏之間，我們考察半個月就發現足跡五十多個，掛爪三十多個，拾回老虎糞便五堆，此外還拍攝臥痕照片二十餘張。」

「老劉，電報。」一個青年人走進屋來，打斷了我們的談話，將一封電報交給劉智勇。

老劉擦了擦眼鏡，看罷笑了笑：「又是關於老虎的。」

我瞥了一眼，電文是：

已取幾樣鮮虎糞便，請速來人鑒定。吳。

「這位吳是誰？」我無意之中問了一句。出乎意料的是，我的探訪因這封電報又有了另外的收穫。

「吳德崇。」

「吳德崇？」

「對，這個人不簡單，過去是林業幹部，退休後專門從事華南虎考察和研究工作。」

老劉站起身來，從抽屜裡取出一封信：「這是老吳前幾日寫給我的信，你看看，也許有什麼用。」

經老劉同意，現將那封信全文抄錄於此：

劉老師：

您好！

今日又見新虎跡。地點：石子嶺。在您發現掛爪處往西北下坡三十米的石頭上，老虎扒下千年馬皮草，同時在東南上坡處屙有兩節串聯糞便。糞中毛棕白色無骨質，是小山豬毛。再向上兩米處又屙一

節，長二十餘毫米。

兩處糞便都有一個毛尾巴，是小虎之糞，已留存標本。

十一月三十日晚，三尖峰鎮山大虎在茶垣嶺大衝。

禮！

吳德崇

一九九一年十二月4日

職業的敏感使我意識到，吳德崇肯定是個新聞人物。倏忽間，一個念頭閃過腦際：追蹤採訪吳德崇。

狗腦沖的發現

蘆溪，武功山腳下的一座古鎮。

蘆溪鎮四周方圓一千平方公里的山林都是臥虎藏龍之地。歷史上，這裡有天然動物園之稱，明、清兩代的縣誌中，對王斑虎在本地的活動多有記載。人虎相習，人不傷害虎，虎亦不傷害人。二十世紀五〇年代初期，蘆溪人崇尚打虎，在打虎運動中，湧現出了許多打虎狀元、打虎英雄。然而，自從進入二十世紀七〇年代後期，這個著名的虎鄉就再也難以發現老虎的蹤跡了。

蘆溪鎮正大街二號。吳德崇。

他是一個普通的農家子弟。

一九六八年，他從造反派焚燒「毒草」的灰燼中，發現了一本被燒得面目全非的《世界珍稀動物》一書，回去用糨糊粘巴粘巴還能看。其中的王斑虎一章最使他感興趣。從此，他與虎結下了不解之緣，業餘時間，潛心研究虎的棲息及生活習性，二十多年來從未間斷。

冥冥中，他似乎聽到了山林裡虎嘯的迴聲。

他終於等到了這一天。

一九九一年四月六日，吳德崇與蘆溪林業分場會計種生，護林員

吳啓根、吳啓偉一同巡山，中午在興隆村村公所小憩，幾位婦女的閒談引起他們的注意。

「嘖，真倒楣，我家鴨子不知叫什麼東西吃了七隻。」一位抱孩子的婦女說。

「哎呦呦，七隻？你家的鴨個頂個都是肥鴨啊！」

「可不，辛辛苦苦餵了一年，」抱孩子的婦女說，「到頭來，連根鴨毛都沒剩下。」

吳德崇好奇地走上前去，問：「什麼野獸吃的？」

「誰知道，可能是狼，也可能是豹子。」抱孩子的婦女看了吳德崇一眼回答。

「在哪兒吃的？」

「狗腦沖。」

「離這兒多遠？」

「不遠。」抱孩子的婦女用手指了指山那邊。

「走，看看去！」吳德崇和會計及兩名護林員急火火趕到狗腦沖。

嚯，現場亂糟糟的，大獸的足跡盡在眼裡，小獸的足跡也很清晰。吳德崇取出捲尺量了量，大足印寬一百二十至一百二十五毫米，小足印寬五十毫米。

「是老虎的，是老虎的，」吳德崇驚喜萬分，喃喃自語，「還是一母一子哩！」

對於吳德崇來說，這一發現是多麼重要。做完現場筆錄，他一路哼著小曲，下得山來。

「老婆子，炒幾個雞蛋！」吳德崇未進家門就笑嘻嘻地嚷嚷道。

「死老頭子，今天是怎麼啦？」

「老虎！老虎！哈哈——在狗腦沖發現了老虎的腳印。」

「瘋瘋癲癲的，瞧你那樣子，早晚得讓老虎吃了。」老婆嘮叨著，刷鍋點火。

吳德崇走進裡屋，吩咐正在磨柴刀的兒子：「快，去小賣部打

酒！」

這天，吳德崇喝了個爛醉。

虎訊驚動了萍鄉市林業局。林業局的段媛女士上山踏看，卻因連日降雨，未能複製模型。

九月十七日，破塘沖又出現虎跡。隨後，吳德崇在井窩南山的芭茅叢中發現一處虎臥。

科學是嚴謹的，來不得半點虛假。足印、臥跡僅僅是可供研究的自然證據之一，吳德崇更大的目標是獲得活生生的活體照片。

想獲得照片卻沒有照相機。買，家裡沒有這筆積蓄；向上面申請，自己又是個業餘的，沒有正當管道。就在吳德崇愁眉不展的時候，二女婿楊炳芳來了。機靈的女婿看出了岳父的心事：「爸爸，我去借一架。」

「上哪兒去借？」

「您別管了，反正過些天您有照相機用就是了。」

果然，沒過幾日，女婿背來一架照相機，是從親戚家裡借來的。吳德崇高興得像個孩子似的，半天合不攏嘴。

吳德崇上山了。

狼群和恐怖的夜

打虎親兄弟，上陣父子兵。老婆擔心他萬一有個閃失，就叫兒子跟去照應。

在一片山林裡，父子二人發現幾個新鮮的老虎腳印。唭嚓唭嚓，吳德崇興奮地按動快門。

「爸，鏡頭蓋沒打開！」兒子在旁邊提示父親。

吳德崇一看鏡頭，果然蓋未取下來。「哎喲喲，浪費了兩張。」好一陣心疼。

突然，一陣微風吹來一股虎臊味。「爸爸，你看！」兒子小聲說。

吳德崇定睛一看，在身旁兩米處一片被壓倒的草叢上，還有熱氣，顯然是老虎的臥跡。

　　他們繼續向前尋找。心，怦怦亂跳。

　　他們似乎忘記了時間。天漸漸暗下來，茂密的森林裡死一般的沉寂。

　　兒子有些怕。因為隱伏的黑暗中的恐怖隨時都在等待他們。

　　吳德崇也意識到了危險。老虎就在附近，老虎一旦出現，他們的處境極其嚴酷。他們是孤立無援的，想到這一點，吳德崇不由打了個寒戰。

　　「兒子，聽著，」吳德崇對兒子說，「一旦我被老虎踩在腳下，你千萬別管我的死活。你趕緊按快門，把老虎吃我的場面照下來。」

　　吳德崇的手一抖一抖的，從脖子上取下照相機，遞給兒子。

　　「記住了！」兒子接過照相機，眼睛潮潮的。

　　在那陰鬱的冷酷的森林深處，幾雙眼睛在樹隙間透過黑暗早已盯住他們。那是幾雙閃著綠光的兇惡的眼睛。

　　突然，兒子的一隻手緊緊地抓住爸爸的胳膊。吳德崇的聲音有些顫抖地說：「別怕！幾隻草狼。」

　　雖是草狼，也不是好對付的。逃是逃不掉了。一把斧頭，一把柴刀，硬拼，也不是辦法。最好的對策就是等待。

　　等待需要耐力，而有時耐力能夠戰勝一切。

　　足智多謀的吳德崇知道，與其攏一堆篝火坐等天明，倒不如在大樹上搭一個窩棚，睡上一覺更為安全。

　　兒子放哨，吳德崇揮動斧頭，砍斷一些樹枝，再割來一些長藤，將幾株大樹聯結起來。不多會兒，一座樹上房子便建成了。他們爬了上去。

　　那是一塊屬於他們父子的領地。

　　他們鋪上雨衣躺了下來，希望睡上一覺，暫時忘記危險。可哪裡睡得著呢？他們瞪大眼睛，手裡緊緊握著斧頭和柴刀……

　　「唔——」

一聲虎嘯劃破長夜，狼群惶惶逃遁了。

他們在極端恐懼和疲憊中又迎來新的黎明。

訪虎：目擊者說

虎叫為「嘯」，狼叫為「嗥」。虎叫的聲音長，氣粗，且有穿透力；狼叫的聲音短，低沉。

古人的用字是很講究的。

每隻狼一年要吃掉一噸肉，一隻四十公斤重的狼，一次可吃下十公斤的肉。他們吃鹿、狍、野雞、野兔和各種家畜，有時不是為了取食，而是咬死拋掉。

狼有很強的耐久力，一夜能跑一百餘公里。

狼能忍受長時間的饑餓，受傷後，甚至受兩三粒霰彈的穿透傷，也不立即倒下。被踩夾夾住時，能咬斷腿部，自己解脫，逃之夭夭。

在東北農村，獵人用圈獵法捕狼。捕狼圈小而嚴密，用組木杆圍成螺形的圈，下面埋得非常牢固，上面向內傾斜，形成上小下大的圓圈。圈內放置誘餌，當狼沿著螺形的圈進入圈內取食時，便不能再出來了。

狼非常狡猾多疑。與其說狼怕老虎，倒不如說狼怕老虎的叫聲——虎嘯。

在群山密林之中，虎嘯一聲，四山皆應，嘯聲所及的幾十里範圍，都能感受到虎威的震懾力。若虎到平原就沒有這個威勢了。

所謂「虎借山勢，山借虎威」，說的就是這個意思。

在野外，目睹野生虎的機會並不是人人都有的。據筆者所知，甚至國際上的一些老虎專家雖然出版了許多本專著，但大多未在野外遇到過老虎的活體。

吳德崇永遠不會忘記那幾次與老虎的奇遇。

記得我十歲那年，父親帶我去放夜水。在山間的拐彎處，遇到一

隻大王斑虎，相隔十餘米左右，呼嘯一聲，掉頭走了。我被嚇得兩天未進食。

　　一九九一年十月三日上午十時許，我帶兒子在破塘沖塑虎腳模時，正下毛毛雨。當我們工作完畢準備下山時，忽然對面山岡上傳來四聲呼嘯。一分鐘後，我們清清楚楚地看到老虎慢條斯理地走上另一座山岡，並不時轉過頭來看我們父子。

　　還有一次就是一九九一年十二月中旬，我在岩婆沖岡上取虎糞，老虎從山腰芭茅叢中走出來，掉頭看我，我也看它，雙方對視三分多鐘。

　　吳德崇，這個普普通通的人，竟有著極不普通的經歷。

　　尋虎，尋虎，還是尋虎。既是一種癡迷，又是一種信念。

　　一九九一年以來，吳德崇父子先後訪問了兩百餘位獵民或山民，搜集資料一百二十餘宗，取得虎足印模型七個，虎崽毛一撮，虎糞七堆。

　　說到吳德崇的名字，山民們也許並不熟悉，但一提起「尋虎叔叔」，就無人不知無人不曉了。

　　哪裡發現了虎跡，人們就會主動跑來告訴他。

劉世雲（蘆溪鎮興隆村獵手）：

　　一九九一年十月十二日晚十一時許，我和本村青年徐新泉帶著獵銃和手電筒在紅薯地守夜（防野豬糟蹋紅薯），跑過龍燈窩口時，聽見大獸行走的響聲。我們二人貓腰躲進樹叢中，看見約有十米遠的田裡有一大獸。那大獸「唔」地長嘯一聲。我們打開電筒開關一照，媽呀！不得了啦，是一隻老虎。我們二人嚇得仰身跌入水溝裡，弄得滿身泥水，回到家還說不清話。

劉福元（蘆溪鎮田心村獵手）：

一九九一年十月十七日凌晨二時，我與水湄村兩青年一起打獵，在興隆村附近，遇見一隻老虎。

龍正來（蘆溪鎮半山村村民）：

一九九一年十一月三日下午四時半左右，我往條盤坑收集曬乾的稻草，趕牛回家時遇見老虎。當時，我挑著稻草，走了不到百餘米，牛就停步不前，拼命往稻草下鑽，而剛出生兩個月的牛犢則鑽入母牛肚下。一時，我不知將發生什麼事情，於是，就大聲吼叫逐牛，牛推也不動。誰知，這時山下的窩坑裡，一隻老虎長嘯一聲。我全身的骨頭都嚇散了，哪敢亂動一步？不過，我的頭腦還是清醒的，為避開不幸，我準備把小牛餵虎吃。天照應，虎慢條斯理地，哼哼著，上到對面的山岡。我等了五分鐘，一直看不見了才敢逐牛回家。

每一個目擊者都有一個驚險的故事。

至今講起來，他們仍心有餘悸。那與老虎對視的剎那，已深深刻在了他們的記憶中。

月光下的紅薯地

最純樸的是百姓，最通情達理的也是百姓。

「如果沒有他們的支援和幫助，恐怕我的尋虎工作很難堅持到今天。」說這番話時，吳德崇的眼裡閃動著淚花。

吳德崇聞知華雲鄉磨高村一村民家的兩隻母狗被野獸叼走了，便步行二十五公里前去看個究竟。不料，那天霧大，迷了路。他一天未進食，饑餓難忍。傍晚時，他來到高步嶺村，叩開一戶屋門，一問，戶主吳多生，同族人。

吳多生一看「尋虎叔叔」疲憊不堪的樣子，什麼都明白了，趕緊

叫女人安排飯菜。

一會兒工夫，一碗臘肉燉豆角，還有幾碟小菜及香噴噴的米飯端上來了。

吳德崇狼吞虎嚥地飽餐一頓。

「天黑了，山上虎豹出沒無常，你就別走了，」熱情好客的吳多生說，「明天，我帶你去磨高村。」

像吳多生這樣為吳德崇提供方便的山裡人並非一兩個。如：半山村賀森林、何仕成，仁里村黃保材、馬文武，興隆村吳啓根、徐新龍、劉良光，等等，足足有二十多戶。

最令吳德崇感動的是上畢鎮王源村。

一日，村民們聽說「尋虎叔叔」進村了，紛紛圍上來，有的向他探聽虎訊，有的向他提供老虎活動的最新信息。村支書還專門組織群眾談情況。

夜深了，談情況的群眾散去。村公所裡好靜，吳德崇躺在床上，久久未能入睡。他想起那件事，心裡有些慚愧。

幾天前，他和兒子在山中尋虎，整整尋了一天。已是晚上十一時了，離家尚有三十餘公里。

附近沒有村落，不要說有人款待，就是討飯也找不到門戶。兒子一屁股坐到石頭上再也不想走了。

吳德崇看了看兒子，一聲未吭。他跌跌撞撞地走下山坡，用一根樹枝翻動一叢野葡萄秧，借著月光，企圖找到幾串野葡萄充饑。可是，找了半天，什麼也沒有找到。

當他沮喪地抬起頭來的時候，奇蹟出現了。距他不過五米遠的地方是一片紅薯地。

「這裡有紅薯！」吳德崇像見到救星一樣，喚著兒子。

他們扒開田壟摸出大個的紅薯，大口大口地嚼著，脆生生的紅薯，真香。

填飽肚子，父子倆才意識到，他們做了一次賊。

「我對不住鄉親們，對不住，對不住。」一九九二年二月，吳德

崇在一封寫給筆者的信中還提起這件事。

　　吳德崇也真夠認真的。實際上，誰會計較那幾個紅薯呢！何況，又是在那樣的情況下。

　　唉，這個吳德崇。

虎論ABC

　　民諺曰：「老虎，老虎，鐵頭芒杆腰。」

　　「鐵」就不用解釋了，「芒杆」是南方山區的草本植物，稍用力一折，就斷。

　　一位有獵虎經驗的獵民也說：「打虎不一定帶槍，只要有較粗的硬木棍，狠打老虎的腰部，就能把它降伏。」

　　看來，武松打虎專打老虎的腰部是有一定道理的。

　　「老虎為何吃人，到底在什麼樣的情況下才吃人呢？」一次，筆者專門就這個問題給吳德崇去信，請他談談自己的看法。

　　吳德崇在回信中寫道：

　　把虎當巨敵，就是對虎的偏見。虎所受之冤太多了。前人早已總結了虎的習性，只是不被人所認識。攻擊人的極毒之詞「狼心狗肺」，而不是「虎心豹肺」。在動物世界裡，最惡者是狼而不是虎，「狼」字少一點就是狼，所以最狠者就是狼而不是虎。

　　除瘋虎外，虎從不主動攻擊人。但是，虎有極強的報復心理。我在訪虎時瞭解到許多這類的故事——

　　蘆溪鎮王家嶺村魏春秀口述：我十一歲時，家裡養了幾隻鴨。一日我聽到鴨叫，跑去一看，一隻黃色的大獸在追鴨。我急忙叫喊，母親拿出一根竹槍，一面喊打一面亂舞竹槍。虎見竹槍打來，將身一躍，竹槍劃破老虎頭部，鮮血直流，虎逃走了。誰知，從此招來大禍。老虎每天圍著我家房子轉來轉去，伺機報復，弄得我家人日夜閉門不敢外出，連摘菜挑水都不敢出去。打銅鑼，開鳥銃都無效。前後

有五名槍手守護我們母女達半個月之久，老虎才沒傷著我們。

魏春秀的鄰居黃建義口述：說也奇怪，我們想可能是老虎要吃她家狗，就把狗推出去讓它吃，老虎吃完狗後，也無濟於事。虎只要聽到她母女倆說話，就守在窗外。

蘆溪鎮豐泉村聶冬生口述：那還是新中國成立前的事情。一天晚上我們串門回家，正逢一隻大虎準備撲狗。我大喊：「老虎吃狗哇！」就這一聲，老虎一愣神未撲上狗。於是老虎一轉身就追我，我急忙跑回家閂上門。老虎拼命撞門，一連鬧了四天才離去，嚇得全村人都不敢外出……

信是用毛筆寫的，蠅頭小楷，極工整。也是在這封信中，吳德崇用十六個字概括了華南虎瀕臨絕跡的因素：惡性捕殺，通道險阻，會區遭劫，情場凶變。

吳德崇認為，華南虎有自己的產地，有會(雌雄相會)區，有情場，有行走路線。不是有雌雄就可產崽，虎有自己的配偶。在老虎的種族中存在著殘酷的族殺現象。

一山不能藏二虎，這是前人對虎的族殺現象的總結。在大自然中，雌雄除發情相遇外，一般是難以共處的，一旦相遇，必有一場惡鬥。虎格鬥開始時先消耗體力，當一方力不能支時，強者即將弱者推倒在地，咬住喉管，這一咬定要使對方斷了氣才肯甘休。

虎有固定的交配場所。若遭到破壞，雄虎就拒絕與雌虎交配。

不打虎，但捕獵其他動物，對虎也是無益的。饑餓而死的大都是幼虎。

華南虎有臥山、過山的生活習性。吳德崇認為，雌虎一般都是不過流浪生活的，過山虎大都是雄虎，而鎮山虎則大都是雌虎。雄虎的流浪往往有一定目的，或者為它的未婚妻選地盤，或者是自己厭倦了舊地，想開闢一片新的疆土。

虎似乎有著特異功能。雖遠隔千山萬里，雄虎對自己配偶的定居點、何時發情，仍瞭若指掌。冬末春初，只要雌虎發出吼聲，不出幾

日，雄虎就到了。

通過走訪獵戶和自己對華南虎的觀察，吳德崇總結出這樣幾條：

一、虎穴一般選在大岩石下，夏冬兩季居住較多。但雌虎分娩時一般在茅草叢中，不入穴。可能是便於虎崽活動隱藏。

二、虎喜居山峰。多居於主峰連接支峰數處的地方，獨峰則不居。出入走山岡脊背處，適應瞭望，很少走路中心，常靠長茅草路邊走。

三、虎到新處才在地面分路點的大樹旁，爪抓掛牌做標記，抓地定撒尿才抓。一般出入不掛牌（用虎尿留下標記）。

四、虎一般不臥大樹下，少入密林中，地不光不屙屎。

目前，有關部門尚未組織專家對吳德崇的研究鑒定真偽。因此，吳德崇的研究實際上處於一種既否定不了也不能肯定的境地。

也許，吳德崇追蹤的本不是華南虎，而是雲豹或者別的什麼。

也許，吳德崇在尋虎訪虎的過程中，被一些傳說和現象迷惑，自己也陷入了怪圈……

然而，無論怎樣，山林裡那長長的嘯聲卻是真實的存在。

虎事回眸

中國虎有幾個亞種？專家的意見也未統一。有的說兩個，有的說三個，有的說四個。各有各的根據，各有各的道理。

中國虎至少有兩個亞種是可以肯定的，即東北虎和華南虎。

東北虎又被稱爲西伯利亞虎或西伯利亞長毛虎。在前蘇聯著作中則被稱爲烏蘇里虎和阿莫爾虎，體形大、毛色淡、冬毛特別長，尾毛也很豐滿，條紋不十分清晰。

同東北虎相比，華南虎的毛色要深得多，條紋也深重，且多形成環形或菱形。

華南虎的分佈區域也比東北虎廣闊。二十世紀三〇年代初期，香港曾發現過有大陸泅水過來的華南虎。

雲南的猛海、思茅等地分佈著一個叫拉祜族的少數民族。「拉祜」即是用特殊方法烤吃老虎肉之意，因此「拉祜」又被稱爲「獵虎」的民族。

可見，自古以來，雲南南部和西南部原是多虎的地區。

四川也產虎。《四川資源・動物志》載，四川產華南虎的地方有：青川、綿竹、北川、平武、萬縣、甘孜。一九六〇年全省收購虎皮二十三張，一九六二年收購虎骨四十五公斤，是歷史上最多的年份。

羅布泊是個謎，可很少有人知道，這個謎面上竟也留下了老虎的腳印。二十世紀初，塔里木河兩岸森林茂密，棲息著種類繁多的野生動物。繼彭加木之後擔任羅布泊考察隊隊長的夏訓誠，一九八一年在羅布泊考察時，曾意外地遇上了幾位九十歲以上高齡的老「羅布人」。

這一族人世世代代生活在羅布泊南邊的阿布丹一帶。他們回憶說，一九二〇年，那裡發生了一場大瘟疫，死了許多人，野獸也死了不少，有時在河谷裡還能看見奄奄一息的老虎。有一位塔依爾獵人和他的兒子，還曾親手把兩隻虎崽抬回家餵養了一段時間。

一九五九年至一九六四年，有人仍在這裡發現過老虎，後來就再無音信了。

羅布泊的虎，是華南虎還是東北虎？「這很難講，也許都不是。」著名老虎專家譚邦傑說，「根據前蘇聯老虎專家斯盧德基提供的資料，二十世紀五〇年代，前蘇聯中亞幾個共和國都有虎，特別是哈薩克共和國的阿克蘇河和齋桑河一帶，老虎活動更是頻繁，而那裡再往東就是我國新疆的邊界了」。

動物是沒有國界的。譚邦傑笑著說：「冬天江水結冰，老虎可以自由通行。況且，老虎好水性、善游泳，夏季即使江水澎湃，也能游過對岸。」

印度「老虎計畫」

老虎曾一度分佈於亞洲的大部分地區。在二十世紀生態環境尚未遭到大規模破壞之前，世界上共有十萬隻老虎，而現在只剩下五千隻了，有三個亞種即巴厘虎、里海虎和爪哇虎趨於滅絕。

一九六九年，國際自然和自然資源保護聯盟在印度新德里召開會議，呼籲拯救瀕臨絕種的老虎，提出禁止虎皮貿易的提議。作為會議東道主的印度首先響應大會號召，率先採取行動保護老虎。一九七○年，印度政府下令全國禁止捕殺老虎，印度野生動物局為此開展了一項號稱「老虎計畫」的行動。鄰國尼泊爾、不丹和孟加拉也採取了保護老虎的相應措施。

印度野生動物局的第一個任務，就是普查全國老虎的數量。根據可靠的足跡調查，一九七二年五月，他們宣佈：印度只剩下一千八百二十七隻老虎。

老虎數量的銳減，震驚了世界。

一九七二年九月，印度聯邦國會通過了《野生動物保護法令》，大部分法令涉及老虎保護問題。根據法令，印度投入大量人力和財力用於拯救老虎。

一九七三年至一九七四年，印度在老虎棲息地開闢了九個自然保護區，後來又發展到十五個，面積達兩萬四千六百平方公里。占地一千九百四十平方公里的堪哈自然保護區，過去是著名的狩獵區，現在已成為「老虎計畫」的一個窗口。印度政府將保護區內二十二個村莊的四千戶居民搬遷到保護區外，並為他們另闢土地和重建家園。

同中國的自然保護區一樣，堪哈自然保護區也分為「核心地帶」和「緩衝地帶」。核心地帶嚴禁人類進行開發活動，緩衝地帶只許進行保護森林的工作。同時，在保護區內還實行水源和土壤的保護，荷槍實彈的森林警衛隊日夜巡邏。

印度野生動物研究所所長海曼德拉・潘沃先生說：「我們的目的是把人類對自然保護區的干擾減少到最低限度，以便使林木復生，野

生動物得到庇護。」

為了實施「老虎計畫」，印度政府耗資巨大。僅一九七二年至一九八○年，就耗資一千萬美元。其間，世界野生生物基金會還捐款一百萬美元支持印度購買設備。

印度政府的努力收效顯著。據統計，印度的老虎從過去的一千八百二十七隻現已增加到四千多隻。在堪哈自然保護區，乘大象參觀，隨時可以眺望到隱藏在叢林中的老虎。

美國著名動物學家彼得‧傑克遜教授在考察後寫道：

一隻碩大的老虎躺在叢林裡的濃陰下打盹，不時用巨大的腳掌驅趕面前的蒼蠅。它是心滿意足和完全輕鬆的形象。我和幾個朋友正騎在大象背上注視著它，只不過離它幾米遠。我們故意咳嗽幾聲，它有一兩次睜開惺忪的眼睛，但是後來，無論我們發出什麼噪音，也不能驚動它了。

倒鉤刺：老虎生殖器之謎

一九八六年，在美國召開的「世界虎保護戰略學術討論會」上，各國的專家們一致認為，中國的華南虎應作為最優先保護和挽救的瀕危動物。

不得不承認，除了亂捕濫獵和棲息地的日益殘破之外，華南虎走向滅絕也有其自身的原因。

浙江林校八十二歲的徐允武先生回憶說：

我的家鄉在閩浙交界的仙霞山脈的山腳下。我少年時期，父輩開木行，做木頭和林產品生意，經常有山民和獵人來往。他們常把雄虎的生殖器帶來賣。

雄虎的生殖器生有倒鉤刺。它和雌虎交配時，因那尖銳的刺鉤鉤住雌虎的陰道，很難拔出。待用力拔出，雌虎的陰道被刺破，鮮血直

流，雌虎痛不欲生，再也不敢交配。通常雌虎一輩子只生一胎，一胎只生一隻或者兩隻，最多四隻。

徐老先生的話被一實例解剖所驗證。

一九八九年十一月十四日，黑龍江省東方紅林業局採伐區內一成年雄性東北虎被獵殺。當時，這一消息經中央電視臺播發後，震驚了全國。

那隻罹難的老虎，被運至黑龍江野生動物研究所作為標本收藏。在解剖屍體時專家們發現：生殖器官發育完好，陰莖自然狀態外觀長度為七十五毫米，龜頭呈尖狀，長度十六‧五毫米，有倒生的角質短刺。

看來，無論是華南虎還是東北虎，雄性生殖器上帶有倒鉤刺是確實無疑了。

倒鉤刺僅僅是為了刺破雌性陰道，造成交配的痛苦嗎？恐怕個中的道理並不那麼簡單。

野生動物也有自己的繁殖規律，不過這種規律還沒有被完全研究過，而證實這種規律，一定會對物種進化理論有決定性的意義。

達爾文告誡我們：「每種在自然狀況下的動物，都在有規則地繁殖下去。但是對於某一個早已固定的物種來說，它的數目顯然不可能有任何大量的增加，因而也一定受到某些方面的制約。可是……很難明白這種限制的實質是什麼。因此，我們就不得不作出這樣的一個結論：某一個物種的數目將會眾多或者稀少的現象，是取決於我們通常還沒有明瞭的一些原因。」

可以說，我們對於虎和虎的種族的瞭解還只是一知半解。對於人類來說，虎在自然界中的種種現象，仍然是個謎。

兇猛的老虎　脆弱的種群

生命是一種依靠。

生命又是一種制約。

在自然界的食物鏈中，虎以各種大小動物為食，對維持各種動物種群平衡和生態系統的穩定，起著控制器的作用。

到處是控制器的自然界，註定要出現危機和災難。而沒有控制器的自然界更是不可思議的。

中國華南虎現在的分佈區域是東經119°～120°（浙閩交界），西至東經100°（青川交界），南至北緯21°～22°（粵桂南端），北至北緯34°～35°（秦嶺——黃河一線）。在這個廣闊區域內，華南虎的分佈中心是湘贛兩省。相鄰的粵、桂、閩、黔四省，是它的擴散地帶。

彼得・傑克遜教授致函我國有關部門，建議：「拯救中國的華南虎要做兩方面的工作，先保住動物園裡的華南虎，建立繁殖的種群基地；同時，調查華南虎的野外活動情況，劃定保護區。」

自然保護區是保護、發展和研究自然條件、自然資源，拯救某些瀕於滅絕的生物種源和具有重要科學價值的典型生態系統的基地。

目前，我國已建立野生動植物類型的自然保護區五百二十餘處。其中，廣東的車八嶺自然保護區、福建的武夷山自然保護區、江西的九連山自然保護區和井岡山自然保護區等，均是以華南虎等珍稀野生動物為主要保護對象。

雖然我國現存華南虎的數字還難以準確掌握，但之前公佈的數字則是令人擔憂的。一九八八年六月，在哈爾濱召開的「中國虎學術討論會」上，專家們估計，我國野生華南虎僅存五十隻左右。

五十隻，作為個體的虎是兇猛的，但作為一個種群則是脆弱的。

虎是喜歡獨居的動物，但它從來不是獨立的存在物。因為任何生物個體之間，生物個體與環境之間都有著密不可分的聯繫。

自然界是個整體。

生物個體離不開種群的群落，更不能離開環境而生存。

遺傳學家認為，要保持大型動物種質特徵，必須要在一定範圍內容納參與繁殖的三百個以上的個體。

只有形成一定的種群密度，才能保存其遺傳種質不至衰變。

人類不但承擔著改造世界的責任，同時也承擔著拯救自然的使命。遺憾的是，人類總是不能擺正自己的位置，貪婪和主宰欲驅使我們拔掉了一個又一個的控制器。

實際上，從某種意義上可以說，人類是自然界最有害的動物。沒有一種動物能夠像人類一樣，構成了對整個地球生態環境如此嚴重的威脅。

別再幹蠢事了，給老虎和一切生物以生存的權利吧，因為這個世界不僅僅屬於我們人類自己。

老虎雄風今猶在？

我似乎又聽到了那久違的嘯聲。

「唔──」

「唔──」

老鷹谷的鷹

利川水杉0001號

29. 相信自然

自然就是自然，但是，自然也是一切。

——題記

老鼠

民諺曰：船之將沉，鼠亦相棄。

意思是說，老鼠具有未卜先知的本領，輪船啓航前，如果有群鼠紛紛棄船上岸，那就預示著此船可能有災難要發生了。不過，「泰坦尼克號」沉沒之前，老鼠沒有發出預警，因爲「泰坦尼克號」是剛剛打造好的新船，頭一次出航就與冰山相撞，遭遇慘劇。或許，船上的老鼠還沒來得及出生呢。

二〇〇四年印度洋大海嘯發生前的頭一天，有漁民遇見，海岸上有成批成批的老鼠向高山上轉移。也有漁民看到，老鼠惶惶然往樹上攀爬，「遠看，黑壓壓，樹枝都壓彎了」。

然而，長期以來，老鼠與人的關係，一直不怎麼融洽。「鼠目寸光」、「賊眉鼠眼」、「無名鼠輩」、「狼貪鼠竊」、「抱頭鼠竄」——這些成語，話裡話外透著厭惡和不屑。人討厭老鼠，老鼠無時無刻不處在危險中。老鼠過街，人人喊打。因爲老鼠總是在人的居舍打洞嗎？因爲老鼠總是偷吃人的食物嗎？似乎也不盡然。

老鼠確實幹了不少壞事。老鼠把草原搞得千瘡百孔，老鼠把農田糟蹋得不成樣子。老鼠在水壩上製造隱患，導致潰堤。老鼠咬破電纜的絕緣層，用含油的破布和火柴做窩，引起火災。老鼠爬到電線開關上磨牙，造成短路，使整座城市陷入黑暗。本來嘛，貓是老鼠的天

敵，可是，近年貓被老鼠欺負、貓被老鼠咬死的事情屢屢發生。自然的邏輯也要發生反轉了嗎？

更可怕的是，老鼠傳播病毒，向人類發動鼠疫戰爭。人類，對老鼠充滿了敵意。老鼠，從來都是人類誅殺的對象。可是，千百年來，老鼠的數量從來就沒有減少，相反，倒有越來越多的趨勢。真是怪事。

老鼠的繁殖能力和適應能力，超出我們的想像。地球上的老鼠有多少呢？沒人做過調查，恐怕也無法調查到結果。然而，科學家卻說，如果一對老鼠所生的後代全部存活，並且繼續繁殖的話，那麼，三年中，一個空間裡的老鼠就能達到三億五千萬隻。嘖嘖，這個數字是有點嚇人呀。老鼠的生存幾乎不擇條件——寒舍、陋室、殘垣、曠野、地下、水中、樹上，都可以是它們的住處。

它們從不挑剔，往來隨意，自由自在，其樂陶陶。

或許，城市裡的老鼠要遠遠多於鄉村。因為老鼠發現，城市為它們提供了所需要的一切。越是人多的地方，獲取食物越容易。於是，越是人口密集的城市，越是老鼠的天堂。

事實上，我們對老鼠還知之甚少。且不說老鼠在科技試驗和醫學試驗方面，以身試死，為人類捐軀，光是排除戰爭遺留下的地雷的英勇表現，就令我們自歎弗如。排雷鼠通過敏銳的嗅覺，能準確判斷地雷所在的位置。排雷鼠排雷，就像摘西瓜一樣簡單，手到擒來，易如反掌，準確率幾乎是百分之百。它們機敏靈動，挖掘本領強悍。一隻排雷鼠二十分鐘的工作量，相當於一支排雷工兵旅五天的工作量，而且安全、可靠、效率高。

排雷鼠——真棒！

對老鼠的敵意，分明是我們的問題，不是老鼠的問題。

我們應該放棄固有的傲慢與偏見，改變對老鼠的看法。蒲松齡講的一個故事倒是挺有趣，不妨看看。

見二鼠出，其一爲蛇所吞。其一瞪目如椒，似甚恨怒，然遙望不

敢前。蛇果腹，蜿蜒入穴，方將過半，鼠奔來，力嚙其尾。蛇怒，退身出。鼠故便捷，欻然遁去。蛇追不及而返。及入穴，鼠又來，嚙如前狀。蛇入則來，蛇出則往，如是者久。蛇出，吐死鼠於地上。鼠來嗅之，啾啾如悼息，銜之而去。

這段話不難懂，就不用翻譯成白話了吧。

是的，在某些方面，人，不如鼠。

在十二生肖中，鼠列首位。鼠之後才是牛虎兔龍蛇馬羊猴雞狗豬。這並非古人胡亂排序，也並非老鼠竊取了子屬，而是自然法則的選擇。開天闢地之前，天地混沌一片。老鼠時近夜半之際出來活動，將天地間的混沌狀態咬出一道縫隙。——漸漸地，縫隙裡便有了鮮活的光。

當我們還在睡著的時候，老鼠卻醒著，並且奔波忙碌著了。

有道是：鼠咬天開，黎明即來。

蟒橋

南方某山區，一寨子只有五六戶人家，居於峭壁之上，一條刀劈斧削般的深淵，把寨子與外界隔絕了。寨人外出趕圩，只能走深淵之上橫著的獨木橋過去。深淵裡常年積水，雲霧繚繞，常有大蟒活動，身影隱隱約約。

此寨被稱為「雲端上的人家」。

民國初年，寨人還是刀耕火種，日子過得安穩，踏實。忽一日，暴雨狂洩，寨被水淹，深淵滿盈，獨木被大水沖走，寨人被困峭壁不能出。情急中，始見一黑影橫臥深淵之上，搭橋救人。慌亂中，寨人相攜相助自橋過，脫險。

回望之，寨人阿呆趕著耕牛正走到橋中間，耕牛懼之，腿抖不已，阿呆便用力推牛屁股，把耕牛強行推到對岸，耕牛無恙。然而，阿呆卻用力過猛，不慎跌落深淵之水中，奮力掙扎。

「阿呆！」寨人驚呼。

呼的一陣風聲，一道弧線橫空蕩過，將水中阿呆鉤住，拋出深淵，阿呆得救。寨人定睛一看，那是一條大蟒的尾巴。原來，橫臥深淵之上的「獨木橋」便是那條大蟒。它將首尾兩端分別纏繞在樹幹上，用自己的軀體搭成了一座橋。

寨人叩首，無不感激。

三日後，水消。寨人置木建橋於淵上，曰之蟒橋。寨人回寨，一切恢複如初。

是日，一蛇販來寨，問：「此處有蟒乎？」寨人守口如瓶，半個字也未透漏。蛇販不死心，說：「蟒皮製作二胡用，可高價收購。」阿呆看了一眼蛇販，搖搖頭。狡猾的蛇販嘴角露出一絲不易察覺的表情。

傍晚，蛇販悄悄來到阿呆家，掏出一枚「袁大頭」銀圓，對著嘴巴，用力吹了一口，嗡——迴音響亮。蛇販將「袁大頭」置於案几上，不說話，走了。阿呆追出來，蛇販擺擺手，照走。

次日傍晚，蛇販又悄悄來到阿呆家，又掏出一枚「袁大頭」，吹了一口，嗡——又置於案几上，起身告辭。這回阿呆沒有追出來。

第三日傍晚，蛇販又來了。阿呆家的案几上已經擺了三塊「袁大頭」。這回，未及蛇販開口，阿呆說：「大蟒在深淵裡。」

蛇販哈哈大笑，又掏出一塊「袁大頭」，吹了一口，嗡——置於案几上。問計：「如何捕之？」

阿呆說：「須網捕。」

蛇販說：「然！」

蛇販回，晝夜結網，穿梭不歇。

又過了幾日，蛇販帶網臨淵，並有幫手同來布網。用活雞做誘餌，蟒入網被擒。阿呆藏在一石頭後面，不敢近前。蟒被裝入鐵籠中欲運走，蛇販高聲喊：「阿呆，蟒已被捉，你何懼之有？出來看看吧！」阿呆露出頭來，往這邊惶恐地張望。大蟒也睨了一眼阿呆，目光裡充滿了憤怒。阿呆雙腿亂顫，不能移步。

突然，籠中大蟒張開大口，對著阿呆噴出一股黃色液體。阿呆慘叫一聲，一隻眼睛瞬間失明。阿呆心裡愧疚，縱身一躍，投淵而亡。

這時，寨人聞訊，持刀掄棒趕來，將蛇販縛之以繩，將鐵籠砸毀，大蟒放生。大蟒爬出鐵籠，簌簌而動。

倏忽間，晴天一個響雷，大雨滂沱。接著，大霧湧來，大蟒無影無蹤。

象牙

二十世紀六○年代初。

西雙版納某傣族村寨。芭蕉掩映，雞犬相聞，炊煙嫋嫋。

是日中午，寨民岩先勇正蹲在火塘旁抱著水菸袋，咕嚕咕嚕吸菸。岩先勇是傣族，面部黝黑，滿口黃牙，頭用黑布裹著，腳上穿一雙草鞋。水菸袋是用粗竹筒做成的，竹筒是新竹筒，皮綠綠的，竹節與竹節對接分明。咕嚕咕嚕，岩先勇用力吸了幾口，煙霧從鼻孔噴出來，在火塘上空停了片刻，就被梁上掛著的臘肉吸去了。

他的嘴巴從水菸袋的埠移開，用黑黑的大拇指將菸絲往菸鍋裡續填了幾縷，按了按，然後，抬頭看一眼那塊黝黑的臘肉。臘肉上落著兩隻蒼蠅，蒼蠅的腳蹬了幾蹬，就將臘肉上的一滴油蹬下來，落到了火塘的火裡——噗！火苗炸開，升騰出藍色的火焰，就像是一條龍在舞動。岩先勇咧開嘴，露出滿口的黃牙，笑了。

忽然，只聽得窸窸窣窣一陣響，嘩啦一聲窗子被推開了。接著，咣當自己又關上了。岩先勇起身看看，什麼也沒有啊，以為是風，就回到火塘旁抱起水菸袋，剛要繼續吸，嘩啦一聲，窗子又開了。他驚得瞪大了眼睛——因為一隻巨大的腳掌伸進了屋裡，原來一根竹刺紮進了那個巨大腳掌的肉裡。他立時明白是什麼意思了，便放下水菸袋，雙手用力把那個竹刺從粗糙的腳掌上拔了出來。那是一隻大象的腳掌。

三天前，也是這頭大象曾大鬧寨子。

「野象來啦！」「野象來啦！」只聽哢嚓一聲，大象撞斷了寨口一棵菠果樹，接著，轟隆一聲，一座穀倉塌了半邊。大象揮動著巨大的鼻子，發瘋似的橫掃著面前的一切障礙。那對鋒利的象牙，在陽光下閃著寒光。憤怒的大象實在是太可怕了！可是，它為什麼憤怒呢？

這時，有人拿出破銅鑼、洗臉盆一陣猛敲；也有人揮起鋤頭、砍刀、長矛，高呼殺殺殺；還有人端起老火銃朝天鳴放，企圖把它嚇走。然而，大象根本不害怕。它轉身向人群衝去，寨人四散而逃。大象把人丟下的臉盆一腳踩癟，然後嘭一腳踢出老遠。

砍柴回來的岩先勇背著一捆柴進寨，正趕上壯漢們跟大象對峙。岩先勇知道，大象一般不主動傷害人，它今天進寨襲擊人一定是有原因的。他擺擺手，讓大家散去。他走上前去，把一串香蕉丟在大象面前。大象猛地揮起鼻子，在空中停留了片刻，就輕輕放下了，鼻孔嗅嗅那串香蕉，並沒有捲起來吃。大象看了一眼岩先勇，眼神裡透著某種哀傷。它晃了一下頭，打了個響鼻，掉轉身子，朝寨子外面的叢林走去。岩先勇暗暗注意到，那頭大象走路時步履一晃一晃的，似乎是前腿的一隻腳掌上有什麼問題。

他萬萬沒想到，三天後大象居然向他求助來了。

這會兒，岩先勇往拔出竹刺的腳掌傷口處敷了草藥，然後進行了簡單的包紮處理。那頭大象卻撲通一聲跪在他的面前，這是幹什麼呢？岩先勇丈二和尚摸不著頭腦了。不過，他從大象的眼神裡看出，大象好像還有什麼事情需要他幫助。莫非林子裡還有受傷的大象嗎？岩先勇便騎到那頭大象的背上，大象慢慢起身，緩緩而行，馱著岩先勇沿著一條羊腸小路，向熱帶雨林深處走去。

小路旁邊的荒草裡，堆著圓滾滾的象糞蛋，一個個比人腦袋還要大。該消化的東西都吸收到了體內，未能消化的樹籽草籽和粗纖維就排出了體外。一些種子經過了象的腸胃處理後，就很容易發芽了。大象在什麼範圍活動，就把種子播撒在什麼範圍。象糞蛋，也是甲蟲最愛吃的食物。一個象糞蛋夠一群甲蟲享用幾個月了。

不過，這頭大象的肚子裡有些空。竹刺造成的疼痛難挨，幾天來

它無心覓食，更沒有排出一個糞蛋。

這下好了——腳掌上的竹刺拔出後，渾身舒坦了不少。當它駄著岩先勇走到一塊林間空地上時，便停了下來，前面雙膝跪地，岩先勇從大象背上跳了下來。只見大象開始用前掌刨地，用象牙掘地，漸漸地，土裡就露出了三根白色的東西。

大象用鼻子捲起那三根白色的東西，送到岩先勇面前。

那是三根白色的象牙。

蛤蚌

長白山富兒嶺有條河，叫富兒河，流向西南注入松花江。富兒河水流平緩，不急不躁。話說清朝光緒年間，有一支八旗兵，經此泅河調防。月夜，河面上人頭攢動，馬鳴嘯嘯，水中火光密如繁星。無人舉火把，何來火光呢？俗語云：水火不相容。此河卻水裡有火，火裡有水，眾疑為怪。待過對岸後，回首依舊。

一個叫富爾汗的小卒張望良久後，悄悄跟首長報告說：「此河必有珍珠！」

「何以見得？」首長問。

「水中火光即是珍珠所發。可入河捕之？」

「為甚不呢？准。」

富爾汗脫衣赤條入河，泅水奔火光而去。不多時，得蛤蚌而歸，察蚌體內果然有珠。首長甚喜。傳令兵員統統下河，按火光去探，得蚌無數，蚌蚌皆有珠。大者如鴿子蛋，小者如米粒。將官兵員皆歡騰不已。

為何富爾汗能由水裡的火光判定有珍珠呢？這源於他對珍珠的瞭解。珍珠的形成，與蛤蚌的痛苦密不可分。

本來，沙粒是沙粒，蛤蚌是蛤蚌，兩者沒有必然聯繫。但是，富爾汗自小在河邊長大，深識水性，也深諳捕魚探蚌之道。他知道，沙粒無意間進入蛤蚌體內後，便會粘在蛤蚌硬殼裡面的外套膜上。這

時，蛤蚌的痛苦就開始了——它必須分泌出一種叫作珍珠質的物質來排斥沙粒，才能減少痛苦。然而，無論怎樣排斥，沙粒是無法排出去了。這樣，珍珠質就會不斷分泌下去，日日，月月，年年。不斷分泌的珍珠質將沙粒一層層包裹起來，珍珠就一點點形成了。

珍珠，一向被尊崇爲珍品寶物。因爭奪珍珠甚至爆發過戰爭——凱撒大帝於西元前五十五年發動的對英國的戰爭，就是他聽說蘇格蘭的河裡盛產珍珠。羅馬時代，上層的貴婦均以擁有珍珠首飾爲榮。

珍珠是會發光的，即便在水裡，它也是會發光的。於是，尋光採捕即可得之。

事實上，蛤蚌本無太大價值，肉也不怎麼好吃。我小時候，在河裡捕過蛤蚌，肉摳出來，扔進鍋裡煮，結果越煮越硬，嚼也嚼不動。一惱火，就都餵鴨子了。我捕的蛤蚌，體內從未摳出過珍珠。可見，珍珠不是輕易就能得到的。蛤蚌就是蛤蚌，但它創造了珍珠，就不是通常意義上的蛤蚌了。也許，沒有沙粒造成的痛苦，蛤蚌便不會產生珍珠。蛤蚌的生命及其價值，也因之珍珠的出現，而得以延伸，並有了美感和奪目的光彩。

那支八旗兵駐防後，以珠易銀，充作兵餉，樂哉樂哉。

富爾汗有功，提拔爲官。什麼官呢？大概相當於現在連部管兵餉管伙食的司務長吧。

猴怒

太行山腹地，某林場。山高坡陡，森林廣袤，也有獼猴、野豬、狍子出沒。森林裡的主要樹種是油松，松果滿枝，顆顆飽滿。松果是好東西，籽兒可以育苗，也可以熟食。

每年松果成熟的季節一到，天剛放亮，林場職工就上山採摘了。出售松果是林場的大宗經濟收入，林場上百號人口主要靠松果養活著呢。然而，令林場場長頭痛的是，每年採摘松果都要發生一些事故。因爲人工採摘必須爬樹，稍不留神，就有人從樹上摔下來。前前後

後，已經摔傷二十餘人，摔死的也有七八個了。斷腿斷臂的職工越來越多，沒了男人的寡婦也越來越多。

在其位，謀其政。場長寢食難安──必須得改變採摘方式了。可是，怎麼改呢？有人給場長出主意說，不妨讓猴子上樹去採摘，人在樹下撿拾即可。場長一聽樂了，說，這主意好。於是，弄來一批猴子，簡單訓練幾天，就上樹採摘松果，果然效果很好，甚至松果產量還多於往年。

場長走路也哼哼幾句小曲了：「天上星星千萬顆，樹上猴子多又多，樹上猴子幹什麼？它把松果拋小哥。」

某日，一個外號叫「瘌嘴」的職工跟場長神秘地報告說：「山上發現寶石？」

「什麼寶石？」

「臘八蒜寶石。價格很俏！」

「臘八蒜？」

「不是臘八蒜，是像臘八蒜的寶石。」「瘌嘴」從兜裡掏出一塊寶石遞給場長，場長接過寶石朝太陽看了看。

「嗯，還真有點像臘八蒜的顏色。哪座山上發現的？」

「斷頭崖。」

場長一驚，說：「那上面可是沒人能上去。」

「不一定吧！」「瘌嘴」說，「今年松果是怎麼採摘的？」

「斷頭崖上有猴子嗎？」

「有，二十餘隻，是一個家族。這顆寶石就是猴子從崖上拋下來的。」

「問題是怎麼讓它們把寶石拋下來呢？」

「逮一隻猴子，折磨它，激怒崖上的猴子，它們就會往下拋石頭，這樣連寶石也就一起拋下來了。」

「然，就依你計。」

次日，場長及「瘌嘴」等一干人，縛猴子一隻，來到斷頭崖下。仰視之，果然崖上樹林裡有猴子簌簌竄動。嗨！嗨！嗨嗨嗨──呀！

「瘌嘴」大叫幾聲，故意引起猴子注意。不多時，崖頂一排棕色的腦袋，齊刷刷向下看。場長說：「動手！」「瘌嘴」一刀削掉所縛猴子的一隻耳朵，猴子疼痛難忍，哇哇亂叫。崖頂群猴見之，一片喧囂——吼！吼！吼！吼！吼！隨之，有零星石塊投下來。

少頃，「瘌嘴」又手起一刀，猴子的另一隻耳朵也被削下來。猴子頭部鮮血直流，哀號不已。「瘌嘴」捏著削下來的猴子耳朵，晃了晃，故意給崖頂的群猴看。這時，崖頂的群猴被徹底激怒了，吼聲如潮，石如雨下。

崖下，場長等一干人未及拾起寶石，就抱頭鼠竄。慌亂中，「瘌嘴」躲閃不及，被一枚石塊擊中了嘴巴，滿口牙齒只剩下一顆。

從此，「瘌嘴」的嘴巴便徹底瘌了。

黑蟻

廣西中越邊境。一個叫四郎的山民以採藥為生，也搜集野蜂蜂巢和蟻卵出售。這天四郎帶著兒子阿醒在深山裡採藥時，發現了一個巨大蟻穴，四郎面有喜色，因為憑經驗可以判斷，蟻穴裡一定有不少蟻卵。

雞生雞蛋，螞蟻生螞蟻蛋。

蟻卵，就是螞蟻生的螞蟻蛋。不過，這個螞蟻不是普通的螞蟻，而是黑蟻。黑蟻身軀壯碩，顏色深黑，而且有一排鋒利的前牙。此蟻兇狠無比，遇敵必置其於死地，不留活口。蟻卵，是一種高蛋白食品，強腎健脾，在國際市場上緊俏，價格不菲。據說，杜拜的高級酒店裡的「墨西哥魚子醬」，其實不是魚子醬，而是蟻卵醬。

四郎知道黑蟻兇狠，能殺人。但四郎更知道，蟻卵是好東西，能給他換來鈔票。況且，他是「老山裡通」了，自有對付黑蟻的辦法。四郎脫掉衣服和褲子，防止黑蟻鑽進衣褲裡咬他。他順手將衣服和褲子掛在旁邊的一棵樹上，赤條條趴在蟻穴洞口，用藥鑱挖掘洞裡的蟻卵，並將蟻卵裝進竹簍裡。兒子阿醒站在洞穴外面，手持一個長樹

枝，不斷清掃爬到阿爹四郎身上的黑蟻。還好，已經採集半竹簍蟻卵了。可是，這時發生了意外——一條蛇從後面襲來，咬了阿醒一口，阿醒毒性發作，昏迷倒地不省人事。

然而，貪心使然，四郎只顧埋頭採集蟻卵，身後發生的事，竟全然不知。

當他感覺到全身刺痛時，叫了一聲：「阿醒！」沒有回應。他又叫：「阿醒！阿醒！」還是沒有回應。四郎回頭一看，兒子已經躺在地上，他大吃一驚，拔腿就跑，可是哪裡還能跑得了——他的全身已經爬滿黑蟻，身上沉得像一座山壓著，不能透氣。黑蟻瘋狂啃咬，如同萬箭穿身，他重重地跌倒了，眼前一片漆黑，什麼也不知道了。

次日，當巡山人發現四郎和阿醒的時候，看到的只是兩堆骸骨，還有零零星星的黑蟻在骸骨上爬來爬去。空中有黑蠅亂舞，起起伏伏，密集得如同飄動的破布。之前，一隻穿山甲在蟻穴洞口舔食了竹簍裡的蟻卵，吧唧吧唧吧唧。那是四郎慌亂中遺棄的，不消半個時辰，竹簍裡已經空空如也。一隻小崽慵懶地趴在穿山甲的尾巴上安然地曬著太陽。

那棵樹看見了一切，但默默無語。

四郎的衣服和褲子，還在枝丫上掛著，風一吹，衣角和褲腳微微動一動，就又靜了。

其實，黑蟻能要人命，也能救人命。

早些年，我老家一位叫「二德子」的人得了一種奇怪的病——腿關節部位潰爛，流膿流血不止，奇臭難聞，人都不能自己站立。他家庭困難，一直沒錢治病。後來村裡人給他湊了些錢，讓他趕緊治一治。他父親把他背到醫院，醫生診斷後搖搖頭。無奈，他父親流著眼淚只好又背上他回家。他自己也不抱什麼希望了——等死吧！

背他回家途中，他父親實在太累了，就把他放到一塊石頭上喘口氣，歇歇腳。誰知他屁股底下的石頭旁是個黑蟻穴，黑蟻瞬間就爬滿他的大腿，猛咬關節處的潰爛部位。他父親忽然想起，好像有人說過，黑蟻能治病，那就不妨試一試吧。於是，他就狠狠心任由黑蟻啃

咬。「二德子」疼得哇哇亂叫，後來就昏迷過去了。

「二德子」醒來時已經是次日清晨了。

奇蹟出現了——他的病腿關節處奇癢無比，但膿和血卻不再流了，臭味更是沒有了。幾天後，潰爛的地方長出新肉。「二德子」竟能雙腿站立了，並且走路健步如飛。再後來，「二德子」當兵去了，還成了部隊裡的特等射手。

奇不？

長嘴

某林區。護林員老孟巡山時，眼見兩隻長著獠牙的公野豬在打架。大個的長嘴，略小個的花腰。它們翻騰著廝殺，幾個回合下來難分勝負。獠牙撞擊聲，哼哼哼！很沉悶。是爭奪地盤呢？還是爭奪某個母野豬呢？老孟很好奇，乾脆坐在一根倒木上看個究竟吧。

兩隻野豬打架太過投入，根本就沒在意不遠處有一雙眼睛在看著它們呢。野豬打架用的武器就是獠牙，一挑，一撅，一掃，一拍，招數不多，主要看哪個更有耐力。

老孟看呆了。

只見「花腰」急速向懸崖奔去，「長嘴」以為「花腰」力氣不支，敗走了，哪裡肯放過呢，便瘋狂追趕。追到懸崖邊上時，突然「花腰」一閃身，「長嘴」撲空了。——直接撲到懸崖底下，沒影了。

那懸崖足足有五層樓房那麼高啊！

「呀呀！不好！」老孟大叫一聲，「花腰真壞！」叫聲驚動了「花腰」，它看一眼老孟，掉頭就跑，幾秒鐘後就消失在山林裡。老孟起身，三步並作兩步跑到懸崖邊上向下看——崖底全是灌木叢，撲下去的「長嘴」砸斷了很多灌木，躺在地上。

老孟急火火趕到崖底，一摸「長嘴」的鼻孔，已經斷氣了。

於是，老孟喊來幾個護林員，大家七手八腳把「長嘴」抬回了林

場場部。場長見之，高興不已，說：「好啊！改善伙食！」就命人在場部的院子裡，架起一口大鍋，柴火燒得旺旺的。嘴裡叼著菸袋杆的老人，懷裡抱著娃娃的少婦，鼻孔淌著黃鼻涕的小孩也趕來看熱鬧，院子裡洋溢著歡聲笑語。

大鍋裡的開水燒得翻滾，熱氣騰騰。

「來來！把野豬放到鍋裡退毛。」場長撸起袖子，指揮幾個小夥子下手抬野豬。哪知，「長嘴」放進鍋裡，被滾開的熱水一燙，激靈一下，居然活了。它嘴裡噴著白沫子，從鍋裡翻身跳起來，一下躥到地面上，接著，又連續躥了幾下，就躥到場部大院外面，眨眼間，就鑽進一片玉米地，逃遁了。

「找！」

場長帶著老孟等人在玉米地裡進行了地毯式的搜索，直到太陽落山，也沒找到「長嘴」的蹤影。場長看看時候不早了，就擺擺手，收工吧，各回各家。唉，野豬肉沒吃成，大家很是沮喪，但也沒辦法呀。

半年後，老孟發現，夜裡總有個黑影時不時潛入林場家屬區，豬圈裡的豬哼哼幾聲也就沒有動靜了。但奇怪的是，並沒有發生什麼偷盜案件，老孟也就沒有聲張，更沒有跟場長報告。

次年開春，林場職工家裡養的母豬，都莫名其妙生出一窩小野豬仔。那小野豬仔個個長嘴，歡實，性野，渾身還有一股松油子味。

貓魚

瀋陽之北，巨龍湖。岸邊一老者持杆垂釣。屁股坐在香蒲團上，眼睛東看看，西看看，很放鬆的樣子，可是他的心思全在那鉤上。此翁是垂釣高手，遠近聞名。

我在一旁靜靜觀察。人釣魚，我看釣魚的人釣魚。釣魚的人，眨一眼，也覺察到，一個看釣魚的人在看他。

老者釣的魚都是貓魚。顧名思義，貓魚即頭部及形體像貓的魚。

醬燉，清蒸，味道好極了。奇怪得很，在巨龍湖岸邊垂釣者無數，貓魚獨獨上此翁的鉤。老者身後等待買魚的人，排成長隊。蜿蜒數里有點誇張，十幾米長還是有的。

老者釣貓魚，貓魚釣喜歡食貓魚的人。貓也喜食貓魚。未見貓，貓在釣貓魚人家裡的沙發上睡覺呢。

說到貓魚，我想起小時候的一件事。某年夏季，大雨滂沱，三天三夜不停。爹忽聞院裡有啪啪啪起跳之聲，觀之，是三條貓魚在雨中的地面上快活得亂蹦。怪哉，宅院附近無河無溪，也無塘壩，魚從何來？一解，雨稠，即為空中的河，貓魚可翔之；一解，空中的鳥，遇暴雨，即變做水裡的貓魚了。

爹講這個故事那年，我七歲，聽得瞪大眼睛。

鑿穿

清光緒年間，一採藥人在長白山採藥時，遇雨，便就近閃進一山洞避雨。撲棱棱有一四翼鳥從洞裡飛出，長啼一聲，餘音在洞內迴蕩，久久不消。須臾，四翼鳥又飛回洞內。地球上，唯長白山有此鳥。嘴短，羽白，身長三寸，頭大於身。鳥有四翼，前兩翼長，後兩翼短。

採藥人深感奇異。

幽暗中，謹慎深入，探之。忽然間，面前光明一片，明如白晝。石玲瓏，狀如晶。洞中有潭，水青碧，深不可測。水中有魚，曰之倒鱗魚。雌魚鱗層逆身而長，全身赤白色，善於跳躍。採藥人徐徐往前，見四翼鳥棲於石柱上。欲捉鳥，石室裡卻有人走出，軀長三尺，體形古怪，衣衫甚樸。

問：「作何？」

答：「鑿地球者。奉地皇之命，鑿穿地球，以資老虎來往、飛鳥遷徙便捷也。」

問：「那要多久才能鑿穿？」

答：「八千年。」

問：「地球有多厚？」

答：「取直線計，九萬萬里有餘。」

問：「多久鑿穿？」

答：「鑿之恒久，必穿也。」

未幾，採藥人驚懼，奔返。

若干年前，我去長白山，遍尋溝谷山林河溪，終於找到了那個通往地球另一端的洞──「仙人洞」──位於長白山七星湖北十公里處。洞裡產紅石，色如琥珀。未見鑿洞人，未見四翼鳥，未見倒鱗魚。

「可有乎？」我問當地朋友。

「或許有吧！」

話音未落，太平洋上間續傳來哀鳴聲，如同女人絕望的慟哭──嗚啞啞啞！嗚啞啞啞！令人驚悚。探測之，聲音來自大洋深處，再探，聲音來自兩萬米大洋深處。座標定位，此處即為馬里亞納海溝。

馬里亞納海溝正在開裂，哼哼哼！哼哼哼！隨之，海水被裂縫喝進去了，海水與空氣的摩擦即產生哀鳴之聲──嗚啞啞啞！可是，喝進去的海水怎麼消化呢？地球的肚子會不會脹破呢？

看來，鑿穿確有必要──但不是地球，而是人內心的貪欲──至少心裡的惡念、陰暗、齷齪、污濁應該排泄出來。否則，要小心脹破肚皮了！

老屋

大別山腳下燕莊。

若干年前搞新農村建設，呼啦啦，村裡土坯舊房全部拆除了，蓋起統一標準的磚瓦結構的新屋。一幢幢，一戶戶，一家家，左看一條線，右看一條線。然而，村頭大榆樹底下一座老屋卻沒拆，牆上寫著一個大大的字──拆！不過，近前仔細一看，「拆」字後面，還有兩

個字——不得！筆劃瘦，薄，但很堅韌。從字跡看，「拆」是一個人寫的，「不得」是另一個人寫的。三個字連起來念——拆不得！

一年夏天，我途經燕莊，看到這座老屋，引起興趣。直覺告訴我，這座老屋一定有什麼故事。不妨探訪一番，瞭解一下情況。輕叩柴門，一老人家開門將我迎進屋裡。老人家姓許，七十餘歲——就叫他許爹吧。

「別人家都住上了新房，你家的老屋是不是也該拆啦？」

「不能拆！」他指著屋頂讓我看，「拆了，你說這東西該咋辦？」

我抬頭一看，怔住了。

屋頂房梁上居然有好幾個燕子窩，每窩都有七八個粉紅色的小腦袋露出來，唧唧唧唧叫個不停，透著頑皮和幾分稚氣。我數了數，一共七窩。大燕子在屋裡穿梭，飛來飛去，不斷把捕到的蚊蟲銜到窩裡餵食雛燕。屋外的大燕子急匆匆飛進來，收攏翅膀，穩穩落在窩邊上，動作輕盈準確。霎時間，窩裡的小腦袋們吵鬧著伸長了脖子，張開口袋一般的小黃嘴，爭著要吃的。

燕子媽媽嘴對嘴把小蟲子送到小黃口袋裡。小寶寶急不可耐，三下兩下就吞嚥下去。然後，吵鬧著再要，直到吃飽，就靜靜地趴下了，藏起來了，小腦袋就隱了，不再露出來了。而大燕子呢，就箭一樣飛出，接著覓食去了。

「好啊！這麼多燕窩，這麼多燕子。」我忽然想起了小時候，大人讓猜的一條謎語：嘴像紅辣椒，尾像剃頭刀，天天都在土裡宿，離土還有丈八高。謎底就是燕子窩——用泥壘成的，壘在離地一丈八尺高的屋樑上。

「過去，燕子壘窩不愁。一搞新農村建設，老屋全拆了，燕子沒處安家了，就擠到我家這座老屋來了。」

「新屋不是一樣能築巢嗎？」

「怎麼壘窩啊？新屋前臉後腰是個四方塊，屋頂懸空，全硬化了，不露梁，不露檁子，不露椽子，全封閉了，風都不透，燕子根本

無法壘窩，即便壘窩了，光滑滑的也掛不住。」

我不語，覺得老人家說得在理。

「我們村之所以叫燕莊，是因為自古這裡就是燕子的老家。早先，村裡七十戶人家，有六十戶住著燕子，每年都有上千隻燕子出生。燕子年年回來，吃害蟲護莊稼，是功臣呢！可是，現在呢，全村的燕子就剩下我家這七窩了。」老人家越說越傷感，眼眶也濕潤了，「如今，蓋房子光考慮氣派、洋氣，人住著圖舒服，根本不考慮燕子的壘窩問題。這是不對的。自古人燕同居，共存共榮。可是，人過上了好日子，卻把燕子甩了。」

老人家問我：「見過龍嗎？」我搖頭。「見過伏地龍嗎？」我再搖頭。

「我這老屋裡好東西多著呢！我帶你看看。」老人指著老屋的灶台，說，「喏，這底下就是。」

原來，鄉村老屋的灶口，都是燒柴的。木柴、秸稈、蒿草等木本草本可燃物，均可當柴。柴燒出的東西叫火龍，火舞動，龍就是活的。火熄了，龍就伏於土了。

年頭久遠的老房子，灶台固然也就老。

老灶台灶底中心燒得最紅的那一塊土，就是伏龍肝。老人家說：「這不是我說的，是李時珍說的。伏龍肝有什麼用呢？伏龍肝是一味中藥，專治腹痛、腹瀉、便血，靈驗得很，幾劑就可治癒。」他長歎一聲，「可是，如今呢？唉！」

是呀，鄉村的灶口已經很少有燒薪柴的了，都改成燒天然氣，啪，一點火，藍色的火焰就燃起來了。省時省力，不用去搞柴了。

伏龍肝漸漸退卻到藥典詞典裡了，其物漸漸難尋了。

告別老人家，告別老屋，我的腦子一直想著一個問題──在現代化進程中，我們一路丟掉的東西，還少嗎？恐怕遠遠不只燕子，不只伏龍肝吧。

倏忽間，兩隻燕子從空中飛過，呢呢喃喃，掠過大榆樹的樹梢，便落到了老屋屋脊的老瓦上了。它們明年還會回來嗎？即便明年能夠

回來，老屋還會在嗎？

走出很遠了，我又回望了一眼老屋牆上那三個字——拆不得！

虎威

何謂虎威？這個問題不太好回答。

還是從虎說起吧。古人認為，虎一生只產一胎，生一子者為虎；生二子者為一虎一豹；生三子者為二虎一彪。彪，似虎非虎，比虎凶，比豹猛。彪，誰見過？

沒見過也不要緊，世上有鳳凰嗎？但有鳳凰牌自行車。世上有龍嗎？但有龍的傳人。

虎性格孤僻，獨來獨往。每隻虎都有自己的疆域，以虎尿和「掛爪」留痕劃定疆界。「一山不留二虎」——這裡的虎，應該是指雄虎。雄虎疆域意識極強，絕對不許另一隻雄虎侵入自己的疆域，否則將有一場惡鬥。

虎是山林中的王。虎嘯能使百獸膽寒。它行走時步履穩健，步態裡充滿底氣和自信。或許，這種底氣和自信，是源於它利齒利爪利尾的無比強悍吧。

昔時，長白山林區常有藥商出沒，收購虎骨。虎骨與牛骨放在一起，絕難區分。有獵戶圖高價，屢用牛骨充虎骨。然而，藥商自有辦法。什麼辦法呢？讓狗來鑒別——將骨頭拋給狗，狗叼起來就走，一準為牛骨。反之，狗不敢近前，且哀鳴不已，夾尾遠遁。此骨，必是虎骨了。

也有馴馬者，用虎腸做馬韁的。雖為烈性桀驁之馬，可一旦戴上虎腸馬韁後，四腿亂抖，渾身虛汗，縱使再大的脾氣，頓時盡消。

未見虎，威卻在——此乃虎威也。

醒

某年農曆正月初二，晴空萬里。寂靜的興凱湖突然發出響聲，轟隆隆如滾雷。接著，冰面出現裂縫，咿咿咿！接著，冰面斷裂，咿咿咿！嘭嘭嘭！嘭嘭嘭！接著，冰塊開始移動，擠壓，翻滾，排山倒海。巨大冰塊被看不見的強力野蠻推上岸，吞沒了沙灘，吞沒了草木，堆積成山。

當地老輩人曰：「從沒見過此種情況。」

也是某年農曆正月初二。距武漢六十公里處黃陂水域裡的魚，惶惶然，驚恐萬狀，跳躍之。魚衝岸，僵挺挺，白花花，放眼無數。人拾魚，彎腰即得。

將要發生什麼事情呢？魚知曉了什麼？

該發過的水似乎都發過了。乾隆二年，也就是一七三七年，黃陂蛟起，大水沖堤。清道光二十九年，即一八四九年，長江發大水，黃陂縣城被淹。舟入市，城牆坍塌，東西北面尤甚。一九五四年，長江發大水，浪濤翻滾，魚游屋頂，船行樹梢，縣城水深超兩米，商賈不通。

還要發水嗎？魚，到底知曉了什麼？

熊膽

如今，熊是國家保護動物，不可非法捕獵。在北方林區，黑熊都有冬眠的習慣——俗稱「坐洞」或者「蹲倉」。

二十世紀八○年代，一位鄂倫春獵人告訴我，黑熊所蹲的「倉」有兩種形式。一種是洞口在樹幹的頂端，即「天倉」；一種是洞口在樹幹的根部，即「地倉」。獵取洞中之熊，曰之「揣倉」。獵人弄清倉裡情況以後，向倉裡投擲木塊，熊被驚醒後，就把木塊墊坐在自己屁股底下。再投，再墊，逐漸增高。待到熊頭部與洞口齊平的時候，用鋼叉刺之。或者，用大木塊塞住洞口，從旁側鑽孔，鋼叉刺之。

之後，伐倒洞樹取熊。還有一種方法，獵人先用大斧猛擊樹幹，震醒裡面的熊，驅趕它從裡面出來，此謂「叫倉」。待熊大半身子探出倉外，再及時射擊，將其擊斃。「叫倉」的關鍵是掌握時機。如射擊過早，熊會退回倉裡。若過遲呢，熊衝出洞外，獵者就會有被熊抓傷的危險。

當然，鄂倫春獵人講述的獵熊的故事，都是從前的事情了。

不可思議的是，熊在冬眠時消耗了大量的脂肪，卻沒有任何排泄物，熊倉裡乾淨得出奇。熊在冬眠時，不管膀胱裡脹滿了多少尿液，全部都被自己吸收回了體內。至今無法搞清，它的尿液回到體內，又是怎樣處理的呢？

長期以來，人們認為熊身上最有價值的東西有兩個：一個是熊膽，一個是熊掌。清代，熊膽和熊掌均被朝廷列入納貢之物。據說，乾隆最愛吃熊掌，一頓能吃兩個紅燒熊掌。咯吱咯吱，有嚼頭。

往前說，孟子那麼有學問的人，當魚與熊掌不可兼得的時候，寧可捨棄魚，也要得到熊掌。熊掌好吃嗎？沒吃過，不得而知。今人莫要想這口了，吃是違法的。切記。

至於熊膽，主要在於它的藥用價值。不同季節的熊膽，膽汁的成分不同，價值也就不同。早年，林區人常以「草膽」、「鐵膽」、「銅膽」來劃分熊膽的價值。

「草膽」是熊冬眠之前大量進食階段的膽，膽汁成分交雜，呈綠色，藥用價值是最低的。當大雪封山後，熊停止進食開始「蹲倉」，進入冬眠，膽汁慢慢變成鐵青色——「草膽」轉化成「鐵膽」。熊的冬眠進入到三九天時，熊身上的能量消耗已經快到極限了，膽汁呈「紅銅色」，品質達到最佳狀態，此為熊膽極品——「銅膽」。

在《本草綱目》中，李時珍對熊膽的藥用價值有過詳盡描述，歸結起來，無非是熊膽苦寒無毒，治惡瘡，退熱清心，平肝，明目去翳。估計當時李時珍預見到了日後熊會遭到大量捕獵，於是把熊膽替代品，也一併交代清楚了。替代品是什麼呢——「糞坑底泥」——「發背諸惡瘡。陰乾為末，新汲水調服，其痛立止」。

瞧瞧，成本多低呀！無須去藥鋪抓藥，自家有糞坑就解決問題了。只是氣味可能不怎麼好聞。當然，這都是從前的事情了。如今，不要說城鎮，即便是鄉村，糞坑也難找到了。

貉猁

吐痰成釘，撒尿成冰。

冬季，大興安嶺林區。天，嘎嘎冷。

一隻饑腸轆轆的貉猁溜進林場職工老馬家的雞舍，叼起一隻蘆花雞，就躥到牆上，擬逃之。蘆花雞哀鳴不已，翅膀撲棱棱奮力掙扎。

老馬出門一看，怒火滿腔，抄起一根燒火棍，殺將過來。貉猁叼著蘆花雞騰地一躍，一條弧線就劃向了後山。老馬哪裡肯放過呢，撒丫子就追。貉猁隱入一條石洞裡，發出撕心裂肺的嚎叫。趴石洞口往裡望，裡面黑咕隆咚，什麼也看不見。只是，裡面有動物呼吸吐出的熱氣掛在石洞洞口成了白白的霜。

老馬用燒火棍往裡捅了捅，似有軟乎乎的感覺，但燒火棍無論在裡面怎樣亂攪，那貉猁就是不出來。

這時，老馬九歲的兒子聞訊，也呼哧呼哧趕來了。

老馬把燒火棍往兒子面前一戳說：「往上撒尿！」兒子哈著氣，就往燒火棍上撒了一泡尿，末了，還打了個激靈。老馬把燒火棍迅速插到石洞裡，用力撐。撐撐撐。在撐的過程中，燒火棍上的尿液已經結冰，並把裡面貉猁的皮毛緊緊粘住了。最後，老馬猛地一用力，把貉猁拉出了石洞。定睛一看，不是貉猁，是一隻獾。不對啊！明明看到是貉猁叼著雞鑽進去了，怎麼拉出來的是獾呢？老馬忽然想起來了，獾有冬眠的習性，也許，獾早就在裡面呼呼睡大覺呢。

老馬往燒火棍與獾粘連的部位踹了一腳，燒火棍與獾就分離了。獾就顛顛跑了。

老馬把燒火棍又戳到兒子面前：「再撒！」兒子臉憋得通紅，撒出幾滴，再抖，就沒了。無奈，老馬只好背過身去，自己來，嘩！一

泡大尿出來了。老馬迅速將燒火棍插到洞裡，再擰，擰擰擰。再用力一拉，可拉出的又是一隻獾。

到底有幾隻獾呀？老馬有點蒙圈了。如此這般，這般如此，獾又放生了。

看來用「撒尿」法不行了──因爲兒子沒尿了，自己也沒尿了。得換個法子了。他吩咐兒子說：「去，回家取一條麻袋，一個麻雷子。」麻雷子就是一個響的爆竹。一入多，林區家家都備這東西，時不時就放幾個，讓日子過得有點響動。也有鞭炮，也有「二踢腳」，也有煙花，也有「鑽天猴」。

很快，兒子呼哧呼哧返回來了，將麻袋和麻雷子遞到老馬手上。「麻袋你先拿著，等一會兒捂洞口用。」老馬一邊說著，一邊掏出火柴，嚓──就把麻雷子的撚點著了，順手就投進洞裡，然後，扯過兒子手裡的麻袋，用麻袋口把洞口就捂上了。只聽嗵一聲悶響，麻雷子就在洞裡爆炸了。啪啦啦！一個東西就鑽進了麻袋裡。

「可逮著你啦！」老馬把麻袋口收緊，生怕裡面的東西跑了。老馬背起麻袋剛要轉身，洞口又欻地躥出一個東西，三兩個跳躍，就鑽進了後山的林子裡──是那隻猞猁。

麻袋裡是什麼呢？老馬更蒙圈了。

不會又是獾吧？老馬打開麻袋口一看──是瑟瑟亂抖的蘆花雞。好傢伙！蘆花雞，居然還活著。

臭鼬

臭鼬以臭著名，臭是它的防身武器，也是它的生存本領。長著黑白斑紋的臭鼬，即便獅子、豹子也離它遠遠的，不惹麻煩。一般來說，臭鼬白天睡覺，晚上外出覓食。它吃昆蟲，吃青蛙，也吃鳥和鳥蛋。

其實，臭鼬從不主動發起攻擊。當它判定對方靠近自己有一定危險的時候，就會伏下身子低下頭，豎起尾巴，用前爪跺地，啪啪！啪

啪！發出警告。警告未被理睬，它就會很生氣。接著，它就呼呼喘著粗氣調轉身子，翹起尾巴，噴出刺鼻的臭屁氣液——噗！

此臭，可造成對方眼睛短時間失明，甚至昏厥。

好傢伙，距離五米內，它的臭屁氣液可以準確擊中目標，從不失手。厲害！

惡臭可在一公里範圍內瀰漫，久久不散。

有一種說法認為，臭鼬只有前面雙爪蹬地時，才能噴出臭屁氣液，一旦前面雙爪懸空，它就噴不出臭屁氣液了。一位動物學家做了一個實驗，他趁臭鼬不注意時，欻地一下把臭鼬倒提起來，使其前後四爪都處於懸空狀態，可臭鼬照樣噗的一聲噴出臭屁氣液。

一般來說，臭鼬只在森林、荒漠和草原活動。不過，饑餓難耐之時，臭鼬也會躥上公路覓食，但後果往往是悲慘的。面對駛來的汽車，它也是用先警告後噴臭屁氣液的套路，希望把汽車嚇走。可是，蠻橫的汽車哪裡吃它這一套呢？一腳油門衝過去，它就成了肉餅。

臭，不是萬能的。在所謂的現代文明面前，臭鼬的臭救不了自己。

然而，話說回來，把它碾成肉餅的汽車基本上也就不能要了。因為汽車前蓋上是臭鼬的臭，前燈上是臭鼬的臭，車輪上是臭鼬的臭，擋風玻璃上是臭鼬的臭，後視鏡上是臭鼬的臭，車門上是臭鼬的臭。

臭鼬的臭，瞬間吞噬了汽車的一切。洗不掉，漂不掉，擦不掉，刮不掉，剜不掉。

汽車成了臭車。

雁落

三江平原。天高地遠，甩手無邊。

風力發電機渦輪葉片，有氣無力地轉動著。似乎缺乏睡眠，不在狀態，精神不飽滿。也有的乾脆不轉，發呆。

然而，雖然有氣無力，甚至發呆，但它卻能創造出電。

遠看，平原上的風力發電機群，像秋天收割後的高粱茬子，一壟壟，一排排，一座座。換個角度觀之，也有點像古代軍隊的佈陣，橫一隊，豎一隊，橫豎交叉又一隊。刀槍劍戟，殺氣騰騰。

　　風力發電的原理是什麼？我哪裡能說清楚呢。不過，不管什麼原理，有一點可以肯定，那就是——抓住風，狠狠折磨風，狠狠壓制風，然後，使風的野性子爆發出來，就轉化成了電。風發出的電，即風電，還有一個優雅的名字——清潔能源。

　　地球腹腔裡越鑿越空了——煤鑿出來了，石油鑿出來了，礦石鑿出來了，有用的東西，無用的東西，還有什麼沒鑿出來呢？鑿鑿鑿！如此這般地鑿下去，地球腹腔遲早要塌癱下去了。風電，對鑿說不。風電的出現，帶給我們意外和驚喜。

　　空氣是空氣，風是風。空氣流動起來，就成了風。風，心情好的時候，就是微風；心情糟糕的時候，就是狂風；憤怒的時候，就是颶風，就是颱風。風，是好東西，也是壞東西呀。風電呢？當然是好東西中的好東西。

　　然而，在風力發電機下，張田俯身拾起一隻死去的大雁，看著血糊糊的翅膀和雁頭，很是傷感。三年來，這是他在這座風力發電機下第二十七次拾起死去的鳥了——累計起來：三十三隻。不光是大雁，也有貓頭鷹、游隼、海雕、野鴨、山雀、長嘴濱鷸、白天鵝。

　　一般來說，大雁總是飛得很高，而且飛行平和，無聲無息。它怎麼就被風力發電機渦輪葉片絞殺了呢？

　　群雁飛行井然有序，在動態中保持一種隊形，舒緩向前。雁隊排列成陣，可以減少空氣的阻力，又可以減少飛行的疲勞。或者是「人」，或者是「一」。頭雁位於「人」的頂端，最先劈開空氣，它是雁隊的領袖。但頭雁也不是固定的，若是體力不支，過於疲勞，就退後跟隊休息，換上其他狀態飽滿的雁輪流在前面開道。

　　張田拾起的那隻被渦輪葉片絞殺的雁，是雁隊的頭雁嗎？還是掉隊的孤雁？

　　張田是一位自然攝影愛好者，經常在這一帶觀鳥、拍攝。據他觀

察，風電基座附近一百米範圍內，物種遠低於更遠一些地方。風力發電機渦輪葉片對鳥類的絞殺，主要是在大霧天、雨雪天以及狂風肆虐的天氣裡。這些糟糕的天氣，很容易影響鳥飛行時的視線，造成誤撞。這一帶的風力發電機群，每年至少造成多少隻鳥喪命呢？當然，張田是做過調查的，數字是多少呢？我想，我就不具體講了吧。數字背後全是血糊糊的生命。

不過，我倒是掌握美國的數字。美國因風力發電機渦輪葉片絞殺而導致死亡的鳥類——每年六十萬隻。有關人士多次到白宮門前抗議，但美國政府根本不予理睬。

「不要指望他們能夠解決問題，他們本身就是問題。」我忽然想起了這句話。生態惡化與能源短缺之間，也許，沒有必然聯繫。但是，在開發新能源的過程中，怎樣儘量減少悲劇的發生，確實不能無視這個問題了。

張田告訴我，他小時候家裡養鵝，二十五隻。有一天，放鵝回來，數數，二十六隻。搞錯了嗎？怎麼多出了一隻呢？他又數一遍，還是二十六隻。他仔細一看，鵝群裡多了一隻黑嘴殼子的灰鵝。那隻灰鵝翅膀受傷了，不知從何處何時混入了他家鵝群裡。他的母親給這隻受傷的灰鵝上了藥，還精心包紮了傷口。一段時間後，灰鵝的傷痊癒了。令人意外的是，灰鵝居然還悄悄產下了四枚蛋，接著，孵出了四隻小灰鵝仔。小灰鵝仔毛茸茸的，頭上沒有肉瘤，腳蹼和腿部是烏黑的，嘴殼子也是烏黑的。特別是，在頸項的背側有一處明顯的灰褐色羽帶，叫聲敵亮。

「嘎！嘎！」某天，當灰鵝聽到了空中的雁鳴，竟扇動翅膀騰空而起，飛上藍天加入雁陣的隊伍中，遠去了。

原來，它不是家鵝，而是一隻野生的大雁。

「碧雲天，黃花地，西風緊，北雁南飛，曉來誰染霜林醉，總是離人淚。」王實甫的唱詞寫得總是那麼哀婉。

當然，鳥被風力發電機渦輪葉片絞殺現象，離「物種毀滅」這樣的詞還相距甚遠，中間隔著許多東西呢。然而，全球變暖、海平面上

升、冰川解體、病毒肆虐、物種巨減等地球衰敗的一些跡象卻日漸顯露，已是不爭的事實了。全球約有一千四百萬種生物，而因人類活動每天就有三種生物在地球上滅絕。當物種一個一個消逝的時候，人是多麼孤獨呀！該怎麼辦呢？

——能怎麼辦呢？

「嘎！嘎！」雁鳴提醒我們，又一個春天來了。天空中一會兒是「一」，一會兒是「人」。但願它們能躲開那些風力發電機渦輪葉片，一路平安！

「天空沒有留下翅膀的痕跡，但是，鳥已經飛過了。」

金粒

胭脂溝是一座金礦。

早年間，有金礦的地方必有商鋪、錢莊、酒館、客棧、妓院、澡堂子。寶貴是半分利酒館裡的夥計，長得白白淨淨的，深眼窩，高鼻樑，卷頭髮，留著長長的鬍鬚。寶貴脖子上搭一條白手巾，手腳勤快，做事麻利，深得陳掌櫃賞識。陳掌櫃女兒招娣對寶貴也頗有好感。

有人問寶貴是不是有俄羅斯血統，他用搭在脖子上的手巾擦擦額頭的汗，只是笑笑不言語。寶貴話很少，更不聊自己的私事。

來半分利酒館吃酒的多半都是淘金人。那時，來酒館消費的淘金人都有一個砂金袋，吃完了結帳。一盤牛肉，一碟花生米，一壺燒酒，幾樣加起來基本上就是一捏砂金。滿嘴酒氣的淘金人打著酒嗝，解開砂金袋，寶貴的細長手指伸進去捏出一捏砂金，然後呢，寶貴再把砂金如數交給掌櫃的就算妥了。每次捏完砂金，寶貴都要理理鬍鬚，用手巾擦擦手，給淘金人鞠一躬。

晚上回到住處，寶貴都要用一臉盆的水，把鬍鬚細細洗一遍，把手巾細細洗一遍。每次水倒掉之後，臉盆底部都能淘出幾粒砂金。

一天傍晚，酒館裡來了幾個哥薩克淘金人，吃酒後鬧事，砸了兩

個酒罈子，掀翻一張桌子，碟碟碗碗搞了一地，不給酒錢不說，還對招娣動手動腳的。寶貴看不下去了，衝上去三拳兩腳就把幾個哥薩克人打得滿地找牙。陳掌櫃萬萬沒想到，寶貴還有如此身手，問：「在哪兒學的功夫？」寶貴笑笑，不言語。招娣水汪汪的大眼睛，一會兒瞟一眼寶貴，一會兒瞟一眼寶貴，跟以前更不一樣了。

然而，寶貴跟從前一樣，幹活從不吝力氣。金礦也有來訂餐的，需要夥計拎著食盒送過去。這差事都是寶貴的。不過，每次去金礦之前，寶貴都要悄悄換上一雙草鞋，回來把草鞋放到臉盆裡用水細細洗一遍，盆底又能淘出幾粒砂金。

這日，寶貴去金礦送餐回來，途中經過一片樹林時，啪啦一下，一個東西掉落他的面前。他定睛一看，是一隻翅膀受傷的喜鵲。寶貴把喜鵲抱回住處，找出接骨木搗成糊糊，塗在受傷的翅膀上，還纏上了繃帶，每天從酒館帶回一些米粒餵養它。經過寶貴精心調理，喜鵲的傷三個月後痊癒了，翅膀又能扇動了。

終於，在某個早晨，喜鵲飛走後再也沒有回來。寶貴有點悵然，不過，很快也就把這事忘了。可是，忽然有一天，屋外窗臺上傳來喳喳喳的叫聲。寶貴眈了一眼，眼神裡閃出一絲光。他知道，那隻喜鵲回來了。於是，寶貴把一個碟子置於窗臺，三天五日往裡面放幾粒米，偶爾，也放一點水。

有一天，寶貴聽到喜鵲飛回來的叫聲，隨後又聽到窗臺上的碟子裡咣當一聲響。他出門一看，碟子裡有個閃閃發亮的東西，不禁瞪大了眼睛。那是一粒金子，黃豆粒那麼大。從此，三天五日，喜鵲就會銜回一粒「金豆」放在窗臺上的碟子裡。

一年後，寶貴跟掌櫃說，不當夥計了。說完扭頭就走。招娣追出來，哭著說：「寶貴哥，你別走，你要我嗎？」寶貴嘴角動了動，沒說話。招娣說：「你要我的話，這酒館將來也是你的。」寶貴還是沒說話，大步流星地走了。

於是，寶貴置房子置地，過上了深居簡出的生活。然而，奇怪的是，寶貴終身未娶，一輩子孤身一人。七十二歲那年，寶貴在家中靜

靜離世。窗外的喜鵲喳喳喳叫了一天，沙啞的叫聲裡充滿無盡的哀婉。

當人們給寶貴入殮時才發現，原來，他竟然是女兒身。人們驚愕不已——怎麼會呢？怎麼會呢？

招娣聞訊趕來，淚流滿面。

褐馬雞

褐馬雞——國家一級重點保護野生動物，保護規格堪比大熊貓。

在中國，除了晉之管涔山、黑茶山、太嶽山和中條山等狹長區域，其他地方從未見過褐馬雞的蹤影。在古籍中，褐馬雞曰之「鶡」。《禽經》裡，稱其為「毅鳥也，毅而不知死」，也就是說褐馬雞有「鬥死不怯」之習性。這真是奇怪的鳥，相爭相鬥時，沒有輸贏，只有一死。

古時候，帝王常常用它的羽翎做成「鶡冠」，獎賞給打仗有功的武將。當然，不是帝王自己親手做，而是「有關部門」做好後，搞個儀式，經帝王之手給武將親自戴在頭上。武將戴上後雄赳赳，氣昂昂，威武凜然。

褐馬雞白天在林下覓食，沙棘果、橡子果等是它的最愛。它也能飛翔，但飛翔不是它的特長，距離超過一千米一準累得掉下來，飛一兩百米剛剛好。它夜宿於樹上，雙爪緊緊抓住樹枝，依然睡得很香。

它不會做巢。即便是巢，也無非是樹下腐殖層或落葉層上胡亂刨出的一個坑，而這也只是為了產蛋和孵蛋用，並不是完整意義的家。我們該怎樣理解這種奇怪的鳥呢？它的天敵很多，黃鼬、黑鼬，還有各種猛禽都可以把它和它的蛋吃掉。

可以說，它的生存格外艱難，時時處處都存在可能喪命的危險。

然而，褐馬雞並非溫順、乖巧的鳥。

褐馬雞脾氣暴烈，生性好鬥，具有同類相殘的本性。如有一鳥受傷流血，群鳥不是同情它，照顧它，呵護它，而是圍毆它，並置之於

死地，不留活口。爲何對流血的同類如此殘忍呢？不得而知。據說，鯨魚也有此類現象。

我在管涔山時，看見一個保護區鳥舍裡有一鐵籠，問之用途。當地朋友告訴我，鐵籠是救助受傷褐馬雞的「安全屋」。褐馬雞爭鬥時，如有受傷流血者，飼養員便將其急置於籠中，與眾鳥隔離，避險，確保安全。

褐馬雞是山西省省鳥，晉人皆知，非晉人知道的也不少。在管涔山、黑茶山、關帝山等林區，行人在路上常見走失的雛鳥，拾之，送救助站，每年都有多起，已經不是新聞了。

汽車在山間公路行駛時，見褐馬雞橫過馬路，司機便停車觀之，爲其讓路。山西朋友尹福建告訴我，褐馬雞是管涔山林區標誌性野生動物。這些年，褐馬雞數量呈逐年上升趨勢。過去不足一千隻，現在經紅外線設備監測，種群數量應兩千八百隻左右。

我說：「也許，這裡是地球上褐馬雞種群最大的一支了。」

「嗯，差不多。還沒聽說哪裡比這裡更多。」

「對，其他地方只是零星的小群。」

尹福建說：「褐馬雞對生存環境要求非常苛刻，種群數量增多，意味著管涔山的生態系統越來越好了，生物多樣性越來越豐富了。」

我問：「褐馬雞到底有什麼價值呢？」

「就像大熊貓一樣，大熊貓有什麼價值呢？恐怕眞是一下難說清楚。」尹福建沉思片刻說，「褐馬雞從不發生雞瘟，這是科學至今無法解釋的。」

「它的遺傳基因一定很特殊吧？」

「是啊！科學家們正在對它進行研究，也許這需要很長時間。」尹福建說，「我們能做的就是先把物種保護下來，待科學發展到一定程度，褐馬雞身上更多的價值，自然會被發現。」

貉

在成語裡，貉的形象不怎麼光彩。比如，一丘之貉，就是貶義，釋爲，同一個山丘上的貉，彼此相同，沒有差別，都是壞東西。

我小時候見過貉。村裡人挖壕溝時，挖出了貉。貉的樣貌既像狐，又像狗，面部有一塊「海盜似的面罩」。眼神憂鬱，叫聲低沉，性情冷漠。可是，它怎麼會是壞東西呢？它沒有壞的劣跡呀！

貉還有一個別名，叫「土車子」。

看看這個別名就能知道，它挖土運土的本領超強。但令人不解的是，它從來不給自己造洞築巢，而是借居而居。廢棄的地窖子、野窩棚、土炕煙洞、空樹洞、河坎下的裂縫、塔頭草下的懸空處，等等，一些避風禦寒的地方，都可能是它的借居場所。儘管不太雅觀，不太講究。

實在找不到借居的地方，它就尋找獾洞寄居。「借」與「寄」是不同的。借居至少還是有尊嚴的，而寄居基本上就沒有什麼尊嚴可言了，要看人家臉色的——「寄人籬下」——說的就是這個意思。哪有白白寄居的呢？哪有免費午餐呀？獾一看貉來了，好呀，就開始造洞吧，即便有洞了，還要往深裡造，往豪華往高檔搞。獾造洞，貉不能光看著吧，就幫忙打下手，呼哧呼哧出力氣。

獾造洞時要清除雜物，要挖掘大量的土，而貉主要擔任向外運土的任務。貉運土時往往先躺下，四腳朝天。貉的身上毛長茸厚，四肢伸直正好形成一個「槽」。獾將土拋到貉肚皮上的「槽」裡，裝得滿滿的。然後，獾把貉連同「槽」裡裝滿的土推出洞外，貉再翻身把「槽」裡的土卸掉。也許，「土車子」的別名就是這麼來的吧。

如此反復，反復如此，直到把洞造好，貉才能入洞寄居。寄居，也只能是在洞口處，冬天要爲裡面的獾阻擋寒風。然而，貉並不計較，它已經很滿足了。

正是由於這一特性，貉在城市裡也找到了自己棲身之所。

上海某社區裡野生的貉生活得自由自在，居民跟它們相處得和諧

融洽，幾年來，從未發生過貉傷人事件，也從未與居民養的狗和貓發生過衝突。居民遵循「三不」原則——「不靠近，不投食，不干擾」，各自相安無事。起初發現時，那個社區只有兩隻貉棲身在一棟舊樓的廢棄通風口裡，五年過去了，它們已經繁殖了二十餘隻。它們晝伏夜出，從不惹是生非。常常是排隊出社區，又排隊回社區，講規矩，講謙讓。它們吃垃圾桶裡的食物，吃河道的魚蝦，也吃樹叢裡的昆蟲。

有時，居民散步，也有貉跟著，但跟著跟著就不跟了。貉，另有自己的世界呀。

「居民社區，畢竟不是動物園呀。」防疫部門擔心貉會傳播病毒，欲誅之。居民知曉後，堅決反對，也有大爺大媽圍堵居委會討個說法的，也有通過微博和微信發出強烈抗議的。防疫部門無奈，只好不了了之。貉棲身通風口的那座舊樓本來應該維修了，但社區物業考慮到維修施工過程中的噪音可能驚擾了貉，維修時間只好推遲。

然而，這是個問題，那座樓總是要維修的呀。社區物業正在廣泛徵求居民意見——試圖尋求一個兩全其美的方案。

野生動物進入城市公園，進入居民社區，似乎已經不是什麼新聞了。在北京，和平里東街十八號院裡，我多次看到黃鼬在雪松樹下覓食，也看到野兔在草坪上跳躍的情景。多年前，我在瀋陽工作時，有一年冬天下大雪，一隻野雞飛進單位大院，到食堂門口覓食。幾個小夥子意欲捉它，我擺擺手，示意他們不要。我們靜靜地看著它刨食土裡的米粒、菜根、菜葉，它似乎也不在意門口的這些眼睛。那隻野雞吃飽後，振動著翅膀，飛出大院，飛到對面的北陵公園樹林裡去了。近年，城裡那些圈起來尚未開工建設的園區，還有因種種原因停建的園區，更成了野生動物的樂園。狐狸、狼、猞猁、黃麂、狍子、野鴨、野雞、鵪鶉等獸類和禽類野生動物，爭相前來落戶。夜晚，無數的螢火蟲，如同星星般閃爍林間。我想，所有這一切絕不光是城市一些角落的生態變好了的緣故吧？

也許，城市變寬容了，善的靈魂醒來了。抑或，本來這裡就是野

生動物的家園，某個聲音召喚它們，它們又回來了。

該怎樣認識文明呢？也許，一個社會的文明程度如何，恰恰取決於我們對待野生動物的態度。

貉，改變了我們對野性的認識。

貉，改變了我們固有的思維和邏輯。

那個社區裡樹木蔥蘢，灌草繁盛，還有一個小水塘，一條小溪與外面的河道相通。水是活水，河裡魚蝦蟹盡有，偶爾也有野鴨、水鳥光顧。小區本身就形成了一個小的生態系統。哦，生物多樣性，不完全是美好。但是，也不全然是糟糕。貉在此處落腳自有一定道理。

可是，最早的那兩隻貉是從哪裡來的呢？無人能說清楚。恐怕這永遠是個謎了。

在我們的身邊，在一些被我們忽略的角落，生存與競爭，以及融入與回歸的故事，每天都在上演。

一切都是自然的合理安排。生命現象曲折而複雜，相互依賴，又相互制約。一種難以描述的神秘莫測的東西，滲透到地球的方方面面，將生命系統的各個部分，巧妙地貫穿在一起，組合在一起，從而使世界成為一個有機的充滿活力的整體。

所有的生命形態都自成目的，並都渴望生長、發展和繁衍生息。正是因為那個神秘莫測的東西的存在，當空間與時間並置，剛剛消逝的生命現象卻又重現，美好的事物在等待和期盼中如期而至。也正是因為那個神秘莫測的東西的存在，喧囂與騷動，混沌與明朗，災難與新生，糟糕與融洽，困惑與如意，卑微與崇高，毀滅與創造，總能在動盪不定中找到平衡。

那個神秘莫測的東西是什麼呢？其實，只要你懷有一顆敬畏、真誠、善良和慈悲的心，你就已經有了自己的答案。也許，每個人的答案不盡相同，那也沒關係。不過，我要提醒的是，無論何時，無論何處，無論那個答案是什麼，那個答案的前面，一定應該還有四個字。因為，世界上，所有的法則，所有的定理，所有的發明，所有的科學，所有的智慧，都與那四個字相關。哪四個字呢？

——相信自然！

2020年二月25日至三月12日　寫於北京

自然文學的境界

「極端的絕望與極端的幸福之間，只隔著一片震顫的葉子。」——這句話出自聖伯夫之口，聖伯夫是法國文學評論家。英國小說家毛姆曾在一本寫南太平洋的故事裡，很莊重地引用過這句話。某個春天暖暖的正午時光中，我漫不經心地翻看那本綠皮封面的小冊子時，突地一下被這句話擊中了，有一種觸電的感覺——那片震顫的葉子，分明就是希望啊！

由此，我想到了自然文學。自然文學或稱生態文學，是以自覺的生態意識，反映人與自然關係的文學。它不僅反映人與自然的關係是怎樣的，而且還反映人與自然的關係應該是怎樣的。

今天的世界是平的，但世界不應該是平的。

人類在享受全球化帶來的便捷和歡愉的同時，也不得不承受技術和資本所帶來的災難性惡果了。當人處於焦慮或者絕望的境地時，自然文學就是那片綠色的震顫的葉子。它意味著生命延續的可能，意味著危難也可能轉化成生機，意味著那片葉子的背後還藏著希望和美好。因此，從這個意義上說，自然文學是關於美的文學。或許，也可以說，美是自然文學追求的至高境界。

美在哪裡？自然裡藏著美，生命及萬物裡生長著美。

美在美處等著，自然裡的美無處不在。原生態的美一定在自然中。繪畫也好，音樂也罷，那僅僅是藝術。藝術是什麼？藝術就是看起來像自然，聽起來像自然。然而，像自然，畢竟不是自然。莊子說，天地有大美而不言。從本質上說，真正的美是寧靜的，不嚷嚷，

不喧嘩。美具有差異性，多樣性。美沒有新與舊，美沒有尺度，沒有標準，美更不能貨幣化。美從來不是孤立的存在，美是生生不息的活力，美是一種動態的平衡。美不需要證明，也不需要恭維和讚頌。美不可以排名，沒有第一名第二名第三名。選美，把美進行排名，是一種滑稽愚蠢的行為。美是莊嚴的，甚至美的存在都是有儀式相伴的。

樹搖，風動；花開，蜂舞；水闊，魚躍；春來，雁歸。

美即自然。

每一個存在著的生命，都有自己的尊嚴，都有自己獨特的美。

對於自然文學來說，體會、體驗、體察、體認這些詞語是多麼重要。讓「體」置於自然其間，才能感受到陽光的愛意，土地的溫暖，水流的清冽，空氣的甘甜。讓「體」置於自然其間，才能近距離地欣賞動物、植物以及菌類和微生物之間相牽相連的美妙。見形，見色，見影，見蹤，見近，見遠——是感受；聞聲，聞味，聞虛，聞實，聞喜，聞憂——也是感受。

對自然文學作家的要求，也許更強調感受力。感受力是向內的，別人看不見的，你能看見；別人感受不到的，你能感受到。因此，從這個意義上說，自然文學作家，也許是世界上最快樂的人——他們在自然中能尋到趣味，能與自然對話，能體會到空靈與縹緲，能感受到種種神秘的力量。

自然文學拒絕道聽塗說，拒絕替代，它必須是自己的感受，自己的認識，自己的體察，自己的感悟，而不是「據說」，或者最大限度地減少「據說」。因為置身自然中的那種快樂、滿足和幸福，是別人和「據說」無法替代的。

長期以來，自然文學存在的問題是，概念性的作品過多，描述性的作品過多，而那種觸動心靈的、能夠讓我們反復講述的故事少之又少。譬如，梭羅《瓦爾登湖》，巴勒斯《醒來的森林》，奧爾森《低吟的荒野》，等等，這些堪稱自然文學經典的作品，對自然的描述非常詳盡，對美的呈現也非常到位，但的確有故事性不夠的問題。也許，這不是自然文學本身的問題，而是作家主觀意識裡，選擇怎樣的

方式更好地表達的問題。

不必被所謂的散文隨筆、報告文學、小說，等等，這些文體性的東西束縛了作家的思維和想像，自然文學或許本身就是一種文體。

自然文學作家，並非作家中的另類，也不是拒絕現代生活方式、不合時宜的人。英國自然文學作家蒙比爾特說：「我對人類的愛並不少，只是對自然的愛更多一些。」是的，無論哪個國家哪個民族的自然文學作家，也許語言和文化不同，但他們對自然的愛是共同的，對美的追求是共同的。

《相信自然》講述的是人與自然的故事。這是新冠疫情居家其間，我創作的第二篇自然文學作品（另一篇是《哈拉哈河》，發表於二○二○年第五期《人民文學》），一天寫幾段，寫的很慢，持續寫了二十餘天。這些故事有點懸疑，有點奇異。然而，呈現懸疑和奇異並非我的本意，只是要通過這些故事說明一個道理──人活著，總應該有敬畏之心，感恩之心。知敬畏，才會懂得節制，收斂自己的欲望，約束自己的行為，才會不敢輕易冒犯自然。知感恩，才會有使命感和責任感，承擔義務，做善事。

人，僅此一生，生命只有一次。一切生物概莫例外。

「天地有定律，四季有成規，萬物有法則」。我們之所以要敬畏自然，是因為自然有定律，有成規，有法則。倘若我們蔑視它，魯莽地對待它，或者逆向而為，甚至肆意砸碎定律，搗毀成規，破壞法則，那是必然要遭到自然的懲罰或者報復的。

事實上，敬畏不光是恐懼或者害怕，更有由敬而生的──尊重，尊崇，甚至是一種信仰。

然而，獠牙利爪的欲望世界，充斥著喧囂和各種不確定性，在現代文明的進程中，全球化改變著一切，世界越來越單一，生物物種在急劇減少，荒野在迅速消失。物質主義，享樂主義，以及一系列前所未聞的新需求，讓自然，乃至地球付出了沉重的代價。

人類，人，人人。他們，我們，你們。你，我，他。

每一個人，再也不能任性下去了。

人，生活在時間和空間的延續中。人，也生活在人與自然關係不斷調整變化的過程中。一個人也好，一個民族也罷，如果不知敬畏，不懂感恩，那註定是可悲的。我要提醒的是，等待可悲的同義詞，永遠不會是美好，而是兩個字。哪兩個字呢？我真不想說出口，但還必須說出口。那兩個字就是——毀滅。

　　幸運的是，我們已經醒來，並且正在努力修復和重建與自然的關係。當時間爬滿了濕漉漉的苔蘚，當空間鮮活靈動起來，我們的靈魂一定與美相遇。

　　因為，相信自然就是相信美。

　　美，不必遠求。

　　美，就在我們的心裡。

李青松

2020年五月13日清晨　寫於北京

NOTE

NOTE

NOTE

NOTE

國家圖書館出版品預行編目資料

相信自然 / 李青松著. -- 1版. -- 新北市：黃山國際出版社有限公司, 2022.01

　　面；　　公分. - -（Classic 文庫；18）

ISBN 978-986-397-131-3（平裝）

1.生態文學

810.1637　　　　　　　　　　　　　　　110017696

Classic 文庫　018

相信自然

著　　作　李青松

印　　刷　百通科技股份有限公司
　　　　　電話：02-86926066　傳眞：02-86926016

出　　版　黃山國際出版社有限公司
　　　　　220 新北市板橋區縣民大道 3 段 93 巷 30 弄 25 號 1 樓
　　　　　電話：02-32343788　傳眞：02-22234544

E - m a i l　pftwsdom@ms7.hinet.net

總 經 銷　貿騰發賣股份有限公司
　　　　　新北市 235 中和區立德街 136 號 6 樓
　　　　　電話：02-82275988　傳眞：02-82275989
　　　　　網址：www.namode.com

版　　次　2022 年 1 月 1 版

特　　價　新台幣 520 元　　（缺頁或破損的書，請寄回更換）

ISBN：978-986-397-131-3